MW01490662

Postskriptum

ALAIN CLAUDE
SULZER

Postskriptum

Roman

Galiani Berlin

Der Autor dankt der Kulturstiftung
Pro Helvetia und dem

für die großzügige finanzielle Unterstützung

Verlag Kiepenheuer & Witsch, FSC® N001512

1. Auflage 2015

Verlag Galiani Berlin
© 2015, Verlag Kiepenheuer & Witsch, Köln

Umschlaggestaltung: Manja Hellpap und Lisa Neuhalfen, Berlin
Umschlagmotiv: © plainpicture/Oote Boe
Autorenfoto: © Gunter Glücklich
Lektorat: Wolfgang Hörner
Gesetzt aus der Stempel Garamond
Satz: Buch-Werkstatt GmbH, Bad Aibling
Druck und Bindung: CPI books GmbH, Leck
ISBN 978-3-86971-115-7

Weitere Informationen zu unserem Programm finden Sie unter
www.galiani.de

»Die sekundär entstehende Wärme zwischen Menschen ist aber naturgemäß nur ein flüchtiger Hauch. Unbeständig. Sie verschwindet meist, wenn man voneinander nichts Praktisches mehr zu verlangen hat.«

Max Brod[1]

Prolog: Das Meer der Wiener, Sommer 1894

Seine Mutter rief nicht ihn. Sie rief »Tobias!«, der mit den Nachbarskindern Verstecken spielte, doch Tobias hörte sie nicht oder wollte nicht hören, er antwortete nicht. Lion hörte ihn schreien, aber das war keine Antwort auf Mutters beharrliches Rufen, es gehörte zum Spiel. Was konnte sie von ihm wollen? Was gab es zu helfen? Es war doch alles ein Spiel. Sie waren so jung.

»Eckstein, Eckstein, alles muss versteck sein«, hatte er seinen älteren Bruder laut und vernehmlich gegen den Wind anrufen hören, der die Worte zerriss und zerstreute. Der Verlust des »t« im »versteckt« ging auf Tobias' Konto. Aber das war schon eine Weile her. Lion konzentrierte sich auf seinen Stift. Eine hübsche Stimme hatte Tobias nicht, er krächzte, doch Lion liebte die Stimme seines Bruders, so wie sie war, sie war wie seine aufgerissenen Knie und zerschundenen Waden, sie war roh und liebenswert. Gewisse Dinge waren ihm nicht beizubringen. Vor allem nicht deutliches Sprechen. Doch dafür schalt ihn keiner. Sie liebten ihn so, wie er war, und Lion liebte ihn am meisten, auch wenn er es seinen Bruder nicht täglich spüren ließ, anders als seine Mutter.

Tobias spielte mit den Kindern anderer Sommerfrischler Verstecken. Da sich das kleine Haus am Neusiedler See, in dem die Familie, seit Lion sich erinnern konnte, jeden

Sommer vier Wochen Urlaub verbrachte, nicht die besten Voraussetzungen bot, um sich unsichtbar zu machen (der Garten war kaum größer als das Haus), unternahmen Tobias und seine Freunde bei schönem Wetter ausgedehnte Exkursionen – am liebsten in die Nähe des Sees –, wo sie im Gestrüpp, in Kuhlen, Erhebungen und hinter dürren Ästen Verstecke fanden, in denen man zumindest kurzzeitig unentdeckt blieb. Hier war alles anders als in der Stadt, und deshalb nannte man es Urlaub am Meer. Dass das Wasser bloß ein See war, erfuhr Lion erst später, denn seine Eltern nannten es das Meer der Wiener.

Wenn ihnen die Suche nach neuen Verstecken langweilig wurde, kehrten die Jungen zu ihrem liebsten Zeitvertreib zurück und spielten Indianer oder Krieg, die Schlacht bei Königgrätz oder Kampf der Trapper gegen die Apachen. Ein Zeitvertreib, an dem sich hin und wieder ein paar hilfsbereite Mädchen als Krankenschwestern oder Squaws beteiligten. Stets gewannen die Preußen und Apachen.

Tobias und seine Freunde – fünf Jungen in seinem Alter – trafen sich täglich nachmittags. Wenn hin und wieder auch einer fehlte, Tobias war immer dabei. Er las nicht, er beschäftigte sich nicht mit sich selbst, er war nie krank. Es war immer jemand für ihn da, wenn nicht, trieb er ihn auf. Er erwachte früh, vor allen anderen, und wäre am liebsten als Letzter zu Bett gegangen. Tobias war der beste Kamerad, den ein Junge sich wünschen konnte. Treu bis in den Tod, genau so wie sie bei ihren Spielen sagten, wenn sie zwei Finger in die Höhe hielten und schworen. Wir hätten ihn auch Siegfried nennen können, sagte der Vater, und die Mutter lachte.

Lion warf einen schrägen Blick in den Himmel. Dem Stand der Sonne nach zu urteilen, war es etwa vier. Eine Uhr besaß er noch nicht. Manchmal lieh er sich die

Taschenuhr seines Vaters. Der konnte sich darauf verlassen, dass sein Jüngster mindestens so viel Sorge dafür tragen würde wie er selbst. Lion war sanftmütig mit einer Neigung zur Ungeduld, wenn die Dinge nicht liefen, wie er wollte. Eine Ungeduld sich selbst gegenüber, bei anderen aber blieb er ruhig.

Eine unerwartet kühle Windbö streifte Lion, strich über sein dunkles Haar und machte sich mit einem schneidenden Geräusch davon, das die zitternden Halme des spärlichen Grases erzeugten, das da und dort büschelweise aus dem Sand ragte und dessen Namen Lion nicht kannte. Das Gras war fast weiß. Es klang, als zerrisse dünner Stoff.

Weiter weg, näher am See, wo das Schilfrohr beinahe undurchdringlich war, spielten die Jungen und machten sich einen Spaß daraus, die nistenden Teichhühner und Rohrsänger aufzuschrecken, die laut schimpften, bevor sie aufflogen. Die Jungs waren stärker, die Menschen überhaupt. Doch hatte man Tobias eingeschärft, zufällig entdeckte Nester nicht anzurühren, und Lion war überzeugt, dass er und seine Freunde sich daran hielten, und zwar aus Einsicht, nicht, weil man es ihnen verboten hatte. Sie waren wild und machten Lärm, aber rücksichtslos waren sie nicht.

Gewiss hätte es ihnen großes Vergnügen bereitet, wenn Lion sich dorthin verirrt, nicht mehr herausgefunden hätte und hätte gerettet werden müssen wie eine dumme Gans. Indem er sich zurückzog, konnte er ihnen damit nicht dienen. Tobias und seine Freunde spielten für sich, Lion blieb allein. So wie er wollte. So wie man es von ihm gewohnt war. Was die anderen Jungs taten, wusste er nicht, er sah sie erst abends, wenn man nach dem Essen im winzigen Pavillon der Kupferbergs, am Strand oder bei Freunden der Familie in einem der anderen Sommerhäuser zusammenkam, um zu reden, zu rauchen und zu trinken. Am Abend konnte auch Lion ein anderer sein wie die anderen.

Lion empfand seinen Wunsch nach Einsamkeit nicht als Beeinträchtigung. Ihn sich zu erfüllen war einfach. Allein zu sein war seine Entscheidung, er folgte einer inneren Weisung, die fast so deutlich war wie eine Stimme. Natürlich hörte er sie nicht, und selbstverständlich sprach er mit niemandem darüber. Nur so, als Einzelgänger, konnte er ungestört betrachten, was sich seinem Auge darbot, und wiedergeben, wie er es sah. Was er entdeckte, war niemals bedeutungslos, nie klein, nie groß. Dinge, an denen die anderen achtlos vorbeigingen, zogen ihn an, hielten ihn fest und zwangen ihn, sie eingehend zu betrachten. Das konnte ein maroder Schuh oder ein verschimmeltes Stück Brot sein, ein zerrissener Strumpf oder das abgebrochene Bein eines Schaukelpferds. Einmal hatte er am Wasser eine halb verfaulte Beinprothese aus Holz gefunden. Er war in Begleitung seiner Mutter, die über den Fund entsetzt war. Allein ans Wasser ließen sie ihn nicht.

Tobias und seine Kameraden, Lions Eltern und deren Freunde und Bekannte, alle die, die das sommerliche Leben mit Lion teilten, als wäre man auf einer Insel, gehörten zur Szenerie, aber Lion zeichnete nie Menschen. Es war nicht nötig, sie aufs Papier zu bannen. Lieber zeichnete er Tiere und Bäume, Waldstücke und Mauern, Blumen und abgebrochene Wagenräder, Türen und manchmal ganze Häuser, am liebsten aber Strandgut. Darüber, dass er begabt sei, war man sich einig. »Lion ist nur glücklich vor einem Stück Papier«, pflegte seine Mutter zu sagen. Dass es sie mit Stolz erfüllte, war nicht zu überhören.

Er zeichnete, seit er denken konnte. Seine Mutter behauptete, selbst das Material sei ihm zugeflogen. Eines Tages hatte ein Stück Papier vor ihm gelegen, ein Stift war auch zur Hand gewesen. Als Stift und Papier beisammen waren, begann das Abenteuer. Seit er das tat, waren seine Finger nie sauber, sondern abwechselnd grau oder schwarz oder bunt oder beides. Stets trug er Zeichenstifte bei sich, manchmal ein Tuschefässchen und eine Feder. Seine Kleider waren voller Flecken. Er hatte gezeichnet, noch bevor er schreiben und rechnen konnte, noch immer fiel es ihm leichter als alles, was man in der Schule lernte. Schreiben und Rechnen waren lediglich die schwächeren Äste desselben Baums, aus dessen Stamm heraus er zeichnete.

Schreiben und Rechnen waren Äste, an denen man sich festhielt, um im Leben weiterzukommen, eine Fortsetzung dessen, was er längst beherrschte: Reden ohne zu überlegen. Beim Zeichnen musste man nicht einmal sprechen. Der Mund blieb verschlossen, die Lippen bewegten sich nicht. Zeichnen verwandelte alles, was er sah, zu dem, was sich vielfach verspiegelt hinter den Dingen verbarg.

Er zeichnete auch das, was er nicht sah. Nur der Wind, nur der Lockruf des Rohrsängers, der Warnruf, wenn sich ein Räuber seiner Brut näherte, ließ sich nicht einfangen und fixieren, noch nicht. Der Schrei. Die Angst. Die Zukunft. Das Unbekannte. Es würde schon kommen und auf sich aufmerksam machen.

Lion war ein fröhliches, etwas unnahbares Kind, und niemand versuchte, ihn auf einen anderen Weg zu bringen.

Vielleicht hörte Tobias seine Mutter tatsächlich nicht. Die Namen der anderen Jungen, mit denen er Verstecken spielte, kannte Lion nicht. Es gab für ihn keinen Grund, sich ihre Namen zu merken. Einer war blond, ein anderer war ständig »verwundet«, einer trug immer lange Hosen, die anderen kurze, der fünfte eine Brille, die ihm ständig von der Nase rutschte und die er immerfort nach oben auf die sommersprossige Nase schob. Hätten ihre Mütter manchmal nach ihnen gerufen, wie seine Mutter vorhin nach Tobias gerufen hatte, vielleicht hätte sich Lion dann ihre Namen gemerkt. Doch sie wohnten weiter weg. Wenn ihre Mütter tatsächlich riefen, hörte man es nicht. Vermutlich taten sie es deshalb nicht. Die Jungen waren älter als Lion und an Dingen interessiert, die ihn nicht interessierten, und sonntags gingen sie in die Kirche. Tobias war neun. Er selbst war erst sechs.

Lion hatte sich in den Dünen verkrochen und zu zeichnen begonnen. Der Sand war kühl, denn die Stelle, an der er sich niedergelassen hatte, lag im Schatten und wurde vom auffrischenden Wind gefächelt und gefältelt. Wer ihn suchte, würde ihn hier so schnell nicht finden. Leicht gab der Sand unter den Füßen nach. Hier trafen sich nachts heimlich die Liebespaare, behauptete Tobias.

Kaum hatte er den Zeichenstift angesetzt, begann seine Hand ein Gewehr zu zeichnen, während er doch gerade noch hatte versuchen wollen, einen Stein auf das Papier zu bringen, so wie er war, so wie er vor ihm lag. Doch während er den Stein betrachtete, veränderte sich seine Form, und es war nicht zu verkennen, was gegen Lions Willen aus ihm wurde. In seinen Gedanken loderte plötzlich der zurückgeworfene Kopf eines sterbenden Soldaten auf, doch er zeichnete nur das Gewehr, das Gesicht konnte er nicht erkennen. Tobias war es, der gern von Waffen erzählte und der ihn gebeten hatte, einen Soldaten zu zeichnen, »wie er fällt«. Er hatte sich stets geweigert.

Ganz von der Zeichnung absorbiert, tauchte er erst

wieder auf, als er die Jungen rufen hörte. Solange hatte sich sein Blick ausschließlich auf das Papier gerichtet, auf das er zeichnete. War es vorhin die Mutter gewesen, waren es jetzt die Kameraden, die Tobias riefen.

»Wo bist du? Tobias!«

Und nicht nur einmal, sondern immer wieder. Er musste an der Reihe sein, er hatte sich versteckt, ihn suchten sie schon länger und entdeckten ihn nicht. Er hatte offenbar ein sicheres Versteck gefunden.

Lion unterschied zwei Stimmen, danach eine dritte, hoch und piepsig. Der hatte noch keinen Stimmbruch, dachte er. Die Stimmen näherten und entfernten sich wieder, und plötzlich stand einer der Jungen da und blieb wie angewurzelt vor ihm stehen. Hatte er zunächst wohl vermutet, Tobias entdeckt zu haben, musste er jetzt feststellen, dass es ein fremder Junge war. Lion kannte ihn nicht, und der Junge kannte offenbar Lion nicht.

»Ist hier einer mit grünen Strümpfen vorbeigekommen?« Lion schüttelte den Kopf. »Grüne Strümpfe? Nein.«

Gut beobachtet, dachte er.

»Wir suchen ihn seit einer Ewigkeit«, fuhr der Junge fort und zog am Bund seiner Hose, die ihm bis zu den Knien reichte. Keine Kratzer, keine Schrammen, die Haut war glatt und weiß wie Mandelpudding.

»Hat sich wohl gut versteckt«, sagte Lion, und der Junge nickte und blickte neugierig auf ihn hinunter. Es war nicht der mit der piepsigen Stimme.

»Was tust du da?«

Lion verdeckte nicht, was er gezeichnet hatte, denn er hatte nichts zu verbergen, er drehte das Blatt in seine Richtung, sodass der Junge es in Ruhe betrachten konnte, und es entging Lion nicht, welche Wirkung das, was er sah, auf ihn ausübte. Er betrachtete ihn genau. War das wirklich die Arbeit eines Sechsjährigen, von dem man nichts anderes als Gekrakel erwartete?

»Ein Gewehr!«

Lion nickte.

»Warum ein Gewehr?«

»Warum kein Gewehr? Gib dich damit zufrieden oder …«

Der Junge starrte ihn an: »Oder?« Er streckte die Hand nach der Zeichnung aus, aber nun drehte Lion sie wieder zu sich, sodass sich der andere zu ihm herunterbeugen musste, wenn er das Bild noch ein wenig betrachten wollte.

»Sie ist noch nicht fertig«, sagte Lion versöhnlich.

»Und wenn sie fertig ist, krieg ich sie dann?«

»Willst du sie wirklich«, fragte Lion und dachte: Es wäre doch erstaunlich, wenn er sie nicht wollte, und: Was hat er für ein schmales Gesicht und wie merkwürdig stoßen die Brauen über der Nasenwurzel zusammen und wie spitz und knochig sind seine Knie unter der zarten Haut. Noch nie hatte er einen Jungen so betrachtet, als wollte er ihn malen. Er wollte ihn zeichnen, er würde ihn zeichnen, egal, ob er nun vor ihm stand oder ob er ihn aus dem Gedächtnis zeichnen musste, was wahrscheinlicher war.

»Ja, klar«, antwortete der Junge.

»Wie heißt du«, wollte Lion wissen.

»Siegfried.«

»Siegfried, der Drachentöter, so wollten sie Tobias nennen.«

»Wir sind keine Juden.«

»Na und«, sagte Lion. »Wenn ich fertig bin, kriegst du die Zeichnung. Heute Abend bin ich fertig. Versprochen.«

Der Junge sagte: »Ich hänge es über meinem Bett auf.«

14

Jetzt war er rot geworden.

»Hast du ihn gefunden!«

Aus nächster Nähe ertönte die piepsige Stimme von vorhin.

»Wo seid ihr? Siegfried! Tobias«, rief eine zweite, tiefere Stimme.

Siegfried drehte sich um. Zwei Buben erschienen, die Lion kannte.

»Du hast ihn nicht gefunden«, sagten sie, als sie Lion sahen.

Siegfried antwortete: »Nein, hab ich nicht.«

»Wen sucht ihr denn?« fragte Lion, indem er sich unwissend stellte, stand auf und schüttelte den Sand aus den Umschlägen der kurzen Hose, die ganz zerknittert war.

»Deinen Bruder«, sagte einer der beiden.

»Sein Bruder?« sagte Siegfried und schaute erwartungsvoll zu den beiden Jungen.

»Los, wir suchen ihn«, rief er dann und wollte losrennen. Er rutschte aus und glitt langsam in den Sand. Die beiden Freunde halfen ihm auf, aber er schüttelte sie ab. Er drehte sich nicht nach Lion um. So plötzlich, wie sie gekommen waren, waren die drei wieder weg.

Lion war wieder allein. Es dauerte eine Weile, bis Siegfried aus seinen Gedanken verschwunden war. Wie alt mochte er sein? Kaum größer als Tobias, hatte er im Unterschied zu ihm die gesetzte Stimme eines Jünglings, der sich noch etwas genierte, ein Mann zu werden. Während jene seines Bruders laut in den Angeln quietschte, schwang seine lautlos wie ein frisch geöltes Gartentor.

Er konzentrierte sich erneut auf seine Arbeit und konnte

sich erst davon lösen, als die Zeichnung beendet war. Das war etwa eine halbe Stunde später, während der er sich durch nichts hatte ablenken lassen. Er hatte kein einziges Mal vom Papier aufgeblickt. Und er würde nichts mehr daran ändern, egal, was die Erwachsenen dazu sagten. Er würde die Zeichnung Siegfried schenken, wenn er ihn wiedersah, heute Abend oder im Lauf des morgigen Tages. Er hatte keine Ahnung, zu welchem Haus oder welcher Familie er gehörte, er würde ihn suchen, und er würde ihn finden. Der fallende Soldat – das Gewehr lag vor ihm, als habe er es von sich geworfen – hatte unverkennbar Siegfrieds Gesichtszüge. Ein älterer Siegfried und dennoch unverwechselbar. Mit zurückgeworfenem Kopf schien er nicht zu fallen, sondern in den Tod zu stolpern.

Lion verstaute den Radiergummi, die Stifte und das Federmesser im Lederbeutel, den er an einem breiten Band um den Hals trug, und schnürte ihn zu (»Pass auf, dass du nicht irgendwo hängen bleibst, im Gestrüpp oder an einer Türklinke, und wickle das Band nie zweimal um den Hals, es könnte in einem gefährlichen Moment die Wirkung einer Schlinge haben. Pass einfach auf.« Das war die Stimme seiner Mutter, ein Echo von außen).

Als er sich den Sand aus den Sandalen klopfte, bemerkte er, dass der Wind stärker geworden war. Doch etwas anderes machte ihn stutzig. Etwas, das sich bewegte. Waren es Schritte oder Stimmen? Von Menschen oder von Tieren? Ein unbekanntes Gefährt? Es war unmöglich, bei dieser Windstärke auch nur den geringsten menschlichen Laut auszumachen. Es waren keine Schritte. Eine unbestimmte Unruhe lag über der Gegend, und selbst der Wind, der in unberechenbaren Bewegungen wie ein über die Ufer getretener Strom über den Sand mäanderte, vermochte sie nicht zu verscheuchen, eher verstärkte er sie.

Was war das? Irgendetwas war im Gange. Was er dann hörte, war etwas, was er nie zuvor gehört hatte und nie vergessen sollte, und später kam es ihm so vor, als habe er in diesem Augenblick schneller begriffen als gesehen.

Er hörte einen Schrei, und es war naheliegend, an eine Möwe zu denken. Aber es war ein menschlicher Schrei, der einem tierischen glich. Was da auf sich aufmerksam machte, war kein Tier, sondern ein Mensch, ein Mann oder eine Frau.

Die Unruhe, die eben noch ganz diffus gewesen war, packte Lion am Kragen und schlug ihn ins Gesicht, boxte ihn in den Bauch und auf die Beine, die bleiern wurden, es fiel ihm schwer zu gehen. Er musste dorthin. Aber wohin? Er kam viel zu langsam voran. Seine Füße waren Erdklumpen mit Bleigewichten. Zum Meer. Natürlich, er musste zum See.

Ziellos – denn er wusste nicht, was er suchte und in welche Richtung er gehen sollte – stolperte er durch den Sand über Steine und Steinchen, und winzige Holzstückchen drangen in seine Sandalen, Gestrüpp wischte ihm ins Gesicht, aufgewirbelter Sand wehte ihm in die Augen, und immerzu holte der Wind ihn ein, riss und zerrte an ihm, kam seitlich oder von hinten, am ungebärdigsten aber von vorne, wo das Meer der Wiener war, der endlose See, den er nun sehen konnte. Der Sturm stellte sich ihm in den Weg, doch er lief, ohne sich aufhalten zu lassen, die beschwerlichen Gewichte an seinen Füßen waren von ihm abgefallen, er rief in den Wind nach Tobias. Er rief nach Tobias, denn plötzlich wusste er, nach wem er rufen musste.

»Tobias! Tobias!«

Wie hätte er ihn hören können in diesem Wetter? Lion lief weiter in die Richtung, aus welcher der Schrei zu ihm gedrungen war und der geklungen hatte, als hätte der Sturm ihn dort, wo er in den Himmel gestiegen war, wie ein Tuch in Stücke gerissen; Fetzen, die überallhin flatterten, senkten und hoben sich als wirbelnder Nachhall auf seinem Trommelfell; obwohl er längst verstummt war, hörte er ihn immer noch.

Er blieb unvermittelt stehen und blickte nach oben. Und wenn er das alles nur geträumt hätte? Er wusste nun ziemlich genau, wo er sich befand, ein Geruch lag in der Luft, der ihm sagte, dass er ganz nah am Wasser war. Er roch das Schilf und das Wasser. In diesem Moment ertönte wieder ein Schrei, und Lion wurde gewahr und war ganz sicher, dass er nicht geträumt hatte und dass es sein Vater war, der schrie. Sein Vater, warum sein Vater, was hatte er am Wasser zu suchen? War er nicht zu Hause? War nicht die Zeit der Siesta? Wie spät mochte es sein?

Wenige Schritte später, er tauchte hinter einer Wand aus Schilfrohr auf, in der sich eine Lücke öffnete, sah Lion, was er nicht hätte sehen dürfen – aber niemand schien ihn jetzt zu bemerken – und worüber man später nie sprach und was sich ihm für immer einprägte. Er sah, wie sich zwei Männer und vier Jungen über einen Körper beugten, den sie ans Ufer gezogen hatten. Es war ein ruhiger Körper, der vollständig bekleidet war. Von den Kleidern floss das Wasser. Der Kopf lag in der Armbeuge seines Vaters. Das Gesicht war weiß. Die Lippen waren blau.

Er hörte das Meer, er sah das Wasser des Neusiedler Sees, vom Wind gepeitscht, und seine Mutter, die Hände an den Mund gepresst, als müsste sie sich übergeben, in der Nähe der Gruppe und doch, völlig schutzlos am Rand, allein in einem großen leeren Raum, der sich um sie gebildet hatte. Unwirklich und bedrohlich hob sich diese stumme Gesellschaft vor den unendlichen Wassermassen ab, dem Wasser des Meeres, der ein See war, wie er erst später verstehen würde, als sie längst nicht mehr hierher kamen, denn an den Neusiedler See kehrten sie nie mehr zurück.

Lions Mutter ließ die Hände sinken und öffnete den Mund zu einem Schrei, wie es schien, doch kein Laut drang über ihre Lippen, und langsam hob sie die Hände wieder, und einen Augenblick lang sah sie aus wie der kleine Soldat, dem Gott die Waffe aus der Hand geschlagen hatte. Die vor ihm lag, mit der er sich hätte verteidigen können, wenn Gott es zugelassen hätte. Aber Gott war nicht da. Es war zu spät.

Wer war der Junge im Arm seines Vaters? Lion kniff die Augen zusammen, um besser zu sehen, wer das war. Dann fielen ihm die grünen Strümpfe über dem feuchten Leder der Schuhe auf, die bleiche Haut über den grünen Strümpfen. Tobias trug grüne Strümpfe, doch seine Beine waren braun gebrannt wie seine, selbst im Winter verloren sie ihre Farbe nicht ganz. Nun brauchte er die Augen nicht mehr zusammenzukneifen. Etwas in seiner Hand schien sich zu bewegen.

Der ausgestreckte Körper, über den der Vater sich beugte, gehörte Tobias, jedenfalls trug er dessen Strümpfe und Kleider, aber er wirkte gerupft und geschrumpft. Lion starrte auf die merkwürdige Szenerie. Was er sah, konnte er nicht glauben, als wäre es ein Bild. Er näherte sich. Niemand nahm Notiz von ihm. War das Tobias? Ließ sich das Bild zerreißen?

Ist das Tobias? Hörte ihn niemand? Niemand antwortete. Er sah, wie sich das Gesicht seines Vater zum Kopf des Jungen in seinem Arm neigte, bis er ihn schließlich berührte, als wollte er ihn küssen. Das tat er aber nicht. Gleichzeitig versuchte er, den Händen des Jungen etwas

zu entreißen, ein erbärmliches Bündel, ein behaartes Wesen. Das sah Tobias ähnlich, nach Tieren zu tauchen, die
ihm entwischen wollten. Tobias war mutig und kräftig,
Tobias würde auch das überstehen. Aus der behaarten
Kreatur, die seine Finger nicht freigaben, war jedes Leben
gewichen, und auch sein Bruder bewegte sich nicht. Nein.
Gleich steht er auf und lacht, dachte Lion. Steht auf und
geht. Steht auf und spuckt in hohem Bogen wie einen Jo-
deljuchzer das Wasser aus, das er verschluckt hat.

»Steh auf«, sagte seine Mutter, wie aus dem Schlaf er-
wacht, in einem Ton, den er nicht von ihr kannte. Tobias
regte sich nicht. War es vielleicht doch nicht Tobias?

»Mach, dass er aufsteht«, sagte sie leise drohend zum
Vater.

»Steh auf«, sagte sie, »das ist kein Scherz, damit scherzt
man nicht.«

Aber ihre Stimme war so blass und schwach wie Tobias' Körper. Nur seine Hand war stark, die das leblose
Tier nicht loslassen wollte, und Lion war sich nicht sicher,
ob der Vater die Mutter hörte.

»Steh auf«, und für einen Augenblick war auch Lion
überzeugt, dass er gehorchen würde.

Tobias gab das Tier erst frei, nachdem der Vater seine
große Hand um die kleinen Fäuste gelegt und vorsichtig Finger um Finger gelöst hatte. Seine Hand blutete. Er
warf das nasse Bündel weg, was auch immer es war, Ratte
oder Biber, Hund oder Katze, das Wesen, das Tobias, einmal gefangen oder gerettet, mit in den Tod gerissen hatte.
Die Strafe, dachte Lion, die Strafe für ein Verbrechen, du
hast es gefangen, doch wolltest du es auch töten?

Erst als er sah, dass Tobias nicht um seine Beute
kämpfte, dass er sie schließlich herausgab, verstand er,
was geschehen war, und vielleicht begriff es in diesem Au-

genblick, erst jetzt, auch seine Mutter, denn plötzlich gaben ihre Beine nach, und sie fiel, ohne einen Laut von sich
zu geben, in sich zusammen, sie sackte einfach seitlich in
den Sand. Der Vater hob Tobias hoch und stand auf. Er
war tot.

I   Januar 1933

Hinauf. Er ging täglich nach der Arbeit zum Waldhaus hinauf. Es war ja nichts weiter als ein gemächlicher Abendspaziergang vom Dorf zum Hotel. So jedenfalls sollte es aussehen.

Als er nach oben blickte, dorthin, wo er Kupfer vermutete, glaubte er einmal einen Schatten zu erkennen, der sich hinter dem Fenster bewegte, ein anderes Mal sah er sogar, wie der Vorhang beiseitegeschoben und kurz darauf wieder fallen gelassen wurde. Nicht der Wind hatte den Stoff bewegt – das Fenster war geschlossen, Luft konnte nicht hereinwehen –, sondern eine Hand. Walter zweifelte nicht daran, dass es sich dabei um die des berühmten Schauspielers handelte. Sein Gefühl sprach dafür, und nichts sprach dagegen. Beobachtete Kupfer ihn, wie er gern Kupfer beobachtet hätte, wäre er ihm je begegnet, was bislang leider nicht der Fall war? Walter konnte sich einbilden, Kupfer verfolgte heimlich seine Schritte, wenn diese ihn zum Hotel hinauflenkten. Wie jede Einbildung wurde sie nachts zur Gewissheit, um am nächsten Morgen, wenn er wieder hinter dem Postschalter stand und auf Kunden wartete, einer unbestimmten Verunsicherung zu weichen. Warum sollte er sich täuschen? Aus vielerlei Gründen, wie er wusste, aber nicht weiter zu erforschen bereit war. Im Lauf des Tages kehrte die Zuversicht allmählich zurück.

Dafür, dass Kupfer tatsächlich auf dem Stockwerk und in dem Zimmer wohnte, in dem er ihn vermutete, gab es allerdings keinen einzigen nachprüfbaren Anhaltspunkt. Nur das Gefühl. Das Hotel zu betreten, in dem der Filmstar wohnte, traute Walter sich nicht. Er war kein Gast, und er hatte keinen Auftrag, hatte hier also nichts verloren. Sich nach Kupfer zu erkundigen, kam nicht infrage. Hätte er es dennoch gewagt, hätte man ihm sicher keine vertraulichen Auskünfte gegeben. Er war ja nicht der Postbote. Er besaß keine Befugnis, sich selbst ins Hotel zu schicken, sein Platz war im Postamt hinter dem Schalter. Auch wenn er in der Hierarchie eine höhere Position als der Briefträger einnahm, berechtigte sie ihn nicht, die Post persönlich auszutragen. Schon gar nicht, wenn es darum ging, sich einen Vorteil zu verschaffen. Die Aussicht, dass der Briefträger und sein Stellvertreter gleichzeitig krank wären, was ein Einspringen seinerseits nötig gemacht hätte, war angesichts der Zuverlässigkeit und guten Konstitution seiner Kollegen mehr als unwahrscheinlich. Also wartete er auf einen Zufall. Obwohl er ahnte, dass das Warten wohl vergeblich sein würde.

Kupfer die Post persönlich auszuhändigen, war übrigens auch dem Briefträger nicht gestattet. Weiter als in die Eingangshalle gelangte kein unbefugter Außenstehender. Wer mit jemanden sprechen wollte, sprach mit dem Concierge oder wurde bereits an der Tür vom Chasseur höflich zurechtgewiesen, das Hotel zu verlassen, und zwar nicht durch die Drehtür (ein Unikum in Sils), sondern durch eine der gewöhnlichen Schwingtüren. Nicht herablassend, aber unmissverständlich. Förmlich, aber nicht abweisend. Es bestand die vage, sehr vage Aussicht, Kupfer den Aufzug verlassen und in den Salon gehen zu sehen, falls man es doch bis in die Halle schaffte. Dass es einen

Aufzug gab, wusste jedes Kind, denn es war der einzige im Dorf, und so manches dieser Kinder hatte hier als Liftboy begonnen und damit den ersten Schritt nach oben getan. Von alledem etwas zu erhaschen, konnte Walter sich nur erträumen, dessen Aufgabe es war, Briefe, Zeitungen und Pakete entgegenzunehmen und die *poste restante* herauszugeben, die im Postamt darauf wartete, abgeholt zu werden, in neun von zehn Fällen von Hotelgästen, die von weither anreisten und ihre Ruhe suchten, ohne auf ihre Eilpost verzichten zu wollen. Seitdem er hier lebte und arbeitete – seit fast zwei Monaten – hatte kein einziger Einheimischer postlagernde Sendungen abgeholt.

Zu wägen, zu rechnen und zu stempeln, wie Walter es seit einigen Jahren tat, war keine Passion, aber er langweilte sich auch nicht dabei. Man sah mehr Leute, als wenn man den ganzen Tag in einem Büro saß, und man konnte sich ungestört ausmalen, was hinter den ausdruckslosen Gesichtern der Kunden vorging, worauf sie warteten und welche Heimlichkeiten auszutauschen sie fähig waren, zumindest in schriftlicher Form. Walter Staufer war unverheiratet und vermisste eigentlich nichts.

Dass Kupfer in Sils Maria logierte, war ein offenes Geheimnis. Dennoch belagerte niemand das Hotel, Diskretion war gewährleistet, dafür garantierten die Besitzer des Hotels genauso wie das Personal. Siebenmal die Woche wurde ihm das Berliner Tageblatt ins Hotel gebracht, mehrmals erhielt er Briefe, Verehrerpost vermutlich, etliche Sendungen waren auf der Rückseite lediglich mit Initialen versehen. Walter verbot es sich aus Gründen der Vertraulichkeit, mehr als nur jeweils flüchtige Blicke auf diese Namen zu werfen. Seine Augen waren gut genug. Doch ob es sich bei L. H. tatsächlich um Lilian Harvey und bei L. S. um Leo Slezak handelte, konnten auch sie nicht dechiffrieren. Die Buchstaben behielten ihre Geheimnisse für sich. Fast alle Briefe kamen aus Deutschland und Österreich, einer aus England, einer aus Schweden.

Herr Waldner, der Briefträger, kehrte nie mit leeren Händen vom Waldhaus zurück, nicht einmal während der Nebensaison. Einmal täglich leerte er den hoteleigenen Briefkasten, der im Entree einen prominenten Platz einnahm, der an einen kleinen Altar erinnerte. Darin deponierten die Gäste Briefe und Ansichtskarten. Das Waldhaus bedeutete jeweils das Ende seiner Tournee. Danach kehrte er zur Post und dann zu Frau und Kindern zurück. Dass Kupfer keine Briefe aufgab, entging Walter nicht.

Lionel Kupfer hielt sich seit Jahren regelmäßig im Hotel Waldhaus auf, um sich von den aufreibenden Dreharbeiten zu erholen, die ihn bis nach Afrika (*Im Bann der Mumie*) und Indien (*Die Frau des Maharadschas*) geführt hatten. Der berühmteste Schauspieler deutscher Zunge – mit rumänischen Wurzeln, wie es hieß, um seine jüdische Herkunft zu tarnen, die ihm, wie man behauptete, einen um eine oder zwei Silben längeren Namen auf den Lebensweg mitgegeben hatte, der ihn vermutlich weniger schnell zum Erfolg geführt hätte, – war etwa doppelt so alt wie Walter. Betrachtete man die Bilder, die an die Öffentlichkeit gelangt waren, hatte er sich in den letzten zwanzig Jahren jedoch kaum verändert. Was man über ihn in Erfahrung bringen konnte, wusste Walter, denn er verehrte ihn wie einen Gott. Er sammelte über ihn, was er finden konnte, und das war eine ständig zunehmende Flut an Interviews, Berichten, Anekdoten und Büchern. Die illustrierten Blätter liebten ihn und hielten mit ihrer Zuneigung nicht hinterm Berg. Bella Fromm nannte ihn »den Verführer par excellence«, Siegfried Kracauer sprach vom

»levantinischen Bel-Ami«. Kupfer war seit seinem ersten Film der Schwarm aller Frauen, nicht nur in Deutschland »die gleißende Talmiseite unserer ernsten Existenz«, wie Peter Panter in der *Weltbühne* notiert hatte. Zuletzt hatte er die Menschen durch seine Darstellung des zwielichtigen Titelhelden in *Die Hände des Magiers* beeindruckt, den Walter kürzlich im Palace in Maloja gesehen hatte, anderthalb Wegstunden vom Postamt entfernt, in dem er im Obergeschoss zwei kleine Zimmer mit Küche bewohnte. Ein Badezimmer gab es nicht, die Toilette war auf dem Flur, er wusch sich an der Spüle und stellte samstags eine Badewanne auf.

Er war den langen Weg dem Silser See entlang zu Fuß gegangen und hatte es nicht bereut. Nicht zum ersten Mal hatte Kupfer als Magier den Eindruck eines Zerrissenen hinterlassen, er war gefährlich, arrogant und attraktiv. Es fiel ihm offenbar nicht schwer, den Eigenschaften, die ihn berühmt gemacht hatten, treu zu bleiben.

In seinem ersten Film, dem Sensationserfolg *Der schöne Heuchler,* war Kupfer schon fünfunddreißig Jahre alt gewesen. Ein Stummfilm, in einer Nebenrolle Marlene Dietrich, damals noch unbekannt, vielleicht sogar ihr allererster Film, einer von vielen, die sie heute verleugnete.

Er war ein groß gewachsener Mann mit ausgeprägten Backenknochen, verschatteten Wangen und dünnem Lippenbärtchen, mit hohem Stirnansatz und rabenschwarzem Haar. Und hellen Augen, die müde blickten, als liege ein Schleier über ihnen. Sie waren von wässerigem Blau, wie alle bewundernd schrieben, die das Glück hatten, ihm leibhaftig zu begegnen. Ein Bild von einem Mann. Von italienischer Eleganz, mit französischem Esprit (man glaubte einen kaum wahrnehmbaren fremdartigen Akzent zu hören), getrieben von deutscher Willenskraft. *Viril* nannten ihn die Franzosen. Die blauen Augen sah man außer auf den gemalten Filmplakaten natürlich nicht. Der Farbfilm war noch ein fernes Gerücht.

Kupfer zog jeden in seinen Bann, und Walter noch ein bisschen mehr als andere. Walter träumte manchmal von ihm. So nah wie hier in Sils kam man ihm nirgendwo sonst, am ehesten, mit etwas Glück, wie Walter sich vorstellte, im fernen Berlin, wo er lebte, wenn er nicht drehte. Wo er auftauchte, bildeten sich Trauben von Menschen, die ihn umringten und ihn berühren wollten. Nun war er in Sils und Walter zu einem winzigen Teil der bunten, beweglichen Kulisse geworden, vor der sich Kupfer unsichtbar im Engadin bewegte. Von der Hand hinter dem Vorhang einmal abgesehen. Eine feinknochig weiße Hand mit langen Fingern. Da der genaue Zeitpunkt seiner Ankunft geheim gehalten worden war, hatte Walter nicht einmal nach der Kutsche Ausschau halten können, in der Kupfer von einem der Fuhrunternehmen – Mathis oder Conrad – vom Bahnhof in St. Moritz zum Hotel gefahren worden war. Er konnte in jeder sitzen und saß vielleicht in keiner. Er war nicht nur im Film ein Zauberer. War er nicht überirdisch?

Der Gedanke, ihm hier, abseits der großen Städte, Auge in Auge gegenüberzustehen, bereitete ihm Schwindel. Aber noch hatte sich ihm die Gelegenheit nicht geboten. In diesen Tagen schneite es oft, und sowohl die Kutscher als auch die Gemeinde- und Hotelangestellten hatten alle Hände voll zu tun, denn zum dauerhaften Erfolg eines Orts wie diesem gehörte das reibungslose Funktionieren sämtlicher Dienstleistungen, dazu gehörte auch, die Wege passierbar zu machen.

Walter betete den Schauspieler an wie alle, die ihn verehrten. Da er nicht der Einzige war, wusste er um die Bedeutungslosigkeit und Naivität seiner Schwärmerei. Sie war nichts als ein unsichtbarer Rausch in seinem Kopf und ging im Chor der anderen Bewunderer unter. Er war wie alle. Nur Kupfer war anders, er ragte aus der Menge heraus. Nichts sprach dagegen, dass er sich ihm zu Füßen geworfen hätte, wäre er plötzlich vor ihm gestanden.

Walter hatte seine neue Stelle auf Anweisung von oben angetreten. Mit ihm, der keine Entscheidungsbefugnis besaß, verfuhr man wie mit den allermeisten Angestellten nach Gutdünken und nicht nach seinen Wünschen oder Vorlieben. Nicht er, die Direktion entschied, was aus ihm wurde, zumindest solange er keine Familie gründete. Am Stadtrand von Bern in der Nähe der Kaserne aufgewachsen und bei der erstbesten Gelegenheit nach Zürich gezogen, war die Aussicht auf ein Leben in den Bergen zunächst niederschmetternd gewesen. Doch die Tatsache, dass die Zahl der fremden Besucher meist deutlich höher war als die der Einheimischen, hatte ihm die Eingewöhnung leicht gemacht. Und jetzt die Aussicht, Kupfer zu begegnen.

Die Aussicht, Kupfer zu begegnen, nahm dem Leben in den Bergen – selbst den ungezählten ereignislosen Abenden – die trostlose Gleichförmigkeit. Sie kolorierte es. Die Aussicht, Kupfer zu sehen, konnte durch keine Straße der Stadt, die er hatte verlassen müssen, überboten werden, mochte sie noch so belebt sein. Kupfer war am 13. Januar in Sils Maria eingetroffen.

Dass es Walter ausgerechnet hierher verschlagen hatte, war eine glückliche Fügung, die er gar nicht hätte forcieren können. Er war ein Rädchen im Getriebe, ohne Beziehungen und Ehrgeiz. Hatte es genützt, an Kupfer zu denken, um von seiner Anwesenheit in Sils zu hören?

Und dann kam er ihm eines Tages so nah wie dem

Mondlicht, das ihn an jenem Abend traf, als er nach seinem Spaziergang zum Waldhaus pflichtgemäß die letzte Leerung des einzigen öffentlich zugänglichen Briefkastens am Postamt von Sils Maria vornahm. Dabei fiel ihm die Ansichtskarte in die Hände, die kein anderer als Kupfer selbst geschrieben hatte. Sie lag obenauf. Sie war offenkundig als letzte Sendung in den Briefkasten gesteckt worden. Ohne Kupfers Handschrift je zuvor gesehen zu haben, identifizierte er sie sofort. Sie tat ihre geheimnisvolle Wirkung, und Walter sah sich in einen Film versetzt, in dem er eine Rolle spielte, nur eine Statistenrolle zwar, doch war er in voller Größe im Bild. Das Mondlicht traf den Namenszug wie der Strahl eines Scheinwerfers. *Euer Lionel* stand groß und deutlich da. Die Karte ging nach Wien, so viel erkannte er. Die übrige Schrift war kleiner als die Unterschrift und im Mondlicht unleserlich.

Wer sonst als Kupfer selbst hatte die Karte – eine Außenansicht des Hotels im Schnee – in den Kasten gesteckt? Dass er nicht den Hotelbriefkasten benutzt hatte, stellte Walter mit Verwunderung fest. Was – wenn überhaupt etwas – bezweckte Kupfer damit? Eine Botschaft? Eine Botschaft an wen? Vermutlich hatte Kupfer nichts weiter als einen kleinen Spaziergang ins Dorf unternommen, um frische Luft zu schnappen, war an den Briefkasten getreten und hatte die Karte eingeworfen, wie es ein ganz gewöhnlicher Mensch auch getan haben würde. Dass sie einander nicht begegnet waren, irritierte ihn allerdings. Auf dem Weg, den Walter gegangen war und den auch der Schauspieler gegangen sein musste, hätten sie sich kreuzen müssen. Welchen anderen Weg hatte Kupfer genommen? War er an ihm vorbeigegangen, ohne dass er ihn bemerkt hatte? Selbst in einen dunklen Mantel gehüllt hätte Walter ihn doch erkennen müssen.

Ängstlich darum bemüht, dass keines der Kuverts und keine Karte, die man der Fürsorge der Post anvertraut hatte, in den Schnee fiel, presste Walter den kleinen Stapel an seine Brust, schloss auf, schüttelte den Schnee von seinem grünen Umhang und betrat das Postamt, um die Post dort abzulegen, wo er sie am nächsten Morgen vor der Schalteröffnung durchsehen, nach Destinationen sortieren und abstempeln würde, um sie danach in die drei dafür vorgesehenen Säcke zu werfen, den Kantonssack, den Schweizer Sack und den Ausländersack. Er legte den Briefstapel auf den Tisch neben Stempelkissen und Stempelkarussell, doch Kupfers Karte ließ er nicht dort liegen. Er nahm sie an sich, löschte das Licht und verließ das Büro. Er drückte die Karte an sein Herz und glaubte den Duft von Lavendel wahrzunehmen. Er stieg die Stufen zu seiner Wohnung hinauf, öffnete die Wohnungstür und drückte den Lichtschalter, es machte Klack. Der abgestandene Geruch des Mittagessens schlug ihm entgegen, das er selbst zubereitet, aber nur zur Hälfte gegessen hatte; der Rest war für morgen: Rindssuppe mit Kohl, Lauch, Makkaroni und einem Markknochen. Sie war leicht versalzen, viel Maggi, so mochte er sie.

Die Fenster waren dunkle Löcher, kein Licht fiel auf den Schnee. Er zog die dicken, dottergelben Vorhänge zu, obwohl niemand in seine Wohnung sehen konnte. Hier oben war er immer unsichtbar. Der Stoff fühlte sich schmutzig an, aber schmutzig wovon? Gewiss roch er nach all den Essen, die in den letzten Jahren hier oben von wechselnden Angestellten der PTT gekocht worden waren, hauptsächlich wohl von Junggesellen. Es handelte sich um eine möblierte Wohnung. Ein Durchgangsort für unbeständige Bewohner.

Er hielt nach der hellsten Lichtquelle Ausschau. Zweifellos war das die Lampe, die über dem Küchentisch hing und leise hin und her schwang, sobald man sich im Raum bewegte. Ohne den Mantel auszuziehen, setzte er sich an den Tisch und schob den schmutzigen Teller beiseite. Er wischte mit dem Ärmel über die Tischplatte und hielt die Karte unter die Glühbirne. Kupfers Schrift, Kupfers Signatur – der Vorname – unten rechts. Walter begann zu lesen, was Kupfer an seine Freunde nach Wien geschrieben hatte:

Liebe Gina, lieber Eduard. Ich wünsche euch das Allerbeste aus den Engadiner Bergen, wo man euch schmerzlich vermisst. Bin schon etwas erholt, bleibe noch eine Weile, bevor es zurück nach Berlin geht, Mitte März Dreh in Babelsberg, wie gehabt, an der Seite von Jannigs, dem ollen Knattermimen. Hier liegt der Schnee schon meterhoch. Es grüßt euch herzlich Euer Lionel.

Der Schnee lag hoch, aber nicht meterhoch. Der Rest mochte stimmen. Seine despektierliche Äußerung über Jannings entsprang gewiss nicht Neid, sondern natürlicher Abneigung. Verübeln konnte Walter sie ihm nicht. Der augenrollende Charakterdarsteller gehörte auch nicht zu seinen Favoriten.

Walters Finger glitten über die Buchstaben, die die Feder in Kupfers Hand mit lackglänzender schwarzer Tinte auf das Papier gebannt hatte, doch dann hielt er inne und hob die Hand, zum einen, weil er fürchtete, seine Finger könnten den Glanz durch die Reibung trüben, zum anderen, weil er eine fliegenbeinkleine Wimper entdeckt hatte, die millimeterdünn unter den Zacken der Briefmarke hervorlugte, von der ihn ein fetter Bonvivant mit Lockenperücke anschaute, der eine auffallende Ähnlichkeit mit dem fliegenden Reichstagspräsidenten im Nachbarland hatte.

Während Kupfer die Karte mit dreißig Rappen frankiert hatte – eine 20er-Marke hätte genügt –, musste sich eine Wimper von seinem Lid gelöst haben und unbemerkt auf die Karte gefallen sein, kurz bevor er die Gummierung abgeleckt und die Briefmarke aufgeklebt hatte. Vorsichtig versuchte Walter, die Wimper mit den Fingerspitzen zu fassen und unter der Briefmarke hervorzuziehen, doch er bekam sie auch zwischen zwei Fingernägeln nicht in den Griff. Es musste gelingen. Er würde sich das Stückchen Kupfer nicht entgehen lassen!

Gerade als er sich entschlossen hatte, die Pinzette zu holen, mit der er sich gelegentlich die Augenbrauen zupfte (Philatelist war er nicht), bemerkte er, warum er der Wimper nicht habhaft geworden war. Es handelte sich nicht um eine Wimper, sondern um das feine Häkchen eines mit Bleistift geschriebenen Buchstabens. Die Rundung eines R? Er zog die Schublade heraus und tastete nach dem Vergrößerungsglas. Als er den feinen Strich unter der Lupe betrachtete, bestätigte sich seine Vermutung. Unter der Briefmarke verbarg sich etwas, was weder für die Augen neugieriger Postangestellten noch für einen der beiden Adressaten bestimmt war.

Walter setzte Wasser auf.

Zehn Minuten später hielt er die rechte Ecke der Ansichtskarte über den heißen Wasserdampf, der aus der Tülle des Wasserkochtopfs aufstieg, den seine Mutter ihm geschenkt hatte, als er nach Zürich zog (»Ein schöner Caldor, er wird uns alle überleben.«). Unter dieser Behandlung würde die Karte mit Sicherheit nicht leiden.

Es dauerte nicht lange, bis die Frankierung sich zu lösen begann. Was darunter zum Vorschein kam, versetzte Walter in entzücktes Erstaunen. Mikroskopisch kleine Buchstaben, zierlich kleine Wörter und ein Fragezeichen;

eine geheime Botschaft im Schutz einer zweieinhalb auf drei Zentimeter großen Briefmarke.

Die Gummierung hatte die Buchstaben nicht etwa beschädigt, sondern noch stärker hervorgehoben. Zudem wirkte sie wie eine schützende Folie. Die Schrift war nicht verwischt, sie stach an dieser Stelle deutlicher hervor als das, was die Öffentlichkeit nicht scheute. Doch um die mikroskopisch kleinen Wörter zu entziffern, die nicht für fremde Augen bestimmt waren, benötigte Walter das Vergrößerungsglas. Er legte die Karte auf dem Küchentisch erneut unter die Lampe und beugte sich darüber.

Er entzifferte mit der Lupe mühelos: *Wann halte ich dich wieder im Arm, Geliebte …? Geliebter …?*

Hatte seine Hand gezittert? Walter stockte beinahe der Atem.

Was er irrtümlich für eine Wimper Kupfers gehalten hatte, war in Wahrheit der Halbmond eines Fragezeichens. Die Nachricht war mehr als eine Botschaft. Das Rätsel war gelöst, weil er dieses Fragezeichenüberbleibsel, das jedem anderen entgangen wäre, nicht übersehen hatte. Er starrte lange auf die Schrift, doch je eingehender er sie betrachtete, desto empfindlicher veränderte sich das Bild des Buchstabens vor dem Fragezeichen. Hatte seine Hand beim Schreiben gezittert? War das ein e? Folgte ein r? War die Hand ausgerutscht? Mündete das e nicht unmissverständlich in ein r? Ein abgebrochenes r, vielleicht. Wem galt die Botschaft aus dem Waldhaus? Je länger er durch das Glas starrte, desto unsicherer wurde er. Seine Augen begannen von der Anstrengung zu tränen.

Wer war der Empfänger der geheimen Botschaft. Eduard oder Gina? Geliebte? Geliebter?

Walter legte die Ansichtskarte, die er nun lange genug in

der Hand gehalten hatte, auf den Tisch und die Briefmarke daneben. Damit der Empfänger der geheimen Nachricht keinen Anlass hatte, Verdacht zu schöpfen, würde er sie später wieder aufkleben, und zwar so, dass selbst der Punkt des Fragezeichens nicht mehr zu sehen war. Bis dahin allerdings gehörte die geheime Nachricht ihm allein, als wäre sie an ihn gerichtet. Er würde sie neben seinem Bett gegen die Nachttischlampe lehnen. *Wann halte ich dich wieder im Arm, Geliebter?*

II

Das war nicht Fritz, aber es war seine Musik. Die leicht verstimmte Geige musste eben erst eingesetzt haben, das leicht verstimmte Klavier spielte wohl schon etwas länger. Das Cello war nicht verstimmt, aber die Intonation des Cellisten nicht über jeden Zweifel erhaben. Die Temperatur stieg. Kupfer besaß nicht das absolute Gehör, aber falsche Töne schmerzten auch ihn, der immerhin ein passabler Sänger war.

Die Musik kam aus dem Nebenraum, der großen Halle, er hörte sie erst jetzt. Teppiche und Vorhänge taten das ihre, die Töne zu dämpfen. Nein, der echte Kreisler spielte eindeutig mit mehr Schmelz und ungleich größerer Noblesse und Fingerfertigkeit. Nur mit Mühe und Anstrengung erwachte Kupfer aus einem Traum, den er bereits vergessen hatte, obwohl das Gefühl, das er dabei empfunden hatte, noch immer nach ihm griff. Er atmete durch. Er befreite sich von dem, was ihm im Weg stand.

Man war offenbar auf Zehenspitzen um ihn herumgegangen, denn er war eingeschlafen und nicht früher aufgewacht. Er tastete nach seiner Taschenuhr. Sein Schlaf war selten tief, meist kurz und unruhig, er glaubte selbst im Schlaf zu hören, was um ihn herum geschah, doch diesmal hatte er bis zum Einsatz der Geige gar nichts gehört. Sie spielten Fritz' zögerliches *Liebesleid* ein wenig schleppend.

35

Einen leichten Plaid über den Knien, saß Kupfer nun leicht vorgeneigt im Sessel. Er wirkte älter und müder als auf den Fotos, die man von ihm kannte. Instinktiv bemühte er sich um Haltung, dazu brauchte ihn niemand anzuhalten. Dabei blieb der Mund leicht geöffnet, als sei eine Kamera auf ihn gerichtet, und einem genauen Beobachter wären nicht nur die weißen Zähne, sondern auch der dünne, silbrige Speichelfaden aufgefallen, der den linken Mundwinkel verunstaltete. Schon als Kind war er um die Lippen herum unempfindlich gewesen. Essensreste spürte er so wenig wie Rasierschaum. Oft genug hatte ihn seine Mutter aufgefordert, den Mund abzuwischen. Unwillkürlich berührte er mit Daumen und Mittelfinger seine Mundwinkel.

In den weichen Plaid hinabgesunken, lag ein aufgeklapptes Buch mit dem Rücken nach oben wie ein kleines Kirchendach in seinem Schoß, Franz Werfels *Verdi, Roman einer Oper*; ein roter Einband mit goldener Prägung. Vor zehn Jahren erschienen, las er es erst jetzt und war darüber eingeschlafen. Kupfer ertrug Opern nur an wenigen Tagen des Jahres. Zweifellos mochte er Werfel. Ebenso sicher mochte er Alma nicht. Wer mochte Alma schon, wer Werfel nicht? Würde er Verdi verkörpern? Man war seit einigen Jahren im Gespräch. Mit irgendjemandem war Kupfers Agent immer im Gespräch, während er sich lieber auf das konzentrierte, was im Augenblick zu tun war. Von dem, was noch in weiter Ferne lag, würde Lionel früh genug erfahren, um sich dann damit zu beschäftigen. Die Vorstellung, sich einen Bart kleben zu müssen, war ihm unangenehm. Er würde ablehnen. Kein Verdi, kein Wagner, allenfalls Puccini, der hatte bloß einen Schnurrbart gehabt, der nicht das ganze Gesicht verunstaltete.

Die Ova, die er halb geraucht in den Aschenbecher gelegt hatte, bevor er eingeschlafen war, war ohne sein Zutun einfach verglüht und erloschen. Er hatte sie nicht ausgedrückt, auch niemand sonst. Dem Risiko eines Brandes wäre einer der zahlreichen Kellner, die still, flink und aufmerksam durch die Räume eilten und nie die Übersicht verloren, zuvorgekommen. Unauffällig behielt man die Gäste und ihre Rauchwaren im Auge. Manche – so konnten die Kellner und Angestellten beobachten, die sich im Hintergrund hielten – wurden zu sorglosen Kindern, sobald sie das Hotel betraten, den Ort, an dem man ihnen alles abzunehmen bereit war, die Sorgen, die Arbeit, den beschwerlichen Alltag, nur nicht die Freiheit, sich gehen zu lassen. Zu Diensten. Der eine wie der andere. Hübsche Kerle waren auch darunter. Er beobachtete sie nicht nur, wenn er sich von ihnen unbeobachtet glaubte. Er liebte seine Freiheit und kostete sie in Maßen aus.

Er saß nicht etwa in der Mitte des Raums, wo jeder über seine ausgestreckten Beine, die er nun einzog, hätte stolpern können, sondern abseits in einer Nische, nahe den großen Fenstern, durch deren Ritzen es etwas zog, deshalb der Plaid; ihn fror leicht, seit seiner Kindheit, an die er ungern dachte, es war ja auch nicht nötig. Er streckte die Hand nach der Zigarette aus. Dann blickte er sich nach einem Kellner um, überlegte es sich aber anders und bestellte nichts. Er war etwas hungrig, und er wusste, dass sich dieses Gefühl schnell steigern würde. Er würde sich so bald wie möglich an den Tisch setzen. Er brauchte etwas auf die Zunge, etwas nicht allzu Festes, nicht allzu Weiches, heute kein Kaviar, keine Gänseleber, sondern Wild im eigenen Blut, Kaninchen, Reh oder Hirsch. Im Engadin musste es doch davon wimmeln. Im Herbst geschossen, war es nun reichlich abgehangen.

Auf die Rücksichtnahme der allermeisten Gäste im

Waldhaus konnte man sich verlassen. Sie taten nicht, als ob sie ihn nicht kennen würden, doch taten sie alles, um es sich nicht anmerken zu lassen. Ein flüchtiger Seitenblick, ein noch flüchtigeres Lächeln, das war angebracht, angenehm und beruhigend. Es war sehr leicht, hier unterzutauchen, wenn alle so taten, als sei man ein Gast wie jeder andere. Man grüßte zurückhaltend, aber nicht unterwürfig, man grüßte ihn wie einen Besucher, den man nicht näher kannte. Wünschte jemand ein Autogramm – was selten geschah –, schob man gewöhnlich ein unerschrockenes Kind vor, das schüchtern mit seinem Poesiealbum oder einem Autogrammfoto an ihn herantrat, oder schickte einen Angestellten aufs Zimmer und gab sich außer mit Vornamen nicht zu erkennen. Für Herta. Für Hedda. Für Helene. Für Hans.

Und niemand fragte ihn: Sind Sie allein in Sils, was werden sie als Nächstes spielen, wie geht es Lilian Harvey, ist Rühmann so bescheiden, wie er sich gibt, wann drehen Sie in Hollywood, wie ist Hans Albers wirklich? Nur ganz wenigen war er unbekannt, vor allem Engländern und Franzosen, dort hatte er nicht Fuß gefasst wie hier, dort gab es andere Männer seiner Statur, die ihm das Wasser reichen konnten.

Er schloss noch einmal die Augen, aber nur kurz. Gleich würde er aufstehen und zu Tisch gehen. Noch eine Sekunde Ruhe. Ein Glas Champagner. Er würde ihn am Tisch bestellen.

In der Öffentlichkeit zu schlafen war unfein, der Schlaf hatte ihn überrascht. Auf allen Tischen brannten Kerzen, die warmes Licht verbreiteten. Dass manche flackerten, schwächte den Eindruck von Harmonie nicht. Wohldurchdacht brannte da und dort, vor allem in der Nähe der Fenster, elektrisches Licht hinter grünen Seidenschirmen und warf schwaches Licht nach draußen auf den Schnee. Lionel blickte auf seine Uhr, es war halb acht. Es spielte keine Rolle, ob ihn jemand gesehen hatte, als er schlief. Er drehte das Buch um und klappte es geräuschlos zu. Er konnte sich an nichts erinnern, der Traum war verrauscht. Als er die Füße ausstreckte, merkte er, dass sie eingeschlafen waren, ein leises Kribbeln deutete an, dass sie gerade zum Leben erwachten. Er würde Verdi nicht spielen.

Er stand auf, um in den Speisesaal zu wechseln, es wurde heller, der Speisesaal war groß, fast streng, keine überflüssigen Vorhänge, keine unnützen Teppiche, die meisten Tische waren bereits besetzt. Hier schien alles zugleich offener und intimer.

Den Plaid hatte er wie eine alte Haut zurückgelassen, irgendjemand würde ihn ordentlich zusammenlegen und vielleicht daran riechen, weil er darunter geschlafen hatte, bevor er ihn versorgte. *N'exagérons pas,* hätte seine Mutter pikiert gesagt, hätte er solche Ideen geäußert. Sie war gebildet, zu Höherem berufen, aber mittellos geboren und nie wohlhabend geworden, weil sie, wie sie mit Inbrunst glaubte, den falschen Mann geheiratet hatte, der nichts aus sich gemacht hatte und demzufolge nichts aus ihr zu machen vermochte. *La belle Hélène* konnte nicht sein, wovon sie überzeugt war, dass sie es war und deshalb etwas anderes verdiente als kleinbürgerliche Mittelmäßigkeit. So war sie schön und geistreich für nichts und niemanden außer für ihre nächste Umgebung: für den Gatten, für ihre Brüder und Schwestern, für die Verwandten und Nachbarn in Wien. *Un gouffre cette ville exquise et morne,* wie sie zu sagen pflegte. »Bitte übersetzen«, hatte der Sohn sie immer gebeten, als er klein war, »bitte übersetzen«, aber sie übersetzte nie, sie hielt den hochgestreckten Zeigefinger vor ihre gespitzten Lippen, lächelte und schüttelte langsam den Kopf. *Tu apprendras un jour.* Französisch war die Sprache des Geheimbundes, an dessen Mitgliedschaft die Eltern sich nur in seiner Gegenwart erinnerten.

Kupfer deutete an, dass er den Gruß der älteren Dame, die ihm unter halb geschlossenen Lidern genierlich zunickte, durchaus duldete, er warf ihr einen flüchtigen Blick zu, kaum ein Lächeln, fast kein Ausdruck. Er wollte nicht überheblich erscheinen, wusste aber, dass er nicht selten so wirkte. In den Ausdruck des Verführers setzte man alle möglichen Hoffnungen. Er schürte sie und musste sie zugleich enttäuschen. Nichts anderes erwartete man von ihm. Er ging weiter.

Die beiden Kellner, die er kreuzte, gaben ihm durch Blicke zu verstehen, dass sie seinen Wünschen Folge leisten würden, sobald er sie äußerte. Sie wussten, wo er saß, welchen Wein er trank, dass er das Fleisch lieber *saignant* als *bien cuit* aß, und vielleicht ahnten sie sogar, welchen von ihnen er bevorzugte. Den größeren, immer den größeren, das konnten sie unmöglich wissen. Er neigte den Kopf, um die Wirkung seines Auftritts um ein Geringes zu verstärken, nicht zu stark, denn ungünstigenfalls warf das Doppelkinn mehr als zwei Falten, auch wenn es bislang nur im Ansatz bestand. Als alter Hase seiner Zunft verstand er es meisterhaft, sich ins richtige Licht zu setzen, das hatten er und Marlene gemeinsam, die mit jedem Scheinwerfer, der über ihr im Studio hing und dessen genaue Ausrichtung sie kannte, eine intime Beziehung hatte und deren Nummern sie vermutlich mit größerer Leidenschaft als die Namen ihrer Liebhaber registrierte. Sie hatte zu Weihnachten aus Hollywood geschrieben, *greetings*, sie drehte mit dem Despoten, den sie fürs Erste gebändigt hatte, wie es schien. Englisch wurde in Lionels

Elternhaus nicht gesprochen. Französisch sprach seine Mutter, die Frau des kleinen Apothekers, nicht nur, damit das Kind sie nicht verstand. Sie nannte ihren Mann den kleinen Apotheker. Oder den windigen Apotheker, weil er das bescheidene Auskommen, das sie hatten, nicht immer auf legalem Weg auffrischte.

Man kannte ihn also, fast jeder kannte ihn, auch viele, die ihn niemals auf der Leinwand gesehen hatten, wussten um seinen Ruhm. Doch an diesem Abend trat ein untersetzter älterer Kellner an ihn heran, den er nie zuvor gesehen hatte, und fragte ihn nach seinem Tisch! Und erst dann nach seinem Befinden! Dabei war er beflissen und höflich.

Kupfer war befremdet, aber nicht schockiert, das dann doch nicht. Die wenigen an ihn gerichteten Worte genügten, um den ihm unbekannten Kellner als Tiroler zu identifizieren, die Worte waren melodisch verschliffen. Vielleicht ein Südtiroler. Ein Landsmann Luis Trenkers, des geschwätzigen Bergsteigers und bescheidenen Schauspielers? Kupfer war in aufgeräumter Stimmung und würde dem Neuling gegebenenfalls auch weitere Fauxpas durchgehen lassen.

Doch dieser stellte keine weiteren deplatzierten Fragen, nachdem Kupfer auf jenen Tisch gedeutet hatte, an dem er immer saß und dem er bereits zustrebte. Den neuen Kellner hatte Lionel vergessen, kaum hatte dieser ihm den Rücken zugewandt und damit die Durchführung all jener Handreichungen in Gang gesetzt, die einen reibungslosen Ablauf des Abends garantierten.

Kupfer setzte sich. Er faltete die Serviette auseinander, die bündig neben dem Messer lag. Er legte sie sich auf die Knie. Er wartete. Sein Gesichtsausdruck war abwesend verträumt. Er fühlte sich beobachtet.

Wo er saß, war die Musik nur noch ein entferntes Geräusch. Nichts weiter als ein angenehmer Klang. Leicht trommelte er mit Ring- und Mittelfinger den Takt auf den Tisch. Das war nicht Kreisler, das war ein recht vergnügter Marsch. Das weiße Tischtuch dämpfte die leichten Schläge seiner Finger. Man servierte ihm den Champagner, den er nicht zu bestellen brauchte, weil die Kellner, die sich der Ahnungslosigkeit des Österreichers inzwischen in den Weg gestellt hatten, seine Vorlieben kannten. Vor dem Essen stets Pommery, zum Essen Pommard.

Willys vertrautes Gesicht tauchte auf, der dem Neuen, der sich nur noch am Bildrand zeigte, einen vernichtenden Blick zugeworfen und ihn mit einer kalten Handbewegung in eine Ecke des Speisesaals verwiesen hatte. Das war die sanfteste Hinrichtung, der Lionel je beigewohnt hatte, und es war nicht zu übersehen, wie sich der Rücken des Neulings krümmte. Lassen Sie ihn, wollte er Willy zurufen, aber nun war auch er aus seinem Blickfeld verschwunden.

Der Champagner prickelte auf der Zunge, die Bläschen stiegen ihm in die Nasenhöhlen wie Kokain, nur dass sie nicht dieselbe Wirkung zeigten. Er wischte den Mund mit der Serviette ab. Jeden Abend lag eine neue da. In den Hotels, in denen er als Kind mit den Eltern die Ferien verbracht hatte, wurden die Servietten höchstens alle drei Tage gewechselt. Wie in einem Internat – er hatte nie ein Internat besucht, aber er hatte einen Internatsfilm gedreht – wurde jedem Gast ein nummerierter hölzerner Serviettenring zugeteilt, die arabische Zahl bezeichnete den Tisch, die römische Ziffer dahinter jeweils den Gast an diesem Tisch. Dem kleinen Lion hatte man immer die Nummer III gegeben, dem Vater die II, der Mutter die I, so gebot es die Hierarchie der Höflichkeit, *la politesse*. Man achtete darauf, die Servietten möglichst sauber zu halten, genau wie zu Hause, wo sie auch nicht täglich gewechselt wurden, nur dass man hier nicht zu Hause war. Wenn Lionel aufbegehrte, dann war die Wahrheit stets auf seiner Seite. »Ist es besser, mit schmutzigem Mund herumzulaufen als eine schmutzige Serviette liegen zu lassen?«

Seine Mutter hatte die Ferien genossen, sein Vater war stets froh gewesen, wenn sie zu Ende waren. Nur für die Landschaften schien er sich erwärmen zu können. Die weißen Berge, die blauen Seen, das Meer, das meistens ruhig war, sagten ihm zu. Er schrieb ein Tagebuch, das niemand lesen durfte.

Sie waren gestorben, ohne den Lohn von Lionels Ehrgeiz genießen zu können. Beide hatten unterschiedliche Vorstellungen davon gehabt, was aus ihm werden sollte; dass er Schauspieler wurde, gehörte nicht zu ihren Plänen. Doch war es ihnen nicht gelungen, es ihm auszureden. Er wollte nicht an seine armen Eltern denken, nicht jetzt. Sich an sie zu erinnern, machte ihn so traurig, dass sein Verstand davon beeinträchtigt wurde. Ihr vergangenes Unglück war eine Last, die er nicht abschütteln konnte. Es war, als ginge ihre Bitterkeit, kaum dass er daran dachte, auf ihn selbst über. Sie ließ sich nicht bereinigen und nicht beseitigen. Verleugnen konnte er sie nicht.

Das Einzige, was sie von seinem späteren Erfolg mitbekommen hatten, war der dornige Weg, von dem man nicht wissen konnte, ob er woanders als in jenem Niemandsland enden würde, das sie – vor allem aber seine Mutter – stets vor Augen gehabt hatten; etwas anderes zu sehen war ihnen – vor allem seiner Mutter – nicht vergönnt gewesen, dazu fehlte ihnen – auch seinem Vater – der Glaube oder die Einbildungskraft. Das Licht am Ende des Tunnels hatte so spärlich geleuchtet wie bei anderen Schauspieladepten auch, von denen einige mindestens so talentiert gewesen waren wie er. Doch sie waren nicht angekommen, sondern in der Finsternis verschwunden. Kupfer machte sich nichts vor: Zufall und Aussehen, Äußerlichkeiten also, waren wichtigere Kriterien als Begabung und Können. Und Glück gehörte dazu. Was war aus den Hoffnungen all jener geworden, die er längst aus den Augen verloren hatte? Mancher, der mit dem Hamlet begonnen hatte (und nicht wie Kupfer als Güldenstern), hätte sich heute glücklich geschätzt, an seiner Seite einen Taxifahrer zu spielen, der ihm den Wagenschlag aufhielt und zwei Sätze mit ihm wechselte.

Willy kam, der Tiroler ließ sich nicht mehr blicken, Kupfer bestellte wie immer à la carte. Die Menükarte zu studieren überließ er den einfallslosen Kleinbürgern, von denen es auch hier, wie überall, einige gab, die diese Einschätzung natürlich weit von sich gewiesen hätten. Er bestellte als Hauptgericht Reh mit Wirsing, als Vorspeise geräucherte Forelle mit Kaviar und pochiertem Ei, vorweg eine Rebhuhnconsommé mit Klößchen – jedoch kein Dessert! Er achtete auf sein Gewicht, der Küche und dem Personal war das bekannt. War er einst zur Hauptsache auf das Glück angewiesen gewesen, war es heute sein Aussehen, das über die Fortdauer seiner Karriere entschied. Sein Können brauchte er nicht stets von Neuem unter Beweis zu stellen, sein Äußeres hingegen schon. Ein ausgesungener Heldentenor mochte im fortgeschrittenen Alter als komischer Dicker durchgehen, ein fetter Kupfer war unbrauchbar. Man durfte ihm seinen Jahrgang nicht ansehen und wenn man ihn kannte, sollte man staunen. Man durfte ihn für jünger halten, als er war. Außer jenen, die jedem erfolgreichen Schauspieler misstrauten, taten das die allermeisten.

Brockhaus' wie Meyers Konversationslexikon verzeichneten sein korrektes Geburtsdatum, den 9. März 1888. Demnach ging er eindeutig auf die fünfundvierzig zu. Einschlägige Quellen wie Filmzeitschriften, Illustrierte, Klatschspalten und Biographien, die in Wirklichkeit bloß mehr oder weniger geschickt zusammengestellte Anhäufungen ungeprüfter und unüberprüfbarer Gerüchte und Anekdoten waren, nannten Zahlen zwischen 1889 und 1895. Man ließ ihm noch ein wenig Zeit zu altern. Was den Ort seiner Geburt betraf, wurde stets Wien genannt, weil er der Einzige war, der wusste, dass das nicht stimmte. Seine Eltern waren erst Anfang der Neunzigerjahre von Lemberg nach Wien umgesiedelt.

Jean-Marie, der Franzose, stellte die Consommé vor ihn hin. Lediglich sein Nacken schien sich ganz leicht zu krümmen. Der Mann war reine Beherrschung. Von ihm konnten nicht nur junge Kellner, sondern auch erfahrene Schauspieler lernen.

»Danke«, sagte Kupfer, und allein dieses Wort hätte genügt, um den Kehlen seiner Verehrerinnen, wäre es an ihr achtsames Ohr gedrungen, einen Seufzer des Entzückens und Verlangens zu entlocken. Tief, wohltemperiert, sonor und mezzavoce zielte der Klang seiner Stimme ohne Umschweife in das Sonnengeflecht seiner Bewunderer und schlug ein. Ein Umweg über das Gehirn war gar nicht nötig. Er wusste es, auch wenn er dieses Mittel längst nicht mehr in jeder Situation mit Bedacht einsetzte. Er war längst damit eins geworden. Jean-Marie schlug kurz die Augen nieder.

Jean-Marie sagte nicht mehr als: »Bon appétit.« Doch dann hielt er gegen jede Gewohnheit in der Drehung inne, die ihn forttragen sollte, und fügte hinzu: »Il neige abondamment, Monsieur.«

Formvollendet wendete er auf den frisch gesohlten Absätzen seiner glänzenden Schuhe und entfernte sich elegant und bescheiden. Die Arme waren angewinkelt, über dem linken Unterarm lag eine ordentlich gefaltete Serviette, die wohl nur der Dekoration oder Notfällen diente. Die Teppiche erstickten das Geräusch seiner Schritte. Kupfer entging das alles nicht.

Kupfer genoss, was er sich langsam – er schlang nicht, er kaute fast unsichtbar mit geschlossenem Mund – einverleibte. Nach jedem zweiten Löffel fuhr er sich mit der Serviette leicht über die Lippen, darauf bedacht, sie nicht bloß zu betupfen wie eine um Contenance bemühte Baronesse. Er achtete auch dann um entschieden männlichen Ausdruck, wenn ihm nicht danach war, in jeder Lebenslage, jedenfalls wenn er davon ausging, dass man ihn beobachtete.

Salzigkeit, Süße und ein Säurehauch hielten sich die Waage. Die Wildbrühe balancierte in perfektem Gleichgewicht. Er ließ sich die mit feinstgewogenen Zwiebelröstern durchsetzten Grießklößchen und den Schnittlauch schmecken, der auf die Flüssigkeit gestreut worden war, ohne darin unterzugehen, wahrlich kein Kraut, das der Jahreszeit entsprach. Etwas anderes als französische Extravaganz gepaart mit Schweizer Akkuratesse war hier nicht zu erwarten, bei jeder Mahlzeit.

Zu genießen, was wirklich Genuss bereitete, war für ihn längst zum unverzichtbaren Bestandteil jenes Lebens geworden, das er gewählt hatte, als er sich daranmachte, berühmt zu werden, ohne wählen zu können, denn ob er damit Erfolg haben würde, konnte niemand wissen, er selbst am wenigsten. Er leistete sich jeden Luxus. Zeitweilig hatte er sogar einen eigenen Chauffeur gehabt.

Ein Rest Consommé – durchsichtig und von der Farbe hellen Burgunders – bedeckte knapp den Boden der breiten Tasse. Er legte den silbernen Suppenlöffel auf die Untertasse und sah zum Fenster hinaus. Es folgten die Vorspeise und das Hauptgericht. Sein Blick blieb da und dort hängen, an einem Bild, an einer Vase, an einem Bild, an einem eiligen Sommelier. Er hatte nicht die Angewohnheit, sich zwischen den Gängen zu beschäftigen. Er las weder Bücher noch Zeitungen. Er langweilte sich nicht, er konzentrierte sich auf die Notwendigkeiten des Augenblicks.

Kupfer besaß die Fähigkeit, die Welt, die ihn umgab, zum Verschwinden zu bringen, wenn ihm danach war, was nicht selten geschah. So hielt er es auch bei den langweiligen Drehpausen, die anstrengender waren als das Drehen selbst. Er sah, dass es schneite, weil er sich entschieden hatte, Jean-Maries Bemerkung nicht zu ignorieren.

Tatsächlich fielen dicke, schwere Flocken vom Himmel. Irgendwo da draußen schrie ein entzücktes Kind, das wohl nicht völlig unerwartet von einem Schneeball getroffen worden war. Sehen konnte er es nicht. Und dann spürte Kupfer die unerwartete Gegenwart einer Frau, die sich ihm leise genähert hatte und nun ein wenig zögerte, bevor sie fragte, ob sie störe.

Nirgends ein Kellner zu sehen, der sie davon abgehalten hätte. Er blickte auf. Sie störte natürlich, war allerdings so zurückhaltend und schön, dass er nicht widerstehen konnte. Es war, als störe er, nicht sie. Sie hatte dunkles Haar. Sie roch nach einem Parfum, das er nicht kannte. Er schob den Teller etwas beiseite, eine Geste, von der er sich Zeitgewinn versprach. Noch hatte er die Möglichkeit, sich zu verweigern. Doch dann erhob er sich, nicht um zu gehen.

Er sagte: »Nein, nein, Sie stören nicht.«

Er überließ es ihr, ihm zu glauben oder ihn für einen gnädigen Heuchler zu halten.

Offenbar hatte sie sich vorgenommen, Umwege zu vermeiden.

»Sie haben eine frappierende Ähnlichkeit mit meinem Mann. Ich hoffe, Sie fühlen sich durch diese Bemerkung nicht belästigt oder beleidigt. Er ist bei einem Grubenunglück ums Leben gekommen.«

»Das tut mir leid.«

»Ich möchte allerdings nicht den Eindruck einer trauernden Witwe erwecken, er wäre nicht ganz richtig, wenn auch nicht völlig falsch. Mein Mann, der älter war als ich – und älter als Sie –, besaß mehrere Minen in Transvaal, im südlichen Afrika. Gold, nicht Silber. Dort ist es passiert. Es ist passiert.«

Sie stockte kurz und fuhr fort: »Sie dachten doch nicht, er sei Bergmann gewesen? Nun, ich nehme an, er war nicht der einzige Minenbesitzer, dem das passierte, was gemeinhin Bergleuten widerfährt, die unter erschwerten Bedingungen arbeiten. Ebenso gut hätte er natürlich vom Pferd fallen können. Es wäre sogar viel naheliegender gewesen, obwohl er als Reiter erheblich geschickter war denn als Bergsteiger. Vom Pferd stürzt hin und wieder auch der Beste.«

»Auch Sie sind eine geübte Reiterin, nicht wahr?«

»Was glauben Sie?«

»Ja oder nein?«

»Ich war es«, sagte sie nach kurzem Zögern, strahlte ihn dabei an und neigte ein wenig den Kopf, als ruhte das aufmerksame Auge einer unsichtbaren Kamera, der nicht der kleinste Makel entging, auf ihr, sodass die veränderte Beleuchtung ihre leicht asymmetrische Gesichtsform korrigierte. Die Musik, die eine Pause eingelegt hatte, setzte wieder ein. Diesmal war es Lehár oder Stolz. Jedenfalls ein Wiener Walzer.

»Ich unterhielt ein kleines Gestüt in Belgien, habe es aber verkauft«, sagte sie dann, schien aber kein Interesse daran zu haben, weiter darüber zu reden. Von Gestüten verstand er nichts.

»Ein Gestüt? Ehrlich gesagt, Pferden kann ich nichts abgewinnen. Wenn ich in Nahaufnahme reite, sitze ich sicher auf einem unsichtbaren Bock im Studio, die Leinwand läuft hinter mir, den Rest macht mein Double.«

Er hatte das Gefühl, nicht nur gelernten Text zu sprechen, sondern auch auf gelernten Text zu reagieren.

»Sie sind doch Lionel Kupfer?«

»Was dachten Sie, wer ich sonst sein könnte?«

Wie bei jedem Dialog, an dem viel gefeilt worden war, ergab sich eines aus dem anderen, weil sich ein Dritter die Antworten vor den Fragen ausgedacht hatte. War das alles? War das alles, was sie wissen wollte?

»Möchten Sie sich zu mir setzen?«

Sie streckte wortlos die Hand nach dem Stuhl aus. Kupfer fielen die etwas unsauberen Fingernägel auf. Sie hatte kürzlich wohl aquarelliert. Jean-Marie eilte herbei und schob ihr den Stuhl unter. Das Kleid, das sie trug, glänzte silbern. Sie setzten sich, und Kupfer bestellte ein zweites Glas Pommard.

»Ich möchte wissen, wie Sie heißen.«

Sie zögerte nur kurz.

»Marianne Saltzmann.«

Als der Name fiel, fiel auch der Groschen. Ein namenloser toter Minenbesitzer sagte ihm nicht mehr als Lilian Pape, die in Solothurn zur Schule gegangen war, in Berlin Abitur gemacht hatte und später unter dem Namen ihrer englischen Mutter Schauspielerin geworden war. Ein Mann namens Saltzmann sagte ihm mehr. Dass der Kunsthändler außer französischen Impressionisten auch

49

Minen besessen hatte, war Kupfer bis zu diesem Zeitpunkt nicht bekannt gewesen.

»Sie kannten ihn.«

»Wussten Sie das?«

»Er hat mir davon erzählt. Sie waren etwa gleich alt.«

»In etwa.«

»Sie sind zusammen zur Schule gegangen.«

»Wir haben dieselbe Schule besucht, aber nicht dieselbe Klasse. Die gleiche Schule, die auch Fritz Kreisler besuchte, der einige Jahre älter ist als ich.« Er machte unwillkürlich eine Handbewegung in Richtung Halle. In der Bar wurde inzwischen getanzt. »Ihn kennt die ganze Welt.«

»Auch er gehörte zu den Kunden meines Mannes«, sagte sie. »Ich habe nie verstanden«, fuhr sie übergangslos fort, »warum die Bilder ihm nicht genügten. Wozu die Minen, dieses schmutzige Geschäft?«

»Geld, nehme ich an. Geld ist nur schmutzig, wenn man seine Herkunft kennt. Ich wusste, dass er gestorben ist, aber dass er Minen besaß, wusste ich nicht. Er ruht in Frieden, nehme ich an.«

»Woher soll ich das wissen? Er war nicht gläubig.«

Sie tranken beide gleich langsam, gleich bedächtig, nachdem sie die Gläser gehoben und einander zugeprostet hatten, ohne das Kristall aneinanderzuschlagen, als wollten beide vermeiden, die Aufmerksamkeit anderer Gäste auf sich zu ziehen. Eine wohlige Wärme breitete sich aus, nicht nur in Kupfers Innerem, auch im Raum, der ihn und Saltzmanns Witwe trennte und begrenzte.

»Wir hatten uns seit Längerem aus den Augen verloren, und als er starb, war mir die Todesursache nicht bekannt«, sagte Kupfer.

»Sie wurde zwar nicht geheim gehalten, aber ich hatte keine Veranlassung, sie an die große Glocke zu hängen.

Sie können sich ja vorstellen, wie man darüber geredet hätte, wäre es an die Öffentlichkeit gedrungen. Kennen Sie Göring?«

»Wer kennt ihn nicht?«

»Er sammelt.«

»Er sammelt alte Meister.«

»Nicht nur. Ihm liegt auch an Impressionisten. Er hatte meinen Mann kontaktiert.«

»Ein ungleiches Paar.«

»Ungleich schon, aber kein Paar.«

»Hatte er etwas mit seinem Tod zu tun?«

»Um Himmels willen, nein! Bis nach Afrika reicht seine Macht noch nicht, so viel ich weiß. In Berlin kennt jeder jeden.«

»Sie kannte ich nicht, bisher.«

»Das hat sich nun geändert.«

»In Berlin kennt also doch nicht jeder jeden.«

»Und Hitler? Kennen Sie ihn? Ist er verrückt oder muss man mit ihm rechnen?«

»Vermutlich beides«, meinte Kupfer. »Ich kenne ihn bloß von Weitem. Er hat sich bei einem Empfang an mir vorbeigedrückt, wir sind einander aus dem Weg gegangen. Er wusste, wer ich bin, ich wusste, wer er ist. Ich nehme an, Sie kennen diese Situation. Man sagt, er habe auch seine unterhaltsamen Seiten. Er liebt Frauen, obwohl er selbst keine hat. Vielleicht liebt er sie deshalb. Aber das ist gewiss nicht die Art Scherze, die er liebt, nehme ich an. Aus der Nähe betrachtet macht er mir keine Angst. Ich bin kein Eingeweihter.«

»Sie sind Jude wie Saltzmann«, sagte sie.

»Oh nein, ich bin getauft. Meiner Mutter war sehr daran gelegen, sämtliche Spuren zu verwischen, die ihre Freundinnen hätten verfolgen können, die ihrerseits fast ausnahmslos stehend getaufte Jüdinnen waren und ebenfalls aus Russland oder Polen stammten. Aber man schwieg darüber. Wie wär's, wenn wir tanzten?«

Kupfer leerte sein Glas in einem Zug, Saltzmanns Witwe brauchte etwas länger. Als die beiden Anstalten machten, vom Tisch aufzustehen, eilten Jean-Marie und Willy herbei, um mit der ihnen eigenen Umsicht und etlichen Verbeugungen die Tafel aufzuheben.

Während die Kellner hinter ihnen bereits Geschirr und Gläser in die Küche trugen, verließen Kupfer und seine Begleiterin den Speisesaal, in dem nur noch wenige Tische besetzt waren, und wechselten in die Bar, wo die Musiker inzwischen einen Slowfox spielten. Saltzmanns Witwe bat ihn, einen anderen Tanz abzuwarten. Slowfox sei viel zu schwierig. Ein Walzer wäre besser.

Kupfer ignorierte die verstohlenen Blicke jener Gäste, die sich wunderten, ihn in Begleitung einer Frau zu sehen, die sie niemandem zuordnen konnten. Kupfer war sich darüber im Klaren, dass sie beide einen filmreifen Auftritt hinlegten, wie er ihm privat höchst unangenehm war, auch wenn man solche Szenen, wie er wusste, nicht immer vermeiden konnte.

Sie setzten sich und warteten einen Walzer ab, während die Aufmerksamkeit der anderen allmählich wieder von ihnen abgelenkt wurde. Doch während sie scheinbar einvernehmlich nebeneinander saßen, überfiel Kupfer aus heiterem Himmel das Verlangen, allein zu sein, allein in seinem Zimmer, allein mit seinen Gedanken.

III

e – e – e. Es schneite weiche Flocken, Watte, Wolle. Der Zug glitt dahin.

»Weesen!« rief der Stationsvorsteher, nachdem auch der Schaffner, der die Waggons abschritt und die Fahrkarten kontrollierte, wiederholt laut und deutlich »Weesen« ausgerufen hatte, lange bevor der Zug hielt und kurz nachdem sie die letzte Bahnstation verlassen hatten, an deren Namen sich Theres nicht erinnerte. Weesen sagte ihr nichts, nur, dass dieses Weesen ein Ort, kein Wesen war, das hatte sie schnell begriffen. Ein Ort am See zudem, der See war nicht zu übersehen; sie saß am Fenster, grau und dunkel. *E – e – e*, es schneite im Kopf, sie kannte das. Die Lokomotive verlangsamte, schnaufte aus und hielt. Kalt wurde ihr allein schon vom Hinsehen. Wohl fühlten sich nur die Fische. Der See lag ihr zu Füßen, mächtig und majestätisch. Jemand sagte anerkennend: »Weesen«, ein anderer Fahrgast ergänzend: »Am Ufer des Walensees.« See sehen. Weesensee, Walensee.

– e – e – e. Lesen war nicht Theres' Sache, Schreiben schon gar nicht, und dennoch fiel es ihr schwer, nicht ständig – viel zu oft – daran zu denken, insbesondere dann, wenn sie mit Schildern wie diesem konfrontiert wurde, die sie ganz wirr machten mit ihren verschlüsselten Botschaften. Anderen, auch ihrem Sohn, gelang es mühelos, sie zu

entziffern, ihnen bereitete es nicht die geringste Mühe, zu lesen und zu verstehen, was da stand. *e – e – e*. Die *e*'s konnte sie lesen, den Rest aber nicht. Und dennoch ergaben die Zeichen ganz Weesen mit seinen Häusern und Wegen, Gefährten und Bewohnern.

Der Zug hielt langsam, und wie bei jedem Halt wurde Theres von einer unsichtbaren und doch übermächtigen Faust nach vorn geschoben, weil sie in Fahrtrichtung saß, während die Fahrgäste, die ihr gegenüber Platz genommen hatten, in die harten Rücklehnen gedrückt wurden, als lastete ein Gewicht auf ihnen. Sie sahen aus, als streckten sie sich, und keiner entging dieser Macht, und weil alle es wussten, versuchte auch keiner, sich dagegen zu wehren. Die Wirkung hielt an, bis der Zug endlich stand.

Sie umklammerte währenddessen ihre Tasche. Zwischen Bügel und Hand war ein Stück Stoff ihres Mantels geraten, den ihre Schwester ihr auf Maß geschneidert hatte, kurz bevor sie schwanger geworden war, als schon kaum noch Hoffnung bestand, dass sie heiraten würde. Der Vater des Kindes hatte sich lautlos aus dem Staub gemacht, den er wenige Monate zuvor so stürmisch aufgewirbelt hatte. Der Mantel war jetzt alt, an manchen Stellen gestopft, an vielen so fadenscheinig, dass die Hände sie besser mieden, wollte man unerwünschte Löcher vermeiden. Theres lächelte vor sich hin. Mein Kind. Sie hatte sich schämen müssen, damals, doch die Scham war schnell verflogen, längst war nichts mehr davon übrig. Sie war dumm und naiv, aber sie war nicht die Einzige, die dumm und naiv war. Überall gab es solche wie sie. Solche wie sie unter Hunderten zu erkennen, fiel manchen Männern ganz leicht, sogar Ausländern, die ihre Sprache kaum sprachen. Sie konnte nicht richtig lesen und schreiben erst recht nicht. Hübsch war sie trotzdem gewesen, das schleckte keine Geiß weg. Herrlich blond mit Locken wie ein Filmstar, und dann musste sie wieder daran denken, dass ein Filmstar lesen und schreiben, zumindest lesen können musste, und dass sie das nicht konnte, war einer der Gründe – vielleicht der wichtigste – weshalb sie nie ein Filmstar hätte werden können. Nun aber war sie längst über das Alter hinaus, Mädchenträumen nachzuhängen, die unerfüllbar waren. Sie war fast fünfzig, eine junge Mutter, ein altes Fräulein, für die, die nicht wussten, in welchen Umständen sie gewesen war. *Geweesen. Geweesen. Geweesen ....*

»Weesen«, hieß es noch einmal, bevor erneut gepfiffen wurde.

Was andere lasen, verstand sie nicht: Bücher, Straßenschilder, Etiketten. Ladenschilder brauchte sie nicht lesen zu können, solange der Schuster ein Schuster und der Kolonialwarenhändler ein Kolonialwarenhändler war. Um zu wissen, was es drinnen zu kaufen gab, genügte ein Blick ins Schaufenster. Brot und Fleisch, Kurzwaren und Stumpen konnte man nicht verwechseln.

Mühelos erkannte sie die drei tupfgenau gleichen Buchstaben, die im Ort und Wort enthalten waren, drei kleine halbrunde *e. e – e – e.* Halbkreise mit geschlossenen Deckeln, die kleinen Nachttischlampen ähnelten. Ein *e* erinnerte sie immer an ein geschlossenes Augenlid. Sie hätte nicht sagen können warum. Es fragte auch keiner. Sie lächelte versonnen vor sich hin. Unmerklich formten ihre Lippen ein lang gezogenes eeeee.

Mit Konsonanten aber hatte sie die allergrößten Schwierigkeiten. Ihr war, als hassten diese Galgen, Stöcke, offenen Messer und aufgerissenen Mäuler sie aus ganzer Seele und wollten es sie jederzeit, auf Schritt und Tritt spüren lassen. Sie litt für etwas, wofür sie weder Reue noch Schuld empfinden konnte. Sie wusste nicht warum. Sie verstand es nicht. Ihr wurde stürmisch im Kopf davon, und wenn sie länger daran dachte, wurde sie fast verrückt, deshalb schaute sie lieber zur Decke oder zu ihren Sitznachbarn, die unter dem hoch aufgetürmten Gepäck, ihren Koffern, Taschen und Hutschachteln saßen, die während der Fahrt bedrohlich hin und her schaukelten. Die Lokomotive heulte auf und gab ein lang gezogenes Zischen von sich. Der Drache atmete aus.

Keiner der Fahrgäste las. Kein Buch, keine Zeitung, nichts außer den Buchstaben, die spitzzüngig und übellaunig vom Ortsschild auf sie herunterstarrten. Weiße Buchstaben auf dunkelblauem Grund.

W. K. L. M. Und *S, J, Z.* Die Dornen einer unvollständigen Krone. Vokale waren ihr günstiger gesinnt, freundlicher und aufrichtiger als die verschlossenen, unvertrauten Ecken, Kanten, Wirbel und Schlingen der Konsonanten. Mit ihren großen Gesichtern und offenen Mündern kamen ihr die Selbstlaute entgegen, nur das *I* mochte sie nicht, es war ihr unheimlich, denn es versteckte sich überall, hinter dem *L* und dem *K* und selbst im *N* und im *M* war es verborgen, oft doppelt und dreifach, ein Durcheinander von Stäben, die sie nicht auseinanderhalten konnte und die in ihrem Hirn ein unentwirrbares Geknäuel ergaben. Gewiss, sie hatte Schreiben gelernt, auch sie war ein paar Jahre zur Schule gegangen, aber das Aufpassen war ihr schwergefallen, sie schaute lieber hinaus, am Lehrer vorbei. Wer nur ein paar Vokale erkennt, den Rest aber nicht auseinanderhalten kann, ist ein Dummkopf. Man hatte ihr alles Mögliche beizubringen versucht, aber sie hatte es einfach nicht verstanden. Sie hatte die Schulbank erfolglos gedrückt. Sie sei unbelehrbar und faul, sagten die Erwachsenen. Wer nicht lernen wolle, müsse fühlen. Dennoch hatte sie seit Antritt ihrer ersten Stelle jeden weiteren Tag ihres Lebens ihr Brot selbst verdient.

Glücklich, der Schule entronnen zu sein, hatte sie mit vierzehn ihre erste Stellung angetreten, zu Diensten bei den Professors in Bern. Der Herr im Haus hatte sich gleich in der ersten Woche an sie herangemacht. Sie solle sich nur bedienen, hatte er gesagt, und mit umständlichen Verrenkungen sein kindliches Geschlecht durch den Hosenschlitz gezupft und die Hand nach ihr ausgestreckt. Sie erschrak ein bisschen und musste lachen. Sie hatte vier Brüder, sie kannte das. Als Älteste hatte sie noch jeden auf den Topf gesetzt. Als sie sich zwei Monate später bei der Gattin beschwerte, weil der Professor sie inzwischen auch nachts belästigte, hatte Madame sie vor die Tür gesetzt. »Alles was recht ist, Mademoiselle.« Wie dumm war sie gewesen? Jedenfalls dumm genug, um den falschen Eindruck einer Unschuld vom Land zu erwecken. Ein zweites Mal würde ihr eine solche Ungeschicklichkeit nicht passieren. In Zukunft würde sie nicht mehr zu Madame laufen, sondern sich eigenmächtig zur Wehr setzen.

Der richtige Mann kam erst später, während ihrer Anstellung im Pfarrhaus. Nicht der Pfarrer war es gewesen, sondern Mario, der zarte, aber zähe, zärtliche und zugleich zaghafte Fabrikarbeiter, der sie beglückte, der mit ihr radebrechte und sie schließlich schwängerte, bevor er aus heiterem Himmel zu seiner *moglie* zurückkehrte, die die Reisfelder in der Poebene beackerte, unter denen sich Theres nichts vorstellen konnte, denn in ihrer Vorstellung wuchs Reis auf den unerreichbar fernen Böden Amerikas bei Onkel Sam. Die weißen Körner hatte sie in ihrem Leben nicht gegessen, der Pfarrer aß Kartoffeln, und so stellte sie sich unter Marios *moglie* eine Frau in seidenen Gewändern vor, die den Reis von den

Bäumen pflückte, während sie auf ihren untreuen Ehemann wartete. Ihren Fehltritt hatte Theres nicht bereut. Sie bewahrte ein Bild von Mario in ihrem Herzen, das unzerstörbar war. Ein Wunder, dass es nicht verblasste. Es wurde nur kleiner.

Die Lokomotive setzt sich wieder in Bewegung. Jetzt wird Theres leicht in den Sitz gedrückt. Noch ist der Zug nicht stark. Wird werden, wird werden. Es rattert unter ihren Füßen und stampft in ihrem Bauch. Wird werden, wird werden. Die Lokomotive beginnt allmählich in Galopp zu verfallen. Sie schnaubt und wiehert. Nie ist Theres auf einem Pferd gesessen und nie wird sie auf einem sitzen, aber so muss es sich anfühlen hoch zu Ross. Das Holz, auf dem sie sitzt, ist hart, der Lack an vielen Stellen abgesprungen, die Honigfarbe einem stumpfen Braun gewichen, sie spürt jede einzelne Latte im Rücken. Die Buchstaben, die schwer auf ihren Augäpfeln gelegen haben, entfernen sich schnell. Endlich! Auch ein *e* hat sein Gewicht. Wie schwer wiegen erst drei.

Während sie sich unaufhaltsam den Bergen näherten, schneite es dicke Flocken. Die Berge waren bislang entrückte Gebilde gewesen, die sie bei Föhn aus dem Tal zu sehen bekam. Zum Greifen nah und zugleich unerreichbar fern.

Durch Vermittlung einer ihr wohlgesonnenen Kundin von Alfons Platters Bügelanstalt, wo sie in den letzten sechs Jahren gearbeitet hatte, war Theres eine Stelle in der Wäscherei des Hotels Waldhaus angeboten worden, dessen Name ihr bis vor wenigen Wochen unbekannt gewesen war. Ein Haus in einem Wald, dachte sie. Ein Haus an einem verschneiten, abgelegenen Ort.

Es schneite, es war Januar, es war kalt, doch im Inneren des Wagens war es warm, und es wurde wärmer, und ihre

Gedanken schwärmten zu Walter, ihrem einzigen Sohn, den sie überraschen würde.

Ein Schreiben ihres letzten Arbeitgebers hatte sie dabei. Darin standen, wie man ihr versichert hatte, lauter freundliche Worte über sie und ihre Fähigkeiten. Zwei Monate Probezeit waren ausgemacht, doch zweifelte sie keinen Augenblick daran, dass man sie über diese Frist hinaus behalten würde. Sechs Jahre lang hatte sie neun Stunden täglich in Platters Bügelanstalt mit regulierbaren Eisen hantiert. Sie war eine Meisterin im Plätten von Hosen und Blusen, Hemden und Bettbezügen. Ihr konnte niemand etwas vormachen. Was sie in die Hand nahm, wurde faltenlos glatt. Sie wusste nicht nur, was man von ihr erwartete, sie glaubte auch zu wissen, was sie erwartete. Theres war eine anspruchslose Frau. Eine anspruchslose Mutter war sie nicht. Sie lächelte vor sich hin, und als sie aufblickte, sah sie in das Gesicht eines bärtigen Mannes, dessen Zunge feucht zwischen den halb geöffneten Lippen glänzte. Sein Blick war zweideutig, und sie hielt ihm so lange stand, bis eine fleckige Röte sein Gesicht überzog und er seinen Blick senkte, nicht sie. Walter wird es nicht für möglich halten, sagte sie sich. Noch wusste er nichts von ihrer neuen Anstellung in Sils.

Und so stand sie am 1. Februar, an ihrem ersten Arbeitstag, in ihrer ersten Freistunde zwischen zwei und drei Uhr nachmittags, während die Hotelgäste sich zur Mittagsruhe begeben hatten und in der Küche abgewaschen und aufgeräumt, gefegt und gewischt wurde, in der Post hinter einer ausladenden Engländerin mit grauen Löckchen und einer hageren Deutschen in beiger Reformkleidung – ein Kleid, das einer Hose oder eine Hose, die einem Kleid ähnelte – und wartete, bis sie an die Reihe kam. Sie wartete mit Ungeduld, aber mit Vergnügen und Vorfreude.

Walter, der hinter dem Schalter stand, hatte sie noch nicht entdeckt. Er würde sich wundern. Sie hatte ihn gleich gesehen, aber er war mit einer Kundin beschäftigt und hatte nicht aufgeblickt, als die Tür aufgestoßen wurde und eine verhärmte, leicht gebückt gehende Frau das Postamt betrat. Es roch nach Rauch. Der schlanke, zylindrische Kanonenofen, der in einer Ecke stand, wärmte trotz des langen, sich windenden Rohrs den Raum nur unzulänglich, und Theres stellte sich vor, wie sie bei ihrem nächsten Besuch zwei, drei Holzscheite nachlegen würde. Neben dem Ofen war das Brennholz ordentlich aufgeschichtet, eines nicht länger als das andere, jedes so dick, dass es leicht durch die Ofenklappe passte. Das hätte ihrem Mario gefallen, der, anders als man den Südländern nachsagte, von der ganz exakten Art war. Aber dann wäre sie mit der Umgebung bereits vertraut, was jetzt noch nicht der Fall war. Man würde sie bald kennen und schätzen. Sie war die Mutter des Schalterbeamten.

Obwohl sie etwas fror, öffnete Theres ihren Mantel. So hatte sie es gelernt, und so hatte sie es auch ihrem Kind beigebracht: Wenn man einen Raum betritt, öffnet man seinen Mantel, und verhindert so, dass man später, wenn man wieder ins Freie kommt, von der Kälte überrascht wird. Und schon war die Engländerin abgefertigt, mit der sich Walter auf Englisch unterhalten hatte (jedenfalls verstand Theres kein Wort), so welt- und redegewandt war der Junge, und endlich die Deutsche, hinter der sie sich unsichtbar gemacht hatte. Niemand hatte inzwischen den Raum betreten, und so kam es, dass niemand sie bei ihrem Wiedersehen störte. Es verlief ein wenig anders, als Theres es sich ausgemalt hatte. Eine Enttäuschung wollte sie es aber nicht nennen, es war eine Überraschung.

Auf Walters Gesicht zeichnete sich zwar Erstaunen,

aber keine aufrichtige Freude ab, als seine Mutter so ganz unerwartet vor ihm stand, zwischen ihnen nur das Gitter, das ihn von der Kundschaft trennte und vor Dieben schützte und nun die Linie markierte, die sie zu überwinden versuchte, indem sie ihre kleine behandschuhte Hand durch die Öffnung streckte, um seine Hand zu ergreifen. Doch sie griff ins Leere. Walter blickte um sich, als müsste er die Blicke eines Vorgesetzten fürchten. Doch er war allein, er war sein eigener Vorgesetzter. Als sie so dagestanden und ihn heimlich hinter dem Rücken der Deutschen beobachtet hatte, hatte sie gefunden, dass er Mario ähnlich sah, und nicht zum ersten Mal bedauerte sie, ihn nicht Mario genannt zu haben, stattdessen Walter, wie ihr Vater und ihr Großvater geheißen hatten. Als er aber »Was machst du denn hier?« sagte, ähnelte er nicht seinem Vater, sondern seinem Großvater, vor dem sie sich mehr gefürchtet hatte als vor dem Pfarrer in der Kirche. Nur dass Walter viel jünger war, ihr Großvater war immer alt gewesen.

»Wie kommst du denn hierher«, fragte er dann, etwas weniger brüsk, als interessiere es ihn wirklich. Statt »mit dem Zug« zu sagen, schwieg sie und lächelte. Das musste ihn überzeugen, aber wovon wollte sie ihn überzeugen?

Und trotzdem war es so wie früher, als er noch ein hilfloser Winzling war und Milch ihr in die Brüste schoss, sie brauchte ihn bloß anzuschauen. Eine sinnliche Wärme durchspülte ihr Herz wie ein Fluss, als sie seine Stimme hörte und seine leicht zusammengekniffenen Augen auf ihr ruhten, als streckte er die dicken rosa Ärmchen nach ihr aus, die nach ihrer fürsorglichen Hingabe verlangten, die natürlich nicht mehr dick und nicht mehr rosa, sondern die eines erwachsenen Mannes waren, von blondem Flaum bedeckt. Walter war vor sechsundzwanzig Jahren geboren, Mario war bei seiner Geburt längst über alle Berge gewesen.

»Freust du dich nicht? Es ist eine Überraschung«, sagte sie.

»Gewiss«, sagte er hastig, um seine Freude zu überdecken, vielleicht auch deshalb, weil nun die Tür aufgegangen war und ein kleines Mädchen mit einem Paket eintrat, dem er vormachte, dass er mit einer gewöhnlichen Kundin sprach, wo es sich in Wahrheit um die eigene Mutter handelte. Aber Dienst ist Dienst, und die Vorschriften ließen keine Ausnahmen zu, Walter gehörte zu den Korrekten, die die vorgegebenen Regeln immer befolgten. Es hätte aus ihm auch ein Bankbeamter werden können, aber Geld interessierte ihn nicht, sagte er. Er konnte lesen, schreiben, rechnen und sogar Englisch. Er würde nicht ewig hinter einem Schalter in einem Engadiner Bergdorf sitzen.

»Ich brauche keine Briefmarke«, sagte sie ungewohnt vergnügt, er antwortete ernst: »Ach, nein? Was machst du hier um Himmels willen?«

Er betonte jedes Wort und trat dabei ungeduldig von einem Fuß auf den anderen. Er hatte die Stimme so weit gesenkt, dass sie etwas Mühe hatte, ihn zu verstehen, auch weil sie längst nicht mehr so gut wie früher hörte, sie fand, dass er zu dünn war.

»Isst du genug?«

Und dann erklärte sie ihm, dass sie eine Anstellung in der Lingerie des Hotels Waldhaus gefunden habe.

Da staunte er wirklich und und sagte ungläubig: »Du? Im Waldhaus? Da oben?«

»Im schönen Waldhaus. Zum ersten Mal in meinem Leben arbeite ich in einem Hotel. Jetzt kann ich mich um dich kümmern. Wenn du willst«, fügte sie nach einer kurzen Pause hinzu.

»Komm wieder, wenn ich Feierabend habe. Die Klingel ist neben der Tür.« Er deutete nach draußen und krümmte den Zeigefinger nach links, es gab nur eine Klingel.

»Geh jetzt, ich habe Kundschaft«, sagte er kurz angebunden, wie es manchmal seine Art war – er meinte es nicht böse –, und so war es eigentlich seine Schuld, dass sie vor Schreck dem kleinen Mädchen in ihrem Rücken beinahe auf die Füße getreten wäre. Es gelang ihr auszuweichen, sie stolperte fast, fing sich aber. Dem Mädchen war sicher nicht aufgefallen, dass sie keinen Brief aufgegeben und keine Briefmarke gekauft, sondern mit dem Mann hinter dem Schalter bloß geredet hatte, mehr nicht, und selbst wenn sie es gemerkt hätte, was kümmerte es ein unschuldiges Mädchen, das nichts von unehelichen Kindern und ihren Müttern wusste?

Dann war Theres wieder draußen und stapfte durch den Schnee, nachdem sie ein paar Sekunden benötigt hatte, um sich zu orientieren. Aufwärts. Sie musste aufwärts. Zum Hotel ging es fast immer und von überall nach oben. Eine Kutsche fuhr vorbei, gewiss in Richtung Waldhaus. Sie wandte sich nach links. Es roch nach Pferdemist, dem Dünger für das Gemüse, den ihr Vater mit Leidenschaft gesammelt hatte und dem auch sie, kaum konnte sie gehen, mit einem Eimerchen und einer Schaufel hatte nachlaufen müssen, sobald Pferdegetrappel übers Kopfsteinpflaster hallte. Sie hatte nie begriffen, wie wichtig die Wirkung des Dungs auf das Gemüse wirklich war, denn niemand wusste, wie es ohne Pferdeäpfel schmeckte; niemand hatte es je versucht.

Als es sie eines Tages vor einem dieser dampfenden Haufen plötzlich so gegraust hatte, dass sie Reißaus nehmen wollte, hatte der Vater sie gepackt und ihr eine Ohrfeige verpasst. Das Erbrochene, das sie hatte herunterschlucken wollen, war durch die Heftigkeit des Schlags, auf den sie nicht vorbereitet war, in hohem Bogen aus ihrem Mund geschossen.

»Wenn der Großvater dich sähe«, hatte der Vater gesagt, und da wusste sie, dass er es gut mit ihr meinte, denn wenn der Großvater sie gesehen hätte, hätte er sie windelweich geprügelt, als wäre sie ein Junge, das wusste sie. Sie hatte Glück gehabt. Der Vater wischte sich am Brunnen das Erbrochene von den Hosenbeinen und sprach nicht mehr darüber.

Sie ging hinter der Kutsche her, die viel schneller war als sie und sich entfernte, und bald sah sie die Schweizer Fahne auf dem Hotel, das einer Festung glich und genau so aussah wie auf der Ansichtskarte, die Walter ihr geschickt hatte, kurz nachdem er seine neue Stelle angetreten hatte. Eine Festung auf einem Hügel umgeben von Tannen. Eine Burg, die jedem Feind trotzte. Ein Wall, der die Bewohner schützte. Sie fühlte sich heimisch.

Den Pferdeäpfeln, die auf der verschneiten Straße lagen, wich sie geschickt aus. Es gelang ihr, sie zu ignorieren. Einmal mehr schätzte sie sich glücklich wie ein Kind, kein Kind mehr zu sein. Niemand konnte sie zwingen, Dinge zu tun, die ihr widerstrebten. Erst jetzt fiel ihr ein, dass Walter keinen Tag und keine Uhrzeit für ihr Treffen vorgeschlagen hatte. Wenn er Feierabend habe, sagte er. Nicht heute, eher morgen, erst musste er die Überraschung verdauen. *Komm wieder, wenn ich Feierabend habe.* Hätte sie lesen können, hätte sie kehrtgemacht, um nach den Öffnungszeiten zu sehen.

IV

Kupfer lag, den Kopf auf einem schlaffen Kissen leicht erhöht, auf der mit dunkelrotem Velours bespannten Chaiselongue in der Nähe des Fensters mit Seeblick und sah zur Decke, dann zum gefrorenen Wasser, auf dem die Schlittschuhläufer ihre Runden drehten, dann schloss er die Augen. Als er sie wieder öffnete, waren die Schlittschuhläufer noch da und fuhren im Kreis wie seine Gedanken. Er war unruhig. Er hatte nachts ohne Veronal gut geschlafen. Doch jetzt war an Schlaf nicht zu denken. Er lag nicht hier, um zu ruhen, sondern um nachzudenken. Er wusste, dass er zu keinem Ergebnis gelangen würde. Eine andere Wahl hatte er nicht. Keine Wahl, kein Resultat, keine Ruhe, keine Entscheidung, das pure Nichts. Er verzog die Mundwinkel zu einem müden Lächeln. Da niemand da war, galt es keinem.

Auf seiner Stirn, die er hin und wieder leicht mit dem Zeigefinger der rechten Hand betupfte, lag ein feuchter parfümierter Waschlappen. Er hatte ausdrücklich darum gebeten, das Tuch mit ein paar Tropfen aus den beiden Flakons, die im Badezimmer standen, zu beträufeln. Von der heilenden Wirkung der Nelken- und Anisessenzen versprach er sich Linderung, davon war er mindestens so überzeugt wie von den drei Aspirintabletten, die er seit dem Frühstück zu sich genommen hatte. Als hätte er da schon gespürt, was ihn erwartete. Hatte man ihm nicht schon früh ein außergewöhnliches Sensorium für alles Mögliche bescheinigt, was noch auf ihn zukommen würde?

Wie gern wäre er seinen eigenen Gedanken nachgehangen. Doch die Sterne standen dafür schlecht. Ihm war immer noch heiß, obwohl er darum gebeten hatte, die Heizkörper zu drosseln. Man war seinem Wunsch nachgekommen, aber es hatte sich nichts verändert. Er fühlte sich elend. Er wusste, draußen war es eiskalt, minus vierzehn Grad.

Auf seiner offenen Hemdbrust – Kupfers Haut hatte die leicht olivfarbene Tönung seiner Jugend bewahrt, die er von seinem Vater geerbt hatte – lagen die beiden Briefe, die er vor dem Essen erhalten und nach dem Essen geöffnet hatte; ein leichtes Essen, das er im Zimmer eingenommen hatte, wie es mittags seine Angewohnheit war. Hier konnte er sich gehen lassen. Die Blicke der Angestellten brauchten ihn nicht zu kümmern, auf ihre Diskretion konnte er sich verlassen. Die wenigsten nahmen Notiz von seinem Äußeren, selbst wenn er ihnen im Morgenmantel öffnete. Die anderen gaben sich erfolgreich den Anschein, blind dafür zu sein. Er wendete das feuchte Tuch auf seiner Stirn. Es kühlte etwas und wurde etwas wärmer.

War es ein Zufall, dass beide zur gleichen Zeit, aber unabhängig voneinander, aus Wien geschrieben hatten, nachdem Kupfer vor ein paar Tagen eine scheinbar unverfängliche Ansichtskarte an beide adressiert hatte?

Gina schrieb ausführlich von ihrem Erfolg als Gilda unter Krips – mit Rosvaenge als Herzog und de Lucca als Rigoletto. Er mochte Ginas Stimme nicht. Den Rigoletto hatte er oft genug mit Widerwillen gesehen, und beileibe mit größeren Sängerinnen in der Rolle der Gilda. Gina war ein bunter Kanarienvogel, mehr nicht. Er gönnte ihr den Erfolg; an ihm teilzunehmen, fühlte er sich nicht verpflichtet.

Eduard schrieb von Erfolgen ganz anderer Art, über die er mit seiner schönen Gattin, die – nicht zuletzt dank Kupfers anfänglicher Protektion – den Sprung nach oben geschafft hatte, nicht zu sprechen wagte. Den Verlust ihrer Stimme würde er ebenso wenig riskieren wie die unverhofften Einkünfte, die sie neuerdings damit erzielte, auch nicht ihren guten Glauben in seine besten Absichten und den Schutz, den sie dank ihrer Ehe bot. Bei Bedarf ausgehalten zu werden, war keine Demütigung für ihn, so lange er Kupfer quälen konnte, und nichts war leichter als das. Hin und wieder hatte er, dank mehr oder weniger legaler Geschäfte, auch Einkünfte. Sein Auskommen war also gesichert.

Lionel stöhnte auf und presste die Handflächen an seine Schläfen. Eduard schien alles spielend zu gelingen, insbesondere aber, die Eifersucht seines älteren Liebhabers, kaum drohte sie einzuschlafen, anzustacheln und wach zu halten.

Wie leicht war es, einen Brief zu öffnen, wie schwer dagegen, sich mit dessen Inhalt anzufreunden, insbesondere dann, wenn er von Eduard kam. Ginas Erfolge nahm Kupfer zur Kenntnis, doch sie ließen ihn kalt. Eduards Aufzählung seiner diversen Abenteuer hingegen peinigten ihn so sehr, dass er am liebsten zum Telefon gegriffen hätte. Dazu hätte er aufstehen und ins mittlere Zimmer gehen müssen, das ihm als Salon diente (seine Suite verfügte über drei ineinander übergehende Räume). Das Hotel hätte ihn mit Wien verbinden müssen. Eduards Nummer kannte er auswendig. Aber er schaffte es nicht, er blieb liegen, er würde es nicht ertragen, Eduards Stimme zu hören. Der Zorn ließ ihn erstarren, die Wut machte ihn blind. Die Stimme! Es war vor allem Eduards Stimme, die ihn erregte, zu jeder Zeit, in jeder Lebenslage, selbst dann, wenn sie sich stritten. Dabei trennten sie meist Hunderte von Kilometern.

Ein paar Sätze aus Eduards Mund – auch wenn er ihn bloß an die Muschel des Telefonhörers in Wien hielt, während Kupfer wie erstarrt am anderen Ende in Berlin verharrte – konnten seine Erregung so weit steigern, dass er sich augenblicklich Befriedigung verschaffen musste. Heimlich natürlich. Er hatte das mehrfach getan, ohne dass Eduard es bemerkte. Heimlich an ihrer Beziehung war alles, die Zuneigung wie die Erregung, das Verlangen wie die Lust, die Realität wie die Entäußerung. Sollte Eduard Lionels unterdrückte Heimlichkeit bemerkt haben – was er ihm durchaus zutraute, denn er hatte ein gutes Gehör für solche Dinge –, war er schlau genug, den richtigen Moment abzupassen, um es ihn spüren zu lassen.

Dass es nicht dazu gekommen war, dass er ihm seine Schwäche vielmehr in einem intimen Augenblick gestanden hatte, verzieh er sich nicht, aber rückgängig zu machen war das Geständnis seiner Leidenschaft für Eduards Stimme nicht.

Seit er davon wusste, nutzte Eduard jede Pause Lionels, jedes Einatmen, jedes Stocken, jedes Hüsteln, jedes Räuspern, jede Unsicherheit, jedes Nachdenken, ausnahmslos alles, was ihm gelegen kam, um seiner eigenen Stimme Raum zu verschaffen. Sie machte ihn noch etwas mächtiger.

Eduards undeutlich artikulierte Ausdrucksweise, der sonore, leicht nasale Klang der Vokale, das knisternde Sirren unter den weichen Konsonanten, ein erotisches Ostinato, das Kupfer nicht hätte beschreiben können – so wie er überhaupt das Gefühl, das diese Stimme in ihm auslöste, niemandem hätte verständlich machen können –, all das machte aus ihm einen treu ergebenen Hund, der die Hand leckte, die ihn schlug, und die Peitsche, die ihn traf, geradezu herbeisehnte. Auch jetzt. Eduards Anwesenheit war dazu keineswegs erforderlich. Es ging auch ohne sie.

Auch jetzt hätte er viel darum gegeben, wenn er Eduards Stimme wirklich gehört hätte, wie sie ihm den Brief, den er heute erhalten hatte, Wort für Wort ins Ohr geflüstert hätte. So einschmeichelnd und süß, dass die Doppelzüngigkeit zunächst kaum wahrnehmbar gewesen wäre, um am Ende zielgerichtet aus der Dunkelheit hervorzuschießen und nach ihm zu schnappen. Zuerst ein paar schöne Worte über seine Zuneigung, danach die schlimmen Überraschungen.

Hätte er selbst, der nicht zuletzt für die Wandlungsfähigkeit seiner Stimme, die er bei einem Sänger ausgebildet hatte, berühmt war, ein auch nur annähernd so vollkommenes Organ besessen, er wäre wohl auch ihr erlegen. Er, der sich aufgrund der Fülle und Tragweite seiner Stimme nicht lange mit Nebenrollen an der Josefstadt hatte begnügen müssen, sondern sein Können bald auch am Burgtheater und an den Reinhardt'schen Bühnen in Berlin unter Beweis hatte stellen können, er, der sich einen konkurrenzlosen Platz an der Spitze des deutschen Films gesichert hatte, war der Stimme eines Liebhabers zum Opfer gefallen. Sei's drum.

Im Gegensatz zu etlichen anderen Schauspielern, deren Karrieren den Tonfilm nicht überdauert hatten, war Kupfer von der Welle der vokalen Wahrnehmbarkeit nicht überrollt worden, die ihnen zum Verhängnis geworden war. Ihm war dank seiner soliden Ausbildung, in der ihm nicht nur beigebracht worden war, wie man auf einer Bühne auf- und abtritt, das Schicksal des schönen Bruno erspart geblieben, der sich im vergangenen Sommer in einem rheinländischen Hotelzimmer erhängt hatte, nachdem die weiblichen Fans ihm untreu geworden waren, was weniger auf das Konto seiner nachlassenden Attraktivität als vielmehr auf das seines unüberhörbaren, peinlichen Sprachfehlers gegangen war. Jung war auch Kupfer nicht, aber Bruno Kastner hatte das Magische gefehlt – oder das komische Talent, das andere auszeichnete –, das Hintergründige, die dunkle Aura, die Frauen in weitaus höherem Maße in ihren Bann zog als die mit fortschreitendem Alter zwangsläufig abnehmende Anziehungskraft des Beaus, der Kastner zweifellos gewesen war und für dessen Charme auch Lionel durchaus empfänglich gewesen war.

Doch selbst wenn Kastner im Vieldeutigen mit Kupfer oder im Komischen mit Rühmann hätte konkurrieren können, mit dem kindischen Lispeln, über das nichts, auch das beste Aussehen nicht hinwegtäuschen konnte, hätte er auf keiner Leinwand der Welt überlebt. Auch der größte Erfolg – und den hatte Kastner zweifellos gehabt – musste vor der Unerbittlichkeit der Mikrophone kapitulieren, die ihm nur Spott oder bestenfalls Mitleid eingebracht hatten. Seine Stimme durch die eines Synchronsprechers zu ersetzen, wie man sie von importierten ausländischen Filmen kannte, kam ernsthaft niemandem in den Sinn.

Anders als Kupfer sah Eduard sich nicht genötigt, seine Liebesbotschaften heimlich – diskret unter aufgeklebten Briefmarken verborgen – zu versenden. Ihm genügte gewöhnlich ein Bogen billiges Briefpapier oder ein Griff zum Telefon, wenn Gina aus dem Haus war, um seine verbalen Pfeile abzuschießen, die subkutan vergiftet, hin und wieder amourös, am häufigsten beides zugleich waren, wobei das Toxische meist überwog. Warum nur wurde Kupfer ihn nicht los? Der äußerlichen Vollkommenheit wegen, die die innere Verkommenheit in entscheidenden Momenten in den Schatten stellte? Ja, er war hinreißend schön, es fehlte nur die Dornenkrone. Warum ließen Kupfers Gedanken die Vorstellung nicht zu, dass ein Leben ohne Eduard weitaus leichter und lebenswerter wäre als jenes, das er seit zwei Jahren führte, seit er Eduard, der als Kunsthändler tätig war, während einer Auktion im Wiener Dorotheum begegnet war, wo Kupfer sich vergeblich darum bemüht hatte, eine Renaissancevase, die angeblich aus dem Hause Medici stammte, zu ersteigern? Es war ihm nicht gelungen, weil ein junger Mann mit glänzend schwarzen Locken, die ihm bis auf die Schultern fielen, ein Mann, den er zunächst nur im Rücken gesehen hatte, ihn ein ums andere Mal überboten hatte, so lange und hartnäckig, bis er schließlich entnervt und entmutigt aufgegeben hatte. Dass er sich wenig später am Anblick eben jenes Mannes aufrichtete, der ihn als Konkurrent gerade noch ausgestochen hatte, kam der Eröffnung eines Spiels gleich, in dem die Rollen des Gewinners und Verlierers ein für alle Mal verteilt waren. Verlierer blieb Verlierer, Gewinner stets Gewinner.

Die Vase war so edel und fein gearbeitet wie der Bieter, der schließlich den Zuschlag erhielt, und keinem anderen als ihm gebührte dieses edle Stück, das er in Wirklichkeit als Vertreter eines ungenannten Käufers ersteigert hatte. Wäre das Glas Lionel Kupfer zugefallen, hätte er es Eduard vielleicht geschenkt. Aber hätte er Eduard dann kennengelernt? Die Macht des Schicksals war groß, sagte sich Kupfer, als handelte es dabei um eine jener geschliffenen, auswendig gelernten Repliken, die ihm so leicht über die Lippen kamen. Dass Eduard die Vase nicht für sich behalten würde, konnte er damals – als er ihn für den jungen Spross eines alten Florentiner Adelsgeschlechts hielt, den es auf wundersame Weise nach Wien verschlagen hatte – nicht wissen. Eduard war ein Händler durch und durch. Zu sagen, er handele auch mit sich selbst, war nicht ganz falsch.

Dass Eduard nicht Schauspieler geworden war, grenzte an ein Wunder, denn in welchem anderen Beruf hätte er besser brillieren können als dort, wo gutes Aussehen mehr zählte als Talent? Er habe, behauptete Eduard – und Kupfer neigte dazu, ihm zu glauben –, nie auch nur einen Gedanken daran verschwendet, Karriere beim Film zu machen. Ihm in dieser Sache nicht zu glauben, hätte bedeutet, ihm nicht zuzutrauen, wozu er fähig war. Seine Leidenschaft galt dem Nichtstun und dem Handel, dem Handel mit dem Nichtstun und dem Handel mit Luxusgegenständen (Möbel, Glas, Teppiche und natürlich Bilder), die er vermeintlich ahnungslosen Trödlern am Kärntner Tor abspenstig machte, um sie ebenso ahnungslosen Geschäftsleuten und lustigen Witwen, aber auch echten Kennern und unersättlichen Sammlern anzubieten. Dass auf beiden Seiten der Gewinnstrecke unter den Nutznießern seiner Tätigkeiten nicht wenige Juden waren, störte ihn nicht, obwohl er keinen Hehl daraus machte, wie wenig Sympathien er für die Israeliten hegte.

Nach jenem Morgen im Dorotheum folgte ein Mittagessen im Sacher, ein Abend im Hotel Imperial, in dessen Mauern Kupfer bei seinen Wienbesuchen stets logierte, und eine lange Nacht in Kupfers Suite. Einige Tage lang war das Glück vollkommen. Er fühlte sich verjüngt, wie immer, wenn er sich verliebte. Erst kurz vor seiner Abreise nach Berlin, wo ihn aufreibende Drehtage in Babelsberg erwarteten, erfuhr er, dass Eduard verheiratet war. Er wusste nicht, ob er Eduards Sorglosigkeit eher bewundern oder fürchten sollte. Unsicherheit und Erstaunen hielten sich zunächst die Waage, bis er schrittweise von Eduards Leben erfuhr, das im Wesentlichen doppelt geführt wurde, was ihm keinerlei Kopfzerbrechen bereitete.

Gina wusste nichts von Kupfer, und wenn es nach Eduard gegangen wäre, hätte auch Kupfer nichts von ihr erfahren. Doch manche Tatsachen ließen sich nun einmal nicht verheimlichen.

Kupfer war vierundvierzig Jahre alt, sein Liebhaber fünfzehn Jahre jünger. Es fehlte wenig und er hätte sein Vater sein können. Das Parkett, das über dem Abgrund lag, der sich zwischen ihnen auftat, war glatt.

Völlig überraschend hörte er plötzlich die leise, ruhige Stimme seines Vaters so deutlich an seinem Ohr, als ob er wieder neben ihm stünde, jetzt wie damals, als dieses Flüstern die einzige Unterweisung, die einzige Anleitung fürs Leben, ja, die einzige elterliche Erziehung überhaupt gewesen war, die ihm der Vater – nicht die Mutter – bis zu jenem Zeitpunkt hatte angedeihen lassen, da er an seiner Hand, nicht an der Hand der Mutter, zum ersten Mal ein Schulhaus betreten hatte. Einmal das Tor durchschritten, war die wahre Stimme seines Vaters, die einfühlsame Stimme, die allein zu ihm gesprochen hatte, für immer verstummt, als gebe es nun nichts mehr zu sagen. Sie war der teilnahmslosen Stimme des unbeteiligten Apothekers und dilettierenden Cellisten gewichen, der sich am liebsten über Musik unterhielt. Mit deutlich weniger Vergnügen hatte er seine Aufgabe erfüllt, kranken oder besorgten Kundinnen sein geneigtes Ohr zu leihen, das er in Wahrheit wohl vor ihnen zu verschließen wusste, um dann nach Feierabend mit unendlicher Gleichmut auch noch die Klagen über sich ergehen zu lassen, die unablässig aus dem Mund seiner Gattin auf ihn niedergingen. Lionel hatte seinen Vater geliebt, vom ersten bis zum letzten Tag seines kurzen Lebens. Aber hatte er damals die väterliche Stimme, deren Aussagen ausschließlich für ihn bestimmt waren, tatsächlich verstanden?

Zwar war sie nach seinem Eintritt in die Volksschule für immer verstummt, aber er hatte diese Stimme, die ihn früh gewärmt und gewiegt hatte, nicht vergessen. Es war die einzige Stimme, die ihm vom Vater in Erinnerung geblieben war. Der Tonfall der Stimme, in dem er sich mit den Kundinnen oder seiner Ehefrau unterhielt, war aus seinem Gedächtnis gelöscht. An Tischgespräche oder Ermahnungen oder gar daran, dass er die Stimme je erhoben hatte, erinnerte er sich nicht. Eine Stimme, in deren Kern Erfahrungen schlummerten, von denen der Apotheker niemand anderem als seinem kleinen Sohn erzählt hatte, dem sie unverständlich bleiben mussten. In seltenen Augenblicken wie diesem vernahm er sie wieder, leise, besänftigend, dem kleinen Lion zugewandt, ihm allein. Sie brachte alles ins Lot, sie nahm der Angst, die er manchmal verspürte – der Angst vor der Dunkelheit und vor den anderen – den Stachel.

Es war wieder wie früher. Augenblicklich beruhigte sich sein Puls, seine Erregung nahm ab, auch seine Anspannung. Er war für ein paar täuschende Momente in seiner alten Kinderhaut, behütet, geschützt und unbeeinflusst. Er war in Sicherheit. Niemand konnte ihm etwas anhaben. Außer Eduard. So kehrte die Angst auf dem schnellsten Weg wieder zu ihm zurück.

V

Theres wollte nicht stören. Obwohl sie wusste, dass sie darüber keine verlässliche Macht besaß, war sie fest entschlossen, so lange wie möglich wach zu bleiben, was ihr nach den Erlebnissen der letzten Stunden leichter fiel als an den vorangegangenen Tagen. Sie wollte ihre beiden Zimmergenossinnen, die bereits im Bett gelegen hatten, als sie sich im Dunkeln auszog, nicht aus ihrem wohlverdienten Schlaf reißen, denn Theres wusste, dass sie schnarchte. Wer schnarcht, stört automatisch. So hatte es Walter einmal auf seine unnachahmliche Weise ausgedrückt. Theres wollte nicht stören.

Nelly und Rösli schliefen tief, fest und leise. Sie regten sich nicht, kaum hörte man ihre ruhigen Atemzüge. Es war beinahe so, als sei Theres allein. Auch deren Tag war hart gewesen, aber sie waren noch jung, sorglos wie Kälber, blond und gelockt, milchig und rosa, dass man in ihrer Haut und ihrem Haar versinken wollte wie in einem der nach Lavendel duftenden Laken und Deckenbezüge des Hotels, die sie wuschen. Allmählich war der Geruch ihrer täglichen Arbeit auf sie übergegangen. Kein Wunder, dass die jungen Burschen sie begehrten.

Sich wach zu halten, fiel Theres an diesem Abend leicht, schwer war es ihr vielmehr gefallen, ihre Zimmergenossinnen, die ihr so sehr ans Herz gewachsen waren, nicht aufzuwecken. Am liebsten hätte sie ihnen von ihrem Besuch bei Walter erzählt, von dessen Existenz sie nichts wussten, erst recht nicht, dass er die Post von Sils Maria hielt. Aber sie schliefen. Es blieb bei der Versuchung, sie einzuweihen. Sie hatte Walter versprechen müssen, mit niemandem darüber zu reden. Ihr Sohn hatte sie einmal mehr überrascht. Wie erwachsen er doch war, viel erwachsener als sie, die an diesem Abend wie ein unbedarftes Mädchen vor ihm gestanden hatte, eine alte Nelly, ein Rösli in Alt. Von alledem wusste er nichts, nie würde sie mit ihm darüber sprechen. Für derlei Kleinigkeiten interessierte er sich nicht.

Sie hatte an der richtigen Klingel gezogen. Da es glücklicherweise keine weitere gab, war sie nicht gezwungen gewesen, ihrem Gefühl zu vertrauen. Kaum hatte sie geläutet, hörte sie ihn die Treppe hinabeilen. Er hatte ihr geöffnet, aber er hatte sie nicht erwartet. Das war nicht zu übersehen, und es überraschte sie nicht. Wie hätte er auch wissen können, dass ausgerechnet sie vor der Tür stand? Nur weil sie es gespürt hätte, brauchte er es nicht zu spüren. Sie musste sich daran gewöhnen, dass sie nicht eins waren, schon lange nicht mehr.

Spürte er das? Wer sonst, den er erwartete, läutete um diese Uhrzeit an seiner Tür, fragte sich Theres und zitterte vor Aufregung und Vorfreude, ihn mit niemandem teilen zu müssen, vielleicht den ganzen Abend, vielleicht nur eine Stunde lang, aber nicht wie kürzlich als Zuschauerin hinter dem Schalter, getrennt durch ein Gitter, sondern hier, wo er seinen Feierabend verbrachte. Ihn zu umarmen. Wo er lebte!

Um sich vor Schnee und Kälte zu schützen, hatte sie sich das dicke reibeisige Wolltuch um den Kopf geschlungen, doch trotz ihrer fast vollständigen Vermummung hatte er sie sofort erkannt.

»Mutter?« hatte er gesagt und einen Blick auf die dunkle Straße geworfen, die von hohen Schneewänden begrenzt wurde und dadurch schmaler wirkte. »Komm rein, wenn du schon einmal da bist.«

Er sprach leise. Er sprach selten viel lauter mit ihr. Vielleicht mit den Postkunden. Vielleicht auch nicht. Sie hatte etwas Mühe, ihn zu verstehen. Er umarmte sie nicht, sie hätte es sich gewünscht, aber sie war realistisch, wie die gebildeten Leute sagten, und wusste zum einen, was sich gehörte, und zum anderen, was sie von ihrem großen Sohn erwarten durfte und was nicht. Hatte er sein Haar gefärbt, es schien ihr weniger rot als früher? Als Kind hatte man ihn deshalb und wegen der Sommersprossen oft gehänselt.

Nein, überschwänglich war er nie gewesen, jedenfalls nicht zu ihr und nicht in ihrer Gegenwart zu anderen. Seitdem Walter sein Elternhaus – eine Zweizimmerwohnung in einem Mietshaus am Stadtrand, auf die niemand stolz sein konnte – verlassen hatte, war er kaum je nach Hause gekommen. Und so hatte am Ende auch sie die Wohnung ohne Bedauern verlassen.

Eine gewisse Kühle war ihm eigentümlich, seit er kein Kind mehr war. Doch im Innersten – sie wusste es – war er warmherzig und dankbar. Umso erstaunlicher, dass er noch nicht verheiratet war. Wäre sie nicht seine Mutter und wäre sie noch jung gewesen, sie hätte ihn gewiss nicht abgewiesen, so recht konnte sie sich nicht erklären, warum es anderen Frauen nicht ebenso erging.

Er hatte sie weder umarmt noch auf die Wangen geküsst, er hatte sie nur kurz angesehen und sich dann umgedreht, und sie war auf der steilen Treppe hinter ihm nach oben gestapft. Sie hätte ihre Hand, die noch das schützende Tuch zusammenhielt, nach ihm ausstrecken und ihn berühren können, wenn er es schon nicht tat, aber sie traute sich nicht. Sie hatte Respekt vor ihm, er hatte es weiter gebracht als ihr Vater oder Großvater; wie stolz sie gewesen wären, hätten sie ihn kennengelernt. Der Vater hatte sie verstoßen, als sie schwanger wurde. Sie und die Mutter hatten sich einmal heimlich beim Bärengraben getroffen, der Vater durfte von dieser Begegnung nichts wissen. Dort hatte sie ihr erzählt, was ihr so durch den Kopf gegangen war, als Mario sie und ihr ungeborenes Kind verlassen hatte, während sie in die Tiefe blickte, wo die schmutzigen zotteligen Bären ungerührt in ihren eigenen gelben Ausscheidungen herumtappten und erbarmungswürdig um Karotten bettelten. Es hatte durchdringend gerochen. Hier war es ihr leichter gefallen, darüber zu sprechen als auf dem Weg vom Bahnhof hierher. Ihre Mutter aber hatte zu alledem hartnäckig geschwiegen, und so hatte sie nie erfahren, was sie wirklich dachte.

Der Hausflur war so eng, dass ihre Schultern mehrmals die roh verputzten Mauern rechts und links streiften. Im oberen Stock wurde es heller, die Wohnungstür stand offen. Sie betrat die winzige Diele, von der drei Türen abgingen. Küche, Schlaf- und Wohnzimmer. Kein Bad. Das Klo lag auf dem Flur. Die Küchentür stand offen, die anderen Türen waren geschlossen. In der Diele war kein Platz für eine Ablage, es gab zwei gusseiserne Garderobenhaken und eine hölzerne Hutablage, auf der kein Hut lag. Er fragte sie, ob sie ihren Mantel ablegen wolle, doch sie verneinte und nahm lediglich das Tuch vom Kopf. Ihr werde nachher kalt sein, sagte er, und über so viel Fürsorge musste sie lächeln.

Und schon hatte sie in seiner Küche gestanden und beide Hände über die Herdplatte gehalten, als ob sie sie wärmte. Wie hätte sie ihm sonst zu verstehen geben können, wie gemütlich es hier war? Tatsächlich aber war es kalt und ungemütlich, weil Walter tagsüber nicht geheizt hatte. Das Feuer brannte noch nicht lange. Kohlen waren sicher teurer als in der Stadt. Und so war es in der Küche nicht wesentlich wärmer als im Treppenhaus. Auf dem Herd stand ein Topf, aber es roch nicht nach Essen.

»Bist du hungrig«, fragte Walter.

»Ich habe schon gegessen. Wir werden gut versorgt da oben«, gab sie zur Antwort, und ihr Kopf machte eine Bewegung in die Richtung, in der sie das Waldhaus vermutete, obwohl sie die Orientierung verloren hatte.

Dazu aufgefordert, hatte sie sich an den Küchentisch gesetzt. Es gab nur drei Stühle. Als erriete er ihre Gedanken, sagte er: »Das Mobiliar war schon da. Tisch, Stühle, Schrank, Bett. Sogar Geschirr und Besteck. Gehört alles der PTT.«

Der PTT! Ebenso gut hätte er sagen können: Gehört alles mir. Es kam so selbstverständlich über seine Lippen, als handelte es sich dabei um seine wahre Familie, die einzige, die zählte, und vielleicht war es ja so, zumindest für ihn.

»Der vierte Stuhl ist wohl kaputtgegangen und verfeuert.«

Das Feuer im Herd brannte nun stärker. Walter hatte den Postschalter nach einem ruhigen Tag erst vor einer halben Stunde geschlossen. Theres war neugierig, aber nicht beherzt genug, den Topfdeckel zu heben, also sagte sie nur, scheinbar beiläufig: »Du kochst selber? Soso.«

Er nickte. Sie hielt sich zurück und sprach nicht aus, was ihr auf der Zunge lag: dass dies keine Arbeit für einen Mann sei, dass eine Frau hierhergehörte, die ihm den Haushalt besorgte, und auch Kinder, ihre zukünftigen Enkel. Aber sie schwieg.

Er habe sich angewöhnt, jeden Montag entweder Siedfleisch mit Gemüse oder ein Huhn zu kochen, sagte er, das reiche für eine ganze Woche. Er kaufe das Huhn am Samstag beim Bauern, der ihm von seinem Vorgänger empfohlen worden sei und ihm auch Gemüse verkaufe.

»Ich koche es eine Stunde im Ganzen, dann esse ich jeden Tag ein Stück. Montags die erste Brusthälfte, dienstags die zweite, mittwochs einen Schenkel, donnerstags die Flügel, freitags nur Gemüse und den Bürzel statt Fisch, samstags die Suppe, sonntags den letzten Schenkel«, sagte er, gesprächig geworden, hob den Deckel und drehte einmal im Topf um, was von dem Huhn übrig war.

»Am Ende ist alles schön weich«, fügte er hinzu, als wüsste sie das nicht selbst, dachte sie. Dem Topf entstieg ein schwaches Aroma.

Er fragte noch einmal: »Hast du wirklich keinen Hunger«, und Theres schüttelte wieder den Kopf, obwohl sie gerne probiert hätte, wie das schmeckte, was ihr Sohn, der niedrige Frauenarbeit verrichtete, gekocht hatte. Ihm die nächste Tagesration wegzuessen, kam aber nicht infrage. Es war erst Donnerstag.

Als er die Wohnung an der Papiermühlestraße verlassen hatte, war er Soldat und Ordonanz geworden, er machte sein Bett, er bereitete sein Essen selber zu, er hielt die Wohnung sauber. Beim Militär gab es auch keine Frauen, die für die Mannschaft kochten, auch dort besorgten die Männer die täglichen Dinge des Lebens selber.

Walter hatte die Rekrutenschule in der Nähe von Lausanne absolviert. Er hatte nie darüber gesprochen. Danach war er nach Zürich gezogen. Seither sah sie ihn manchmal monatelang nicht. Es war, als habe er sich endgültig von ihr abgewendet. Und nun stand sie wie eine Fremde in seiner Küche in Sils Maria.

Er setzte sich ihr gegenüber an die Stirnseite des Tischs, weit von ihr entfernt, als warte er darauf, dass sie nun wieder ging. Er sah auf die Tischplatte, wie früher, als Kind, wenn er ihr etwas beichten wollte und sie ihm dabei helfen musste, das erlösende Wort zu finden.

Er fragte lediglich, warum sie hier sei.

»Warum ausgerechnet hier?«

Ja, weißt du das nicht, hätte sie am liebsten ausgerufen, weißt du das nicht? Wegen dir doch. Wegen wem sonst, nur deinetwegen! Doch wusste sie viel zu gut, dass er ihre Fürsorge nur schwer ertrug, also erzählte sie ihm, wie der Zufall es gewollt hatte, dass das Schicksal sie hierherführte. Oder umgekehrt, wie das Schicksal dazu geführt hatte, das der Zufall sie hierher verschlug. Zufall sagte sie und Schicksal, Worte also, die nicht oft über ihre Lippen kamen. Walter schüttelte bedächtig den Kopf mit der breiten Stirn, aber er unterbrach sie nicht, als sie ihm erzählte, wie sie von der freien Stelle im Waldhaus erfahren habe. Und plötzlich hellte sich sein Gesicht auf. Sie hatte es sich nicht eingebildet. Es war, als hätten ihre Worte ihn beruhigt. Er strahlte.

Aus heiterem Himmel und merklich aufgeräumter als noch vor einer Sekunde hatte er sie gebeten, an ihrem Arbeitsplatz niemandem davon zu erzählen, dass sie die Mutter des Posthalters von Sils Maria sei, und sie hatte genickt, auch wenn es ihr kurz einen stechenden Schmerz versetzt hatte, was blieb ihr denn übrig? Abermals krähte der Hahn, nachdem Jesus von Petrus verleugnet worden war, so hatte sie es in der Kirche während der Karwoche, die ihr stets die liebste Zeit im Kirchenjahr gewesen war, immer wieder gehört. Er kenne diesen Mann nicht, hatte Petrus behauptet. Zwei Mal hieß unwiderruflich ein Mal und ein zweites Mal. Danach war es geschehen. Danach konnte passieren, was wollte.

Im Rechnen war sie etwas besser als im Lesen und Schreiben. Zum Rechnen konnte sie die Finger zu Hilfe nehmen, zum Buchstabieren nicht, denn – das wusste sie – das Alphabet bestand aus mehr Buchstaben, als sie Finger hatte. Was war nach dem letzten Hahnenschrei geschehen? Sie versuchte sich zu erinnern. Wer hatte Petrus nach Jesus gefragt, der ihm im Garten Gethsemane prophezeit hatte, ehe der Hahn zweimal krähe, werde er ihn dreimal verleugnet haben. Kurz darauf hatte man UNSEREN HERRN nach Golgatha geschickt, das Kreuz, an das man ihn nageln würde, auf dem Rücken.

Sie hatte nicht gefragt, warum es niemand wissen sollte, aber sie war sicher, dass er seine Gründe hatte. Gründe waren Dinge, die sie nicht durchschaute, genauso wenig wie Pläne, Absichten und Wünsche fremder Menschen. Fast nichts durchschaute sie. Dafür hatte sie Walter. Ihm vertraute sie blind, egal, was er tat, gleichgültig, ob sie ihm folgen konnte oder nicht.

Und dann hatte er ihr das Wohnzimmer gezeigt und auf das Grammophon gedeutet, das mitten auf dem Tisch stand, der nicht aussah, als würde seine Bestimmung darin bestehen, sonntags oder wochentags als Esstisch benutzt zu werden. Wer außer Walter hätte da sitzen sollen? Und wieder musste sie an Jesus Christus und an den Verrat des hässlichen Judas denken, der sie als Kind bis in ihre Träume verfolgt hatte. Der Tisch schien allein für den Kasten bestimmt, den Walter in Gang gesetzt hatte, kaum hatten sie das Zimmer betreten, vor dessen Fenster die gelben Vorhänge zugezogen waren. Er drehte die Kurbel schnell und geschickt bis zum Anschlag und setzte die Nadel auf die Schallplatte, die sich auf dem Plattenteller drehte.

Ihr, die Musik nur von der Orgel oder gelegentlichen

Platzkonzerten im Berner Rosengarten kannte, die nie zuvor Musik aus einem Grammophon gehört, geschweige denn einen Konzertsaal betreten hatte, fegte heißer Wind in die Ohren, als die Fanfaren und Stimmen ertönten, als Gesang und Klang, Stimmen und Trommeln, Trompeten und Geigen, Posaunen und Harfen erschollen, alles in einem und alles aus diesem unscheinbaren, aber umso geheimnisvolleren Apparat, den Walter sein »Koffergrammophon« nannte, sein Eigentum, sein ganzer Stolz. Sie schwankte indes zwischen Himmel und Erde. Kein Schalltrichter war auf sie gerichtet, wie sie es einmal vor Jahren im Schaufenster bei Loeb in der Kramgasse gesehen hatte, nichts war zu sehen als ein kleiner Kasten, aus dessen Inneren die Musik wie Luft aus einer dunklen Ritze entwich, die auf rätselhafte Weise durch die sich drehende Schallplatte erzeugt wurde. Die Nadel tanzte auf und ab und gab ein eigenes, scharf kratzendes Nebengeräusch von sich. Theres war entzückt und baff und sprachlos wie ein kleines Kind, und so kam, während das Zimmer von außerirdischen Klängen erfüllt war, außer einem gelegentlichen Oh kein Ton über ihre Lippen. Sie sah ihrem großen Jungen zu, wie er Schallplatte um Schallplatte auflegte, die Kurbel drehte wie ein Leiermann und den Tonarm aufsetzte, der die Musik zum Klingen brachte. Er erklärte ihr nichts. Er ließ sie sich wundern.

Stimmen, vor allem Stimmen. Eine Stimme aber war besonders ergreifend. Sie war anders als alles, was sie je gehört hatte. Sie sang in Marios Sprache, das begriff sie sofort. Walter sagte lediglich »Caruso«, als sie ihn fragend ansah. Caruso, aber es war so, als ob Mario sänge, und vielleicht war er es wirklich. Denn wer sagte ihr, dass er nicht einen anderen Weg eingeschlagen hatte als den, von dem er ihr damals erzählt hatte? Nicht zu seiner Ehefrau, sondern auf die Opernbühne und durch die Bühne auf diese Platte? Theres hatte nie ein Opernhaus von innen gesehen, sie war aber oft am Stadttheater vorbeigegangen und hatte staunend die Abbildungen von Frauen und Männern in prächtigen Gewändern in den Schaukästen betrachtet. Sie hatte die stattlichen Sänger und Schauspieler bewundert, die auf goldenen Sesseln oder hohen Felsen saßen. Und der ganze Chor.

Dann trillerte Erna Sack mit hoher, glockenreiner Stimme, trillerte und trällerte, dass es in Theres' Ohren gellte. Theres war in einem Wirbel, fassungslos.

Walter sagte: »Die Königin der Nacht.«

Doch Theres kam sie vor wie eine Königin des Lichts.

Walter war wie ein umgedrehter Handschuh. Ein anderer Mensch als noch vor wenigen Augenblicken in der Küche, machte er nun ein ganz zufriedenes Gesicht. Um den Mund spielte ein hochmütiger Zug, der ihn selbst zu einem Teil des Klangreichs machte. Er bewegte die linke Hand zur Musik, die Finger schlossen sich zur Faust und öffneten sich wieder. Er dirigierte die Musik, und blind gehorchten ihm die unsichtbaren Musiker. Den Einsätzen, die er gab, wurde Folge geleistet. Caruso, Sack, ein Walzer, ein Marsch, die kleine Nachtmusik, die sie bereits aus dem Wunschkonzert kannte. Der Stapel Schallplatten schien nicht abzunehmen. Er stand auf, drehte die Kurbel, ein neues Universum öffnete sich wie eine Wundertüte, das ging wohl eine halbe Stunde so, und sie war stolz, an seinem Glück teilhaben zu dürfen, sie allein. Sie gemeinsam mit ihm in diesem Zimmer. Am liebsten hätte sie seine Hand in die ihre genommen und fest gedrückt, so fest, bis sie blutete.

»Und jetzt«, sagte er, »jetzt hörst du Kupfer.«

Theres verstand nicht, was er meinte. Walter fingerte

eine neue Platte aus ihrer braunen Papierhülle, legte sie auf den Plattenteller, drehte die Kurbel und setzte die Nadel auf die Platte. Auf der Hülle prangten ein blauer Schriftzug und ein überkuppeltes Gebäude.

Sodann ertönte aus dem Nichts eine herrische, auf- und abschwellende, mal helle, mal dunkle, mal naive, mal bedrohliche, weder Ein- noch Widerspruch duldende Stimme deklamierend: *Wer reitet so spät durch Nacht und Wind? Es ist der Vater mit seinem Kind.*

Reglos und angespannt saß Theres da und lauschte der Stimme und der schauerlichen Geschichte, die den Raum immer breiter ausfüllte, als wüchse ein Teig ins Unermessliche, und Theres, von Haus aus ängstlich, das Fürchten auf ganz neue Weise noch einmal lehrte, zum einen wegen der grausigen Handlung mit dem reitenden Vater, den tanzenden Töchtern, dem furchterregenden König und dem ächzenden Kind, zum anderen deshalb, weil sie nicht wusste, woher die Stimme eines Mannes mit einem großen Körper und vollem Stimmumfang wohl rühren mochte, denn selbst der kleinste Zwerg der Welt war viel zu groß für Walters Grammophon. Sie war verwirrt, aber glücklich. Es war ein Zaubertrick, so unerklärlich wie Marios Stimme und die Posaunen und Klaviere, die sie begleiteten. Einmal mehr sah sie sich mit einer Sache konfrontiert, von der sie nichts verstand. Es machte sie weder glücklich noch unglücklich. Was da auf sie einstürmte, war einfach zu viel für ihren Kopf, und so ging ihr Blick von der sich drehenden Platte zu Walter und von Walter zur Platte, hin und zurück, bis ihr schwindlig wurde und die schreckliche Geschichte endlich, endlich zu Ende war – sie wollte gar nichts mehr davon hören – und das Kind tot in den Armen seines edlen Vaters lag, der nichts gegen den bösen Zauberer und seine gefährlich schönen, verführerischen Töchter auszurichten vermochte, und Walter nickte nur, nickte ihr wohlwollend zu, als wollte er ihr sagen: Du verstehst davon nichts. Und er hatte ja recht. Wie immer hatte ihr Walter recht. Und dennoch ließ er sie an seinem Wissen teilhaben.

Wieder einmal war es ihm gelungen, sie, seine Mutter, die ihn doch hätte kennen müssen, zu verblüffen.

Und so ließ sie – mit offenen Augen im Bett liegend – den Abend an sich vorüberziehen. Jeder Moment, den sie erlebt hatte, war ihr gegenwärtig, die Augenblicke der Angst, die sie beim Zuhören ausgestanden hatte, und die Augenblicke der Überraschung, die nun, da sie hinter ihr lagen, etwas weniger überraschend waren. Sie hörte die leichten Atemzüge ihrer jungen Freundinnen, die nichts vom Leben wussten, die dessen schwere Seiten vermutlich so wenig kannten wie die leichten, und sich im Tiefschlaf wohnlich eingerichtet hatten. Sie würden noch lange schlafen, während Theres noch eine Weile ihren Gedanken nachhängen wollte, was ihr allerdings nicht gelang. Von einer Sekunde auf die andere übertrat auch sie die Schwelle, die sie von der Welt trennte, und betrat die kühle Finsternis der Träume.

VI   28. Januar 1933

Dasselbe Hotel, dieselbe Luft. Beide im Waldhaus. Theres, seine Mutter, und Kupfer, der Filmgott. Sie atmeten dieselbe Luft in unterschiedlicher Höhe, Kupfer in der Beletage, seine Mutter unten in der Lingerie, wo sich – auf demselben Stockwerk – auch ihr Zimmer befand. Seine Mutter beim Bügeln, Kupfer in einer Rolle, in der ihn gewöhnliche Sterbliche nicht zu Gesicht bekamen, mit offenen Manschetten und aufgeknöpfter Weste, dösend, schlafend, untätig, in die Lektüre eines Romans oder das Studium eines Drehbuchs vertieft. Wörter, die noch für niemanden bestimmt waren, bildeten sich wie winzige Bläschen auf seinen geschwungenen Lippen. Hin und wieder kamen sie mit dem Filter der Zigarette in Berührung. Wörter trafen über Ober- und Unterlippe auf die lauwarme Zigarette. Ein arabischer Duft. Eine ägyptische Note. Es war, als spürte Walter beides, Zigarette und Lippen, auf seiner glühenden Wange. Er wäre sicher rot geworden, doch war es unwahrscheinlich, dass Gott sich an einen Irdischen wandte, der weder im Himmel noch in der Hölle einen Namen hatte.

Gewiss erinnerte sich Kupfer nicht an seinen Brief, an seine Bitte um ein Autogramm, denn solche Bitten erhielt er täglich waschkörbeweise, wie jeder wusste, der sich mit dem Leben der Stars beschäftigte. So erging es den Idolen.

Ihr Alltag war das Ungewöhnliche, das Ungewöhnliche ihr Alltag. Er atmete ein und aus, aber so geschickt war er nicht, Kupfer zu riechen.

Wenn es einen Ort gab, an dem sich Kupfer und Theres trafen, dann war es sein Bett, die frischen Laken, zwischen denen er lag, die seine Mutter für ihn gebügelt hatte wie für jeden anderen Gast. Walter durfte gar nicht daran denken, aber er konnte nicht anders, er dachte daran. Das heiße Eisen, das den Stoff erhitzte, der Stoff, der allmählich abkühlte, der kühle Stoff, der vom Körper wieder erhitzt wurde, bis er dieselbe Temperatur hatte, um den Nachtschweiß bereichert, den auch ein Star absondert, jeder Mensch. Und so konnte sich Walter vorstellen, durch seine Mutter mit Kupfer zu verschmelzen. Er sehnte den Tag herbei, an dem er ihm tatsächlich gegenüberstehen würde, auch wenn er fürchtete, ihm nicht gerecht zu werden.

Tagelang hatte er nachgedacht, und plötzlich schien die Lösung greifbar nah. Es war ein Samstagnachmittag, er hatte den Schalter geschlossen und hörte Musik. Fritz Kreisler spielte vom Grammophon. Es war ganz einfach.

Walter hatte das dicke Buch mit der metallenen Schließe an jener Stelle aufgeschlagen, an der er es unzählige Male zuvor geöffnet hatte, immer und immer wieder, dort, wo es von allein aufsprang, zwischen den Porträts von Peter Lorre und Pola Negri, wo er Lionel Kupfers signiertes Foto eingeklebt hatte, um welches er ihn vor zwei Jahren in einem Brief gebeten hatte. Zwei Wochen später hatte die Antwort in seinem Zürcher Briefkasten gelegen. *Mit den besten Wünschen, einem treuen Freund der Kunst, Lionel Kupfer.* Hätten die Worte *der Kunst* gefehlt, wäre sein Glück vollkommen gewesen, aber nun, da diese Worte einmal dastanden, tröstete er sich mit der Vorstellung, Kupfer habe den schwärmerischen Adressaten für einen Jugendlichen oder gar ein Kind gehalten, dem man eine Freude machen wollte, und hätte etwas anderes geschrieben, wenn er gewusst hätte, dass es sich um einen erwachsenen jungen Mann handelte.

Es war ein großformatiges Bild, das Kupfers Gesicht *en face* zeigte. Das Foto war von bester Qualität und glänzte frisch. Mit dem Zeigefinger zeichnete Walter manchmal die Gesichtszüge nach, die Linie der Nasenflügel, der Brauen, der Lippen, des Kinns, der Wangen, der Schläfen, des Haars, ohne das Papier zu berühren, und je nachdem, wie das Licht fiel, blitzte die Spiegelung seines Fingers auf, sodass er zurückzuckte, als habe er eben einen Geist gesehen. Ein angenehmer Kitzel rieselte über seinen Rücken. Hin und wieder wischte er mit einem trockenen, weichen Tuch darüber aus Furcht, unsichtbarer Schweiß von seinen Fingerkuppen könnte der Fotografie Schaden zufügen.

Vielleicht gab die Kälte den Anstoß. Seit Tagen herrschten eisige Temperaturen weit unter null, und Walter fasste sich an diesem Samstagabend ein Herz.

Ihn fror in seiner Wohnung fast immer, auch wenn er heizte, es war nie warm genug. Bei einer Außentemperatur von zweiundzwanzig Grad minus fror ihn sogar im Bett, wenn er hineinstieg, erst recht, wenn er nachts schweißgebadet aufwachte und die Decke von sich wegstieß, um sich gleich wieder zuzudecken, denn im Zimmer war es eiskalt. Wenn er abends von der Arbeit nach Hause kam, war nicht einmal mehr Glut im Ofen. Erneutes Einheizen änderte wenig, und wenn, dann erst nach drei, vier Stunden. Die Mauern blieben kalt, Leintuch und Decken klamm. Überall bildete sich Feuchtigkeit.

In der Küche wurde es schneller warm. Es war vorgekommen, dass er so stark geheizt hatte, dass das Rohr zu glühen begann. Meist setzte er sich mit dem Rücken zum Herd. Doch die Beine und Füße blieben kalt. Bevor er sich ins Bett legte, wickelte er zwei Briketts in feuchtes Zeitungspapier und legte sie aufs Feuer. Oft hielt die Glut bis zum Morgen, sodass er das Anfeuerholz daran entzünden konnte.

Vielleicht war es die Aussicht auf das geheizte Hotel, die ihm die Entscheidung leicht machte. Er hatte nichts zu verlieren. Hier herrschten keine Zustände wie in Deutschland. Hier musste man nicht jedem gehorchen, der sich das Recht zum Befehl herausnahm. Mutig zu sein fiel ihm nicht schwer. Jeder war frei, irgendwo einen Kaffee zu trinken, also auch Walter. Niemand konnte es einem verbieten, und wer es versuchte, den zeigte man an. Er würde das Hotel Waldhaus durch den Haupteingang betreten und sich benehmen wie ein feiner Mann, den keiner kannte. Ein freier Mann. Mit dem Schalterbeamten aus dem Dorf rechnete keiner. Ihn kannte man nicht. Und wenn schon. Selbst wer ihn hinter dem Schalter gesehen hatte, würde ihn nicht notwendig wiederkennen. Kleider machen Leute, Hunderte von Malen hatte er diesen Satz aus dem Mund seiner Mutter gehört, wenn sie ihm morgens – gegen seinen Willen, er hasste das, er wehrte und wand sich – die Kleider zurechtzupfte, vor allem die Krägen. *Kleider machen Leute, keine Bange*, stets mit diesem Zusatz.

Zwar besaß er keinen Anzug und nur zwei weiße Hemden, aber eines war sauber, und im Schrank hing ein Jackett von bester Qualität. Dass er eines Abends die Gelegenheit genutzt und es im überfüllten Restaurant »Zum Kropf« gestohlen hatte, das er nie zuvor betreten hatte und danach nie mehr betreten würde, sah man ihm nicht an, der gute Tweed saß ihm so passgenau wie an dem Unbekannten, für den er maßgeschneidert worden war. Handgenäht mit Seidenfutter. Er hatte Glück gehabt und es nicht auf den Zufall ankommen lassen. Niemand hatte ihn beobachtet, und er hatte offenbar ein gutes Auge für das richtige Maß und gute Qualität.

Einen passablen Eindruck zu machen, war also nicht schwer. Er kam nicht als Angestellter, sondern beinahe als Gentleman. Weißes Hemd, Tweedjackett und Sonntagshose. Ein junger Herr unbekannter Herkunft, vermutlich aus gutem Haus.

Er vergaß, dass er fror und dass sich an den Fenstern dicke Eisblumen gebildet hatten, die ihm die Aussicht verwehrten. Er fühlte sich besser. Er befriedigte sich. Wie immer tat es gut. Er dachte an Kupfer. Seine Mutter durchkreuzte seine Gedanken, aber es gelang ihm, wie immer, sie wegzustoßen.

Die kurze Abenddämmerung hatte bereits eingesetzt, als er sich auf den Weg zum Waldhaus machte. Diesmal würde er sich nicht damit zufriedengeben, das Hotel von außen zu betrachten. Wie den anderen Anwesenden – Einheimischen wie Fremden, Angestellten wie Gästen – sollte auch ihm dieser Tag in Erinnerung bleiben. Zwei Tage später würde sich die Welt verändert haben, und viele würden mit wehmütigen Gefühlen auf das letzte Wochenende zurückblicken, an dem Hitler noch nicht an der Macht gewesen war.

Der eisige Windzug, der in Berlin wehte, war hier nicht zu spüren. Die Luft, die man hier atmete, war eine andere als dort.

Vor dem Hotel warteten mehrere Kutschen auf Kundschaft. Von den Nüstern der nervösen Pferde stieg Dampf auf. Kurz nach fünf betrat Walter die Empfangshalle durch die Drehtür, und niemand hinderte ihn daran. Es herrschte ein konfuses Durcheinander, in dem offenbar nur die Angestellten die Übersicht behielten. Anders als er befürchtet hatte, fiel er also nicht auf. Er wendete den Blick nach links zum Kassenhaus, weg von der Menge, als suchte er einen unbeweglichen Punkt, an dem er sich festhalten konnte. Er sah, wie sich das Scherengitter und die Tür des Aufzugs öffneten und drei kleine Mädchen ihn verließen – das größte mit erhobenem Kopf vorneweg. Der herausgeputzte Boy mit dem glatt polierten Gesicht wartete, eine ältere Dame, bei der es sich wohl um die Gouvernante handelte, folgte ihren Schützlingen. Obwohl sie einen Schirm, einen altmodischem Hut und Fäustlinge trug, machte sie keine Anstalten, das Hotel zu verlassen. Sie blickte sich um und verschwand unauffällig nach links Richtung Speisesaal, als habe sie ihren Auftritt verpatzt. Indessen stürmten die Mädchen ohne sie aus dem Hotel. Die Wärme hatte Walter bereits umfangen, er würde nicht weichen. Doch niemand stellte sich ihm in den Weg.

Er blickte nach rechts. Er hörte Musik, dann waren die Stimmen lauter und übertönten alles. Er erkannte verschiedene Sprachen, ohne genau zu wissen, welchen Nationen sie zuzuordnen waren. Rechts führte eine Treppe nach oben. Dort wohnte Kupfer. Für den Bruchteil einer Sekunde erwog er, wagemutig und ohne Rücksicht auf die möglichen Folgen hinaufzugehen. Dass er den Gedanken sogleich wieder fallen ließ, lag nicht allein daran, dass er nicht einmal wusste, auf welchem Stockwerk und in welchem Zimmer Kupfer logierte. Warum nur waren hier so viele Menschen? Er trat zur Seite, als man von hinten gegen ihn stieß. Er erblickte Türen, von denen er nicht einmal ahnte, wohin sie führten, und stand auf einem Teppich, der allein schon seiner Ausmaße wegen von großem Wert sein musste. Die meisten Gäste drängten sich vor der Rezeption. Offenbar handelte es sich hier hauptsächlich um Neuankömmlinge, denn um sie herum türmten sich Reisekoffer, Taschen und Skier. Walter ließ sich den Mantel abnehmen, der von deutlich minderer Güte war als das Jackett, das darunter zum Vorschein kam. Er hatte beides auf Fussel und Fäden abgesucht und abgebürstet, bevor er die Wohnung verließ. Er fand den Mantel einwandfrei, wenngleich ein wenig abgetragen. Was sich der Angestellte beim Anblick des jungen Mannes dachte, der nicht wusste, wohin er sich nun wenden sollte, war nicht auszumachen. Walter versuchte, seinen Gesichtsausdruck zu deuten, gelangte aber zu keinem Ergebnis. Er verlor die Übersicht und blickte sich suchend um. Anders als im Postamt hatte er sich hier nicht völlig im Griff. Ein gequältes Lächeln, das zu unterdrücken er nicht die Macht hatte, huschte über seine Lippen.

Man half ihm dezent aus der Verlegenheit. Der Angestellte drückte Walter die Garderobenmarke in die Hand und deutete zur Halle. Der Chasseur hielt ihm die schwere Glastür auf, ein Tango ertönte, der vom Stimmengewirr der Männer und Frauen fast vollständig zugedeckt wurde.

Unauffällig folgte Walter einer Dame, die ihn im Türrahmen überholte und dabei fast berührte, es musste Seide sein, was sie so leicht umspielte. Später fragte er sich manchmal, warum er an jenem Abend ausgerechnet ihr gefolgt war. Sie hob den Blick im selben Moment, als er ihr ausweichen wollte, und er hielt ihm stand, als wären sie sich früher schon begegnet. Sie lächelte. Er lächelte zurück. Als wären sie alte Bekannte, er täuschte sich nicht. Offenbar war sie allein. Offenbar war er ihr nicht unsympathisch. Ob sie ihn wohl verwechselte? Eleganter als jede Frau, der er bislang so nah gekommen war. Sie schlängelten sich zwischen Tischen, Sesseln und Menschen hindurch und sahen sich um. Am Fenster erhob sich ein älteres Ehepaar. Zielstrebig gingen sie auf den frei gewordenen Tisch zu, als gehörten sie zusammen und setzten sich.

Sie war älter als Walter, und er hatte das Gefühl, als durchschaute sie ihn. Er fühlte sich in ihrer Gegenwart jedoch nicht unwohl. Gut möglich, dass sie ihn hinter dem Schalter im Postamt gesehen und sich sein Gesicht gemerkt hatte. Erst recht aber hätte er sich an sie erinnern müssen, doch er erinnerte sich nicht. Angenehm leer, wie er sich fühlte, dachte er, dass sie ihn wohl von Weitem gesehen haben musste. Ihre Nase war so dünn wie zwei Libellenflügel, die Lippen ein Schloss vor dem, was sie von sich nicht enthüllen würde. Er hatte vor ihr nichts zu verbergen. Er wusste nichts über sie. Er wusste nicht einmal, ob er sie verstehen würde, wenn sie sich unterhalten wollte. Doch warum sollte sie? Sie sah nicht wie eine Deutsche und nicht wie eine Schweizerin aus. Sie hatte dunkles, fast schwarzes Haar, etwas Polnisches, Russisches, sagte er sich, aber außer hinter dem Schalter war er nie einer Polin oder Russin begegnet, und selbst das war nicht sicher, denn es war nicht immer richtig, vom Adressaten auf den Absender oder vom Namen auf dessen Nationalität zu schließen, insbesondere bei verheirateten Frauen. Doch spielte das jetzt keine Rolle.

Er hatte sie nicht gefragt, ob der Platz, den er wortlos am selben Tisch eingenommen hatte, frei sei. Es war einfach geschehen. Aber auch sie hatte keinen Augenblick gezögert, sich an einen Tisch mit ihm zu setzen. Wäre ihr die Situation unangenehm und seine Gegenwart lästig gewesen, hätte sie leicht umdrehen und auf ihr Zimmer zurückkehren können. Sie war freier, zu tun, was sie wollte, als er, sie wohnte hier, es gab gewiss auch andere Möglichkeiten, sich zurückzuziehen. Er aber hatte keine andere Wahl als zu bleiben oder das Hotel zu verlassen. Wäre sie mit jemandem verabredet gewesen, hätte sie es gewiss nicht geduldet, dass ein Fremder sich zu ihr setzte. Ein Blick, eine Geste, ein Zucken ihrer Lippen, notfalls ein Wort hätten genügt, um ihn fernzuhalten. Sie hatte aber offenbar nichts vor an diesem späten Nachmittag.

Inzwischen war es draußen dunkel. Eiskalt und finster wie in den vergangenen Nächten würde es werden. Walter fühlte sich geborgen, als hätte er wie im Traum von einem Leben in ein anderes übergesetzt, mit einem einzigen Schritt war er von einem Treppenabsatz zum nächsten gelangt, von einer Etage in die andere. So jedenfalls fühlte er sich. Als ginge es stetig aufwärts.

Drei Sessel standen um den Tisch.

Der dritte Sessel blieb frei. Die Blätter der Zeitung, die darauflagen, waren vom letzten Leser ohne Sorgfalt gebündelt worden. Und nun? Walter griff nach der Zeitung. Was jetzt? Er blickte kurz auf, seine Tischnachbarin sah an ihm vorbei. Die Zeitung von heute berichtete ausführlich über eine bewaffnete Bande, die Anfang September einen Ort am Amazonenstrom überfallen hatte, und fragte sich in einem kurze Beitrag, ob es in Deutschland zu einer Kabinettskrise kommen würde, nachdem sich die politische Lage aufs Äußerste zugespitzt hatte. Angekündigt wurde im Übrigen für diesen Samstagnachmittag ein Schallplattenkonzert bei Hug & Co. an der Füßlistraße 4.

Der Eintritt war frei. Eines Tages hatte er einen älteren Herrn, der einen auffälligen Ring mit dunkelgrünem Stein am Mittelfinger trug, in die Tonhalle begleitet. Er hatte Walter gebeten, ihn Rudi zu nennen, und ihm während des Konzerts mit der flachen Hand heimlich übers linke Knie gestrichen. Sein weißes Haar war schütter gewesen, die Kopfhaut unter festgeklebten Strähnen leuchtend rot. Walter hatte es sich widerstandslos gefallen lassen. Vorne hatten sie Geige, Klavier und Cello gespielt, hinter den drei Solisten das ganze Orchester, davor der Dirigent mit dem Rücken zum Publikum. Trotz seines leichten Widerwillens hatte ihn die Hand erregt wie jede Hand, die sich an ihm zu schaffen machte, besonders als sie versuchte, sich einen Weg zwischen den Innenseiten der Oberschenkel nach oben zu bahnen. Es genügte, sich dem Zauber der Musik hinzugeben, um die Wirklichkeit nach seinen eigenen Vorstellungen zu verändern.

Die Gespräche der anderen übertönten die letzten Takte des Tangos fast völlig. Seitdem sie den Salon betreten hatten, waren höchstens zwei Minuten verstrichen. Ein Kellner erschien und fragte nach ihren Wünschen, als ob sie zusammengehörten, erst wandte er sich an die Dame, dann an Walter. Sie bestellte Tee, schwarz mit Zitrone, Walter Kaffee, schwarz ohne Zucker, obwohl ihm ein Bier jetzt lieber gewesen wäre, aber ein verstohlener Blick in die Runde hatte genügt, um festzustellen, dass hier niemand Bier trank. Champagner ja, aber Champagner konnte sich Walter nicht leisten. So hatte er zum ersten Mal ihre Stimme gehört, zwar nicht laut, aber deutlich. »Thè con limone, per favore.« War sie Italienerin oder unterhielt sie sich mit dem Kellner in seiner Muttersprache – die Walter von den paar Worten kannte, die er während der Rekrutenschule aufgeschnappt hatte –, um ihrem jungen Tischnachbarn zu zeigen, wie gut sie sie beherrschte?

Er hatte in der Zeitung etwas gesucht, was seine Aufmerksamkeit hätte fesseln können. Doch dann fragte er sich, ob es nicht unhöflich sei, in Gegenwart einer Dame zu lesen, selbst wenn man sich fremd war. War er ihrer zufälligen Gemeinschaft nicht eine gewisse Aufmerksamkeit schuldig? Einen Beweis dafür, dass er sie mehr als nur zur Kenntnis nahm? Bestimmt war es unhöflich, so zu tun, als sei sie Luft, aber womöglich war es noch unhöflicher, sie anzusprechen wie eine Angestellte. Gebot es die Höflichkeit, noch einmal aufzustehen und sich – mit einer leichten Verbeugung – vorzustellen? Es fehlte ihm an der nötigen Sicherheit. Er hatte eine Menge über Menschen wie sie gelesen, aber er war einer Frau wie ihr noch nie so nahe gekommen wie jetzt. Er hatte einfach keine Ahnung, wie man sich in gehobener Gesellschaft benahm. Solange er den Mund hielt, konnte er allerdings auch nichts falsch machen. Machte er jedoch den Mund auf, war er gezwungen, eine Rolle zu spielen. Aber welche? Ihr zu eröffnen, weshalb er hier war, kam nicht infrage.

Sie rettete ihn aus der Verlegenheit, indem sie ein Zigarettenetui aus ihrer kleinen krokodilledernen Handtasche zog. Drei Handgriffe genügten. Aufklappen, Herausziehen, Zuklappen. Die hundertfach ausgeführte Bewegung setzte den starken Duft ihres Parfums frei.

Noch bevor er ihr Feuer reichen konnte, wandte sie sich ihm zu:

»Sie sind neu hier, nicht wahr?«

Sie fragte ihn nicht, wann er angereist sei, auch sein Name interessierte sie nicht. Vielmehr fuhr sie fort:

»Ich höre wohl, dass Sie kein Ausländer sind. Ich meine, kein Deutscher, auch kein Österreicher. Mit anderen Worten, Sie sind Schweizer. Ich erkenne jeden Schweizer!«

Walter nickte.

»Aus welchem Kanton? Das höre ich nicht. Ich liebe Kantone! Bern, Basel, Graubünden, Zürich, Luzern, Tessin. Wir in Deutschland haben neuerdings Gaue, das klingt sehr ungemütlich. Ist ein Kanton dasselbe wie ein Gau?«

»Ich weiß nicht. Von Politik verstehe ich nicht viel. Zu wenig.«

Woran lag es, dass er, der so selten unter Leute kam, sich in diesem Trubel und in Gegenwart dieser Frau, die sich in Kreisen bewegte, die seine Kreise – von denen er selber nicht wusste, ob sie diesen Namen überhaupt verdienten – niemals berührten, so ausgelassen und unbeschwert fühlte? Worte, nach denen er üblicherweise suchen musste, kamen ihm mühelos über die Lippen, als sei er leichtfüßige Gespräche dieser Art, die man, wie er wohl wusste, in England *small talk* nannte, von Kind auf gewöhnt. Es lag wohl an ihr.

»Kein Interesse für Politik. Wie charmant.«

Die leichte Ironie, die in ihren Worten mitschwang, entging ihm nicht. Amüsiert legte sie den Kopf etwas schief, und eine Locke löste sich aus dem mit Schildpattkämmen hochgesteckten Haar.

»Ich habe die Rekrutenschule und drei Wiederholungskurse absolviert. Ich diene meinem Land, wenn es mich ruft.«

»Oh, davon verstehe *ich* nun wieder nichts. Kann man aufgrund dieser Information Ihr Alter ermessen? Wahrscheinlich, ja?« Sie lächelte und sagte: »Die Schweiz hat weniger zu befürchten als, sagen wir mal, Polen oder Frankreich, denn er hasst Frankreich, und in Polen leben zu viele Juden, und die hasst er erst echt.«

Sie meinte mit Sicherheit Hitler, von dem alle Welt sprach.

»Fürchten Sie sich gar nicht vor dem Krieg? Vor Hitler? Sie sind noch jung, Sie glauben sich gerüstet. Sie haben den letzten Krieg nicht in Erinnerung, da waren Sie ein Kind.«

Wie die einzelnen Sätze sprangen auch ihre Augen hin und her, von ihm zum Kellner, der am Nebentisch Geschirr abtrug, von diesem zu den drei Musikern, die leicht erhöht auf ihrem Podest den Kaiserwalzer intonierten, was seiner neuen Bekanntschaft einen wohligen Schauer zu versetzen schien, jedenfalls schloss sie beim Auftakt kurz die Augen und flüsterte: »Milano. Es sind Musiker aus dem Mailänder Opernorchester, wussten Sie das?«

Er schüttelte den Kopf. So wenig wusste er von der Welt, zu der er nicht gehörte, und dennoch lächelte er und gab es nicht zu erkennen. Zur Vorstellung, in der Mailänder Scala zu sitzen, gehörte auch die Überlegung, neben einem soignierten Herrn zu sitzen und ihn anschließend in seine Wohnung zu begleiten.

Konnte, wer sie nicht kannte, sie beide für ein Ehepaar halten? Nichts sprach dagegen. Zumindest für ein ungleiches Liebespaar. Er konnte sich in seinem Aufzug sehen lassen.

»Vor welchem Krieg muss man sich fürchten«, fragte er.

Sie deutete auf die Zürcher Zeitung, die vor ihm lag, und meinte: »Sie lesen offenbar keine Zeitungen. Oder nicht zur richtigen Zeit, vielleicht aber auch die falschen. Oder wollten Sie jetzt gerade lesen? Sind Sie hier, um ungestört die Zeitung zu lesen?«

Er stammelte: »Nein. Ich lese Zeitungen, wenn ich dazu komme. Nicht oft. Aber natürlich nicht jetzt.«

Sie sollte ihn nicht fragen, was er arbeitete, auch sollte

sie nicht sagen, dass sie ihn schon irgendwann gesehen haben müsste, jedoch nicht wüsste, wo.

»Sie wollten lesen und geben mir nun den Vorzug vor der Lektüre? Wie reizend. Sind Sie Gast hier?«

»Zum ersten Mal.«

»Zum ersten Mal in Sils Maria?«

»Zum ersten Mal im Waldhaus«, antwortete Walter, und allmählich beschlich ihn der Verdacht, dass sie ganz genau wusste, wer er war und was er wollte, auch wenn das ganz und gar unmöglich war, denn niemand sah in ihn hinein. Er würde lügen, solange er konnte, und sich, wenn es sein musste, in Widersprüche verwickeln.

»Ist das nicht interessant? Hier oben, in diesem kleinen, abgelegenen Dorf, in dem nun allerdings ein Mann wie Nietzsche logierte, kommen so viele interessante Leute zusammen. Ein Gedanke ist zu etwas nutze, wenn er einem beim Spazieren kommt, sagt Nietzsche. Ist das nicht wunderbar? Ein suchender Hund im Garten der Philosophie. Mein Mann war sein größter Verehrer. Er hat sogar seine Schwester besucht. Ein göttlicher Ort ohne Gott. Und solche Musiker. Hören Sie nur! Schauen Sie dort.«

Sie deutete mit dem hochgereckten Zeigefinger der rechten Hand diskret auf eine ältere Frau, in deren Schlepptau sich ein junger Mann bewegte, in dessen Mundwinkel eine Zigarette klebte. Wie im Traum schien er – als könne er nicht selber gehen – von ihr gezogen zu werden. Das Band war unsichtbar.

»Die Ducessa di Modrone mit ihrem Sohn, von dem behauptet wird, er sei ein großer Künstler, man werde noch von ihm hören. Die Modrones pflegen zehn bis zwölf Zimmer zu bewohnen. Das Auge des jungen Mannes ist durchdringend wie das eines Habichts, finden Sie nicht? Ohne Zigaretten scheint er aber nicht leben zu können.«

In diesem Augenblick traf ihn der müde Blick des jungen Mannes, blieb kurz auf ihm ruhen und strich dann weiter.

»Aus welchem Kanton, sagten Sie?« Unvermittelt kam sie auf die Frage zurück, mit der sie ihre Unterhaltung begonnen hatten, nun da der junge Künstler sich entfernte.

»Oder nein, lassen Sie mich raten. Aus Zürich?«

»Ausländer denken meist, man sei aus Zürich, weil sie Zürich am besten kennen, außer dem Berner Oberland natürlich.«

»Dann sind Sie also Berner?«

»Richtig geraten«, antwortete Walter, »aus der Stadt Bern.«

»Wie heißen Sie?«

In diesem Augenblick trat der Kellner mit dem Tablett an ihren Tisch, und für eine Weile brach die Verbindung zwischen ihnen ab. Walters Furcht, sie könnte nicht wiederaufgenommen werden, sollte sich aber als unbegründet erweisen.

Wenn Theres eine Jugendfreundin gehabt hätte und wenn sie sich mit dieser hätte austauschen können, hätte sie zu Feder und Papier gegriffen (bevorzugt zu jenem seidig raschelnden Luftpostpapier, das sie so gern, doch viel zu selten in den Händen hielt), um ihr zu berichten, was sie an jenem 25. Januar gesehen hatte, als sie beim Vorübergehen einen Blick in den großen Saal des Hotels geworfen hatte. Theres gehörte nicht zu den Neugierigen, aber sie hatte Augen im Kopf. Die beiden Flügel der großen Glastür standen weit offen und so wurde sie Zeugin dessen, was sie zunächst zu träumen glaubte, doch sie träumte nicht.

Da es nun einmal nicht in ihrer Macht lag, Briefe zu schreiben, beschränkte sie sich in den Tagen, die auf dieses eigentümliche Ereignis folgten, damit, sich die Szenerie immer wieder vor Augen zu führen. Doch je öfter sie es tat, desto weniger verstand sie, was sie mit eigenen Augen gesehen hatte.

Auf den Gedanken, sich unter die Gäste zu mischen, wo sie sich im Übrigen höchst unwohl gefühlt hätte, wäre sie niemals gekommen. Sie kannte ihren Platz, also wusste sie, wo sie hingehörte. Es war nicht schicklich, dort zu sein, wo man nichts verloren hatte, selbst dann nicht, wenn man einen Sohn hatte, der sich über diese Regel hinwegsetzte. Und einen solchen Sohn hatte sie, und nun musste sie sich eingestehen, dass sie nicht wusste, ob sie sich seinetwegen schämen oder auf ihn stolz sein sollte.

Sie hatte einen Blick in die Halle geworfen und dort unter all den Leuten sofort Walter entdeckt, wo sie ihn niemals vermutet hätte. Er saß an einem Tisch zwischen zwei Menschen, die deutlich älter waren als er und bei denen es sich, wie sie annahm, nicht etwa um Berufskollegen, nicht um Postangestellte handelte, sondern um feine Leute, solche, deren Bettwäsche täglich gewechselt wurde, deren Leintücher und Bezüge durch Theres' Hände gingen, Menschen, die es sich leisten konnten, sich wochenlang dem Nichtstun hinzugeben, Bücher zu lesen, Champagner zu trinken, Ski zu fahren, durch die Gegend zu wandern oder sich dahin und dorthin kutschieren zu lassen. Wohlhabende Bürger, besondere Leute, die in der Welt herumkamen.

Und Walter, der kein Hotelgast war, benahm sich, als sei er ihresgleichen. Er saß da und redete. Die Dame zu seiner Rechten nickte zustimmend, als habe er etwas Richtiges, ja Bedeutsames gesagt. Sie sah nicht aus wie eine Einheimische, vielleicht sprach sie nicht einmal Deutsch. Wie konnte er sich dann mir ihr unterhalten?

Sorge und Respekt vor seinen ungeahnten Talenten und den Beziehungen zur Welt der Reichen, in deren Gegenwart Theres keinen Schritt hätte tun können, geschweige denn ein Wort herausgebracht hätte, wechselten sich in ihrem Inneren ab und verschwammen schließlich zu einem Gefühl diffuser Angst. Der Mann zu Walters Linken betrachtete ihn von der Seite. Als ginge es darum, sich die Uhrzeit zu merken, sah Theres zur großen Uhr, die in der Halle hing. Es war halb acht. Bald würde sie im Bett liegen und viel Zeit haben, um sich darüber Gedanken zu machen, was sie ihrer besten Freundin über ihren Sohn geschrieben hätte, den zu durchschauen ihr immer unmöglicher wurde. Aber sie hatte keine Freundin, und schreiben konnte sie nicht. Vielleicht, dachte sie später an diesem Abend in einem Augenblick schrecklicher Bedrücktheit, bestand ein Zusammenhang zwischen ihrer Unfähigkeit, lesen und schreiben zu können, und der Tatsache, dass sie außer ihrem Sohn auf der Welt niemanden hatte. Vielleicht war es ein Fehler gewesen, seiner Spur zu folgen und eine Arbeit in Sils Maria anzunehmen. Vielleicht hätte sie damals heiraten sollen, ihm fehlte ein Vater, eine züchtigende Hand, ein strenger Erzieher, Freund und Berater, aber wer nahm schon eine Frau mit einem unehelichen Kind? Ihm fehlte die Autorität eines Mannes, der ihm gesagt hätte, was zählte im Leben, was nicht. Allein hatte sie diese Aufgabe nicht bewältigen können.

Es hätte genügt, in jener Sekunde, die sich in ihr Gedächtnis eingrub, den Blick nicht zur Halle zu wenden, und sie hätte nie erfahren, wo er sich an jenem Samstagabend aufhielt, aber diesen Gedanken hatte sie nicht. Sie hatte andere Gedanken, die ihr Kopfzerbrechen bereiteten. Es folgte eine unruhige Nacht, in der sie von ihrem Großvater träumte. Und als sie am nächsten Morgen aufwachte, war sie überzeugt, sie habe alles falsch gemacht. Sie gab sich die Schuld. Sie hatte als Mutter versagt. Sie hatte einen Sohn geboren, der mehr wollte, als er konnte, der mehr schien, als er war. Es war genau so, als würde sie sich an einen Schreibtisch setzen und so tun, als könnte sie schreiben, während es sich bei den Buchstaben, die sie zu schreiben vorgab, um nichts als kindliches Gekritzel handelte. Hinter welcher Ecke lauerte das Unglück wohl auf Walter?

Liebe beste Freundin, zu erzählen hätte ich dir viel, ich würde dir schreiben, was aus meinem Sohn geworden ist, ich würde dir erzählen, wie und wo ich lebe und arbeite, wie mein Tag abläuft und was ich heute gesehen habe und kaum fassen kann. Du kennst meinen Walter fast so lange wie ich, du hast ihn als Säugling im Arm gehalten, du kennst seine Vorzüge und Nachteile, als wärst du seine Mutter und nicht ich. Auch wenn es mir wie gestern vorkommt, ist doch seither viel Zeit vergangen. Während ich die Gleiche geblieben bin, nur älter wurde, erkenne ich ihn kaum wieder, zum Beispiel heute, als ich ahnungslos durch das Hotel streifte, was sich im Grunde nicht gehört, ich tat es trotzdem und da saß er mit Leuten zusammen, die nicht zu uns passen, er hatte eine Jacke an, die ich nie an ihm gesehen habe, ich weiß nicht, woher er sie hat, ich möchte es auch nicht wissen, auch eine Krawatte trug er und trank mit spitzen Fingern Kaffee, umgeben von Hotelgästen, wo er doch selbst keiner ist. Er trägt des Kai-

sers neue Kleider, ich weiß aber nicht, was ich tun soll. Ich brauche die Hilfe meiner besten Freundin, aber ich weiß, dass ich nicht mit deiner Hilfe rechnen kann, weil es dich nicht gibt und weil es nur mich gibt und Walter, der nicht mit mir redet.

Kurz nachdem der Kellner sich von ihrem Tisch entfernt hatte und noch bevor sie den Faden ihrer Unterhaltung wieder aufnehmen konnten, geschah etwas, was Walter und viele andere Gäste dazu veranlasste, ihre Gespräche kurz zu unterbrechen. Die meisten blickten auf, manche schienen den Atem anzuhalten. Anlass und Ursache dieses Ereignisses, das so flüchtig war wie das Aufflattern einer Taube oder das Umblättern einer Buchseite, war ohne Zweifel jener Mann, der in dem Moment, als Walter den Blick hob, durch die Tür trat. Auf ihn richtete sich die Aufmerksamkeit der meisten Anwesenden, was ihn gewiss nicht überraschte, jedenfalls blieb er davon völlig unberührt. Da stand der Mann, den man sonst leibhaftig nicht zu Gesicht bekam, und schreckte weder zurück noch lächelte er, noch verfinsterte sich sein Gesicht. Kurz überblickte er die Halle.

Walter entdeckte Kupfer sofort – womöglich noch bevor er ihn erkannte –, obwohl er aus diesem Blickwinkel ein wenig anders aussah als auf der Leinwand. Er wirkte kleiner als im Kinosaal, wenn die Lichter erloschen und man begierig darauf wartete, ihn aus dem Dunkel in den Vordergrund treten zu sehen, wie es so oft der Fall war, wenn er aus dem Fond eines Autos oder aus einer Kutsche stieg oder wenn sich vor ihm eine knarrende Tür öffnete. Ohne Zweifel war das Kupfer!

Walter sprach den Namen nicht aus, er wollte in Gegenwart seiner Tischnachbarin keinesfalls zu erkennen geben, warum er hier war. Er übte also berechnende Zurückhaltung. Dass ihm das in diesem Augenblick gelang, erstaunte ihn selbst. Doch den Blick konnte er nicht von Kupfer wenden. Ebenso wenig übrigens wie der junge Künstler aus Italien, der unerschrocken mit der größten Selbstverständlichkeit auf den Schauspieler zuging und ihm, ohne ihm vorher die Hand gegeben zu haben – vermutlich kannten sie sich schon –, etwas ins Ohr flüsterte, was Kupfer zu wiederholtem Nicken veranlasste. Mehr nicht, über seine Lippen kam kein Wort, Walter beobachtete ihn genau, eine Bewegung seines Mundes wäre ihm nicht entgangen.

Wenn Walter es sich natürlich erhofft hatte – aus keinem anderen Grund war er ja hergekommen –, war er doch nicht darauf vorbereitet, dass seine Hoffnung so schnell in Erfüllung gehen würde.

Dort stand Kupfer.

Walter konnte nicht anders, er starrte ihn an.

Seine Tischnachbarin war es, die seinen Namen schließlich aussprach:

»Kupfer«, sagte sie beiläufig, als sei das weiter nichts oder etwas, was nicht unbedingt erwähnt werden musste, auch wenn sie es jetzt tat.

Nun wendete Walter den Kopf und sah ihr in die Augen. Sicher erwartete sie keine Antwort auf ihre Feststellung.

»Der Schauspieler«, sagte sie. »Sie kennen ihn doch? Regisseur will er werden. Ich meine den anderen, den Italiener.«

Auch ihr entging also nichts.

Dann machte sie eine unerwartete Bewegung, sie hob

die Hand unmissverständlich, damit er sie sah, damit Kupfer sah, wie jemand ihm zuwinkte, den er erkannte, ja, er erkannte sie, die neben einem jungen Mann saß, den er nicht kannte, und ihr Versuch, auf sich aufmerksam zu machen, war erfolgreich. Auch reckte sie ein wenig den Kopf. Alles verlief so, wie sie es sich offenbar wünschte, dachte Walter, und merkte erst dann, dass das in viel stärkerem Maß auf ihn zutraf.

Kupfer entdeckte sie also unter all den Leuten und setzte sich in Bewegung zu ihrem Tisch, beinahe so, als wäre er erleichtert, außer dem Italiener ein weiteres bekanntes Gesicht entdeckt zu haben, während die Stimmen im Raum wieder so laut waren, wie sie vorher gewesen waren.

Die Anwesenden hatten sich bald an die Gegenwart des großen Menschengestalters gewöhnt. Der junge Künstler sah sich nach seiner Mutter um, ließ aber Kupfer nicht ganz aus den Augen. Staunend würde er bald feststellen, wer an dem Tisch saß, auf den er zuging. Walter brach der Schweiß aus, als er sich für einen Moment in die Haut des Italieners versetzte. Wie ging das nur? Was geschah?

Ja, Kupfer kam näher, er wich vom eingeschlagenen Weg nicht ab, auch wenn ihn dieser zwang, da und dort Tischen oder Menschen auszuweichen. Und dann stand er leibhaftig vor ihnen. Vor Walter. Hier. Das Natürlichste von der Welt. Kupfer. Weniger als einen halben Meter entfernt. Mit einem etwas schiefen Lächeln. Er wirkte erschöpft. Müde. Nicht nur kleiner, sondern auch älter als auf der Leinwand. Aber nicht weniger anziehend. Eher noch anziehender.

Ein melancholisches Lächeln lag auf seinem Gesicht – ein Lächeln trotz leicht nach unten gebogener Mundwinkel –, als er sich etwas hinunterbeugte und »Marianne« mit jener fast tonlosen Stimme begrüßte, die Walter aus dem Kino vertraut war, wenngleich jetzt leiser und von keiner Musik untermalt wie auf der Leinwand, denn zufällig waren die Mailänder Musiker verstummt. Er ist bescheiden, dachte Walter, dem das Herz ganz oben in der Brust pochte, während heiße Wellen gegen die Innenwand seiner Stirn schlugen. Die Haare auf seinen Armen sträubten sich.

Er hätte beinahe danebengegriffen, als Kupfer ihm die Hand entgegenstreckte und sich förmlich vorstellte.

»Darf ich mich vorstellen, Kupfer.«

Walter stand auf und gab ihm die Hand.

»Und Sie, wie heißen Sie?«

Kein Wort kam über Walters Lippen. Er wandte sich zu seiner unbekannten Tischnachbarin, die Walter ein wenig Halt gab.

Zu Kupfer sagte sie:

»Ein junger Freund. Wie heißt er denn?« Sie lachte: »Ich weiß es nicht. Wir haben uns ja erst kennengelernt. Setzen Sie sich zu uns, wenn Sie mögen.«

Später versuchte er sich den Ablauf aus dem Gedächtnis zu vergegenwärtigen, aber es gelang ihm nur lückenhaft. Was gesagt worden war, wurde zu einer endlosen Kette unhörbarer Laute, von den Fragen, die Kupfer an ihn gerichtet hatte, erinnerte er sich an keine Einzige, die Antworten, die Walter ihm gegeben hatte, waren gewiss alle zu leise gewesen, als dass Kupfer sie hätte verstehen können, wie in einem Papiertheater klappten die Möbel und Personen nach hinten zu Boden, und so saß Walter allein in der Mitte der Bühne, den staunenden Blicken der Zuschauer ausgesetzt, die bald zu lachen und abfällig zu johlen und zu pfeifen begannen, um ihm zu verstehen zu geben, was er am besten tun sollte, abtreten, weggehen, verschwinden, sich nicht in das Leben anderer mischen, und so war es nur folgerichtig, dass er am Ende ganz allein war, nein, nicht ganz allein, irgendwo im Zuschauerraum stand seine Mutter und sah ihn an, die Enttäuschung, die er in ihrem Gesicht las, war unerträglich.

VII   1. November 1947, New York

Das Ticken war nicht zu überhören. Eduard war da. Er war zurückgekommen. Er war nie weg gewesen. Eduard lag neben ihm. Eduard zusammengerollt an seiner Seite. Den rechten Arm ausgestreckt, rührte er sich nicht, kaum dass die Finger im Schlaf ein wenig zitterten. Nur sein Atem, sein gleichmäßiger Atem.

Das Ticken der Taschenuhr auf dem marmornen Kaminsims nahm an Lautstärke zu, es war nur eine Taschenuhr, doch je weiter sich Lionel von dem entfernt hatte, was lange sein Zuhause gewesen war, desto lauter – so schien es ihm – war sie im Lauf der Jahre geworden. Sie hatte seinem Vater gehört, der sie eine Zwiebel nannte.

Er verkaufte sie nicht und räumte sie nicht weg. Sie lag einfach da, ein überflüssiger Gegenstand, und jedes Mal, wenn er sein Appartement verließ, um es für anderthalb Stunden der Zugehfrau zu überlassen, hoffte er, die Uhr sei aus Unachtsamkeit unter den Abfall geraten und im stinkenden Etagenmüllschlucker verschwunden. Stattdessen vergaß Frau Drechsler nie, sie aufzuziehen. Auf sie war nämlich Verlass.

Eduard war zurück. Er war nie weg gewesen. Das Ticken wurde lauter, als ob der kalte Marmor die Resonanzkräfte multipliziert hätte. Lionel spürte Eduards Atem, der über seine Wange strich. Seine Fingerknöchel lagen an Lionels Kehle, er hörte das Blut in seiner eigenen Halsschlagader pulsieren, er spürte die Hand. Eduard sog die spärlich gewordene Luft ein und stieß sie aus, ohne zu stocken. Sie war warm. Noch öffnete Lionel die Augen nicht, er wollte den Augenblick der Einsicht, dass dies alles bloß eine trügerische Erinnerung sei, noch etwas hinauszögern. Noch ein wenig, noch eine Minute, ein paar Sekunden. Es war Samstag. Für die unumgänglichen Überraschungen, die im Grunde gar nicht überraschend waren, blieb Zeit genug.

Deshalb öffnete er die Augen noch nicht. Er wollte das Zimmer nicht sehen, nicht den unbenutzten Kamin und nicht die über den Rand des Marmorsimses herabhängende Kette der tickenden Taschenuhr und schon gar nicht das trübe graue Licht, das die Ecken noch dunkler, die Möbel noch billiger und ihn selbst noch älter erscheinen lassen würde. Mit geschlossenen Augen war er nicht da. Ein Kinderspiel.

Aber allmählich schlich sich die matte Tageshelle des späten Vormittags doch in sein Bewusstsein. So schwach sie war, war sie doch unerbittlich.

Den Unwägbarkeiten des Tages zu trotzen, indem man einfach liegen blieb, war verlockend, aber andererseits hatte er etwas vor, und etwas vorzuhaben, war etwas, was nicht jeden Tag vorkam, man durfte die Gelegenheiten nicht ungenutzt verstreichen lassen. Er litt nicht an Depressionen, er hatte bloß keine Illusionen. Er kannte seinen Platz in der Welt, beschränkt im grenzenlosen Raum. Ein Platz am Rand des Abgrunds, über den er niemals stürzen würde. Jetzt nicht mehr.

Er schlug die Augenlider auf, die ihn vor den störenden Eindrücken von außen weit erfolgreicher geschützt hatten als die Wachskugeln, die er sich vor dem Zubettgehen in die Ohren gestopft hatte und die im Lauf der Nacht und des Morgens trocken, spröde und unwirksam geworden waren. Die Geräusche New Yorks, die dumpf und ohne Unterlass das tägliche Leben in seinem Appartement an der Upper East Side untermalten, konnten sie nur unzureichend fernhalten. Aber sie störten ihn weniger als der Nebel. Weniger als der November.

Er war allein. Er schloss die Augen wieder. Ein fremder Arm berührte seinen Hals und fremder Atem entzog dem Zimmer Sauerstoff. Er würde aufstehen und das Fenster öffnen, ohne Aussicht, dass frische Luft mit einer Spur von Tanggeruch den Raum durchfluten würde, wie es in seiner Villa am Elvirasteig beim Schlachtensee gewesen war, wenn er die Fenster öffnete. Hier schloss er sie wieder, kaum dass er sie geöffnet hatte. Ihm blieb die Erinnerung. Damit musste er sich zufriedengeben.

Eduard war dortgeblieben. Eine Erinnerung. Ziellos spielte er weiter mit dem Gedanken an Eduard und fragte sich, ob es nicht Eduard war, der mit seinen Gedanken spielte? Wenn nicht Eduard, warum dann nicht ein anderer? Der unscheinbare Schweizer Postbeamte etwa, dessen zuckersüßer Atem ihm wie sein Name jetzt auf der Zunge lag. Einer von zahllosen Verehrern. Viele hatte es damals gegeben, doch jener war ihm nähergekommen als die meisten von ihnen. So rückte die Gegenwart in die Ferne, und die Ferne nahm die Form des Mondes an. Er schaute viel zu selten in den Himmel, wo ihn nur Finsternis erwartete. Der süße Himbeerbrauseatem eines zwar nervösen, aber zielstrebigen jungen Mannes, der immer wieder zum Champagnerglas gegriffen und in hastigen Zügen mehrere Gläser geleert hatte, während Kupfer an seinem Glas nur hin und wieder genippt und ihn beobachtet hatte. *Ein Deka Zuckerln vom Demel*, pflegte seine Mutter zu sagen, wenn sie auf den Kohlmarkt einbogen, worauf sie stets mit der Zunge geschnalzt hatte. Je älter er geworden war, desto peinlicher hatte ihn die Intimität des Geräuschs berührt. Als kleiner Junge hatte er nicht gewusst, wohin mit seiner Zuneigung. Und seine Mutter?

Die Zuckerln, die er am liebsten mochte, waren hellblau gewesen, und der Zuckerguss hatte leicht nach Bittermandeln geschmeckt. Ob das Haus am Kohlmarkt noch stand, wusste er nicht. Die Burg und die Oper hatten dran glauben müssen, das Sacher wohl auch. Er hatte nichts darüber gelesen, nur gehört. Hätte er etwas darüber lesen können, hätte er darüber hinweggelesen oder weitergeblättert. Er schenkte dem Schicksal Wiens und Berlins nicht mehr Beachtung als einem Ermordeten in der Bronx oder in Harlem. Bei aller Last der Zeit verging sie leichter, als sie wog, sie lief schnell und zuverlässig neben ihm ab. Was er zufällig aufschnappte, tangierte ihn kaum. Niemand war dort, den er wirklich vermisste. Die anderen hatten sich in Asche aufgelöst, sagte er sich, obwohl es ihm schwerfiel, sich davon ein Bild zu machen. Er dachte an Jannings. An die anderen.

Er verwarf den Gedanken an diesen Kerl, der ihm nie sympathisch gewesen war. Er wollte nicht an seine Mutter denken, und nicht an die Zuckerln, die man hier *candies* nannte. Kandis. Das Wort krachte leise zwischen den Zähnen und schmolz langsam. Kein Stein war auf dem anderen geblieben. Aus Gewinnern waren Verlierer geworden, und jenen, die eben noch Verlierer gewesen waren, fiel es schwer, sich nun als Gewinner zu betrachten. Gewinn und Verlust waren keine Kategorien, mit denen man das Unbeschreibliche, das hinter ihnen lag, benennen konnte. Lionel blieb die Erinnerung an Eduard, auch dieser – wie so viele – ein dem Untergang geweihter Gelegenheitsmeister.

Marlene hatte er in den letzten zehn Jahren nur zweimal gesehen, als er den vergeblichen Versuch unternommen hatte, in Kalifornien Fuß zu fassen. Es gelang ihm spielend, sich in Erinnerung zu bringen. Mehr war nicht möglich. Man hatte ihm die Schulter getätschelt, man hatte ihn nicht unfreundlich behandelt, sein einstiger Ruhm war hier nicht unbekannt. Alter Erfolg weicht aber unabwendbar neuer Geltung.

Ein paarmal hatte er mit ihr telefoniert. Auch ihre Karriere neigte sich allmählich dem Ende zu. Kupfers Versuche, an seine alten Erfolge anzuknüpfen, waren nicht nennenswerter gewesen als jene Alexander Granachs, der so früh gestorben war. Er wäre nach dem Ende des Kriegs, das er nicht erlebt hatte, vielleicht nach Deutschland zurückgekehrt. Aufbauarbeit zu leisten war nicht Kupfers Sache. Im fehlten nicht die Kontakte, sondern die Kraft, sich gegen Widerstände durchzusetzen.

Ihm blieben die Überreste eines Schauspielerlebens: hier einen Nazi in Hollywood spielen, dort einen Russen am Broadway. Winzige Nebenrollen. Zwei, drei Drehtage. Seitdem er in den Vereinigten Staaten lebte, hatte er keine Hauptrolle mehr gespielt. Seltener einen Nazi als einen Sowjet, denn dafür war er zu alt. Die Bestien waren blond und jung gewesen. Er war beides nicht. Wenn die Bosse in Hollywood auch sonst kaum eine Ahnung davon hatten, was sich in Europa abgespielt hatte, wenn es darum ging, Schauspieler als Deutsche zu besetzen, erwiesen sie sich als informiert.

Es war Zeit, die Augen zu öffnen, er war wach, kein Weg führte zurück in die Gleichgültigkeit des Vergessens, und so wendete er den Kopf von der Decke zur Seite, sodass er direkt zu den zwei Fenstern blickte, die das Zimmer erhellten. Er würde Licht machen müssen.

Als ob die Scheiben mutwillig mit einem rußigen Lappen verschmiert worden wären, drang das gedämpfte Licht nur spärlich ins Schlafzimmer. So präsentierte sich New York an diesem Morgen, und nicht nur heute. An Indifferenz blieben die Stadt und er sich nichts schuldig. Undankbar wie er, blieb sie erfolgreich. Keiner wollte vom anderen etwas wissen. Keiner gewöhnte sich an den anderen, Lionel nicht an die niederen Decken seines Appartements, die aufwallende Klospülung, die unhandlichen Türknäufe und die engen Theaterfoyers, die Stadt sich nicht an ihn und nicht an seinen vergangenen Ruhm und seine zaghaften Vorstöße um Aufmerksamkeit. Er hatte seinen Namen verloren wie seinen Stolz, was sie hier *Ego* nannten, einfach Igo.

Wem sein Name über die Lippen kam, bedauerte sein Schicksal oder fragte sich, ob er überhaupt noch lebte, um sich zu wundern, wenn die Frage bejaht wurde. Was war aus dem dramatischen Kupfer geworden? Er war auf dem besten Weg, vergessen zu werden. Filmtitel und Szenen mochten einem noch geläufig sein, um dann – so schnell, wie sie gekommen waren – zu verschwinden.

Kastners Schicksal hatte ihn schneller ereilt als erwartet. Aber er lebte, Kastner war tot. Er atmete. Er konnte aufstehen und gehen. Er konnte das dunkle Zimmer verlassen, durch den Park spazieren, die Vögel und Eichhörnchen, Liebespaare, Soldaten, Rentner und Männer beobachten, die jungen Mädchen oder jungen Männern hinterhersahen. Das tat er fast täglich, um sich fit zu halten. Er blieb aufmerksam.

Er hatte etwas zugenommen. Er war jetzt neunundfünfzig. Viele, die ihn einst erkannt und für ihn geschwärmt hatten, wären jetzt achtlos an ihm vorbeigegangen. Wäre er dick geworden, hätte er den Komiker geben können, aber er war weder dick noch komisch, und zum Komiker hatte er nie getaugt, auch nicht mit seinem Akzent, den viele Einheimische als albern empfanden.

Hier, wo ihn keiner kannte, hielt man ihn für einen Polen oder Russen, auf jeden Fall für einen Juden. Was hätte seine Mutter dazu gesagt? Der ganze Aufwand war umsonst gewesen. Er hörte seinen Vater summen, ganz nah an seinem Ohr.

Es regnete nicht. Der halbstündige Spaziergang würde ihm guttun. Er würde sich Zeit lassen und eine Stunde vorher aus dem Haus gehen. Es würde vielleicht nieseln. Er würde seinen Schirm mitnehmen. Es wäre erquickend. Er musste aufstehen. Er musste gehen. Er musste seine Wohnung verlassen. Er musste frühstücken. Er war hungrig, er war seit Jahren hungrig, und er wusste, dass sein Hunger nicht zu stillen war.

Das Konzert, für das er eine Freikarte hatte, begann um halb drei. Niemals hatte in Berlin ein Konzert unmittelbar nach dem Mittagessen begonnen. Niemand konnte ihm erklären, weshalb Konzerte und Opernaufführungen in New York zu einer Zeit begannen, in der die Läden noch geöffnet, die Menschen noch beschäftigt, die Leute längst nicht zur Ruhe gekommen waren. Er hatte aufgehört, nach Erklärungen zu suchen oder danach zu fragen. Die Menschen hier brauchten keine Pausen. Nach der Arbeit tauchten sie emsig wie unermüdliche Bienen in die Subway ab und machten sich in die nördlichen Vororte davon. Orte, die er kaum kannte. Vielleicht war das Vergnügen eines Konzerts Teil der Arbeit. Einen Trennstrich zwischen Arbeit und Vergnügen zu ziehen, war europäisch. Er war Amerika nicht gewachsen. Er war nicht angemessen. Gustav Mahler hatte zu Beginn des Jahrhunderts in dieser Stadt Triumphe gefeiert. Nicht zuletzt nachmittags. Er sei ein reicher Mann geworden, erzählte man sich nicht ohne Neid in Wien, auch seine Mutter sprach davon. »Ein Getaufter, aber ein Jude. Schau ihn dir an. Einer wie wir.« Was wollte seine Mutter, der die Taufe so wichtig gewesen war, nur damit sagen? Der kleine Lion und der größere Lionel hatten nicht danach gefragt. Seine Eltern gehörten einer anderen Generation an, deren Probleme nicht seine Probleme waren. Der Raum dazwischen war ein tiefer Graben, *abyss, gap*, Hiatus. Unüberwindbar. Nun saß er selbst fest.

Seine Mutter hatte keine Gelegenheit verstreichen lassen, ohne ihrem Mann fremde Erfolge unter die Nase zu reiben, als ob er je die Chance oder Absicht gehabt hätte, ein zweiter Mahler zu werden. Er spielte leidlich Cello, er konnte nicht singen. Er war Apotheker. Er konnte zuhören. Was hatte sie nur gegen einen Apotheker, der weder Klavier noch Geige spielte, weil in seiner weit zurückliegenden polnischen Kindheit außer einem Cello kein anderes Instrument zur Verfügung gestanden hatte?

Lionels Eltern waren bei Kreislers gern gesehene Gäste gewesen. Samuel Kreisler hatte seine Patienten mit Rezepten stets zu seinem Freund, dem Apotheker Kupfer, geschickt, dieser wiederum verwies die Fälle, die seine diagnostischen Fähigkeiten überforderten, zu seinem Freund, dem Doktor Kreisler. Wenn der kleine Fritz, das Wunderkind, dessen entwaffnender Zauber selbst durch die allgemeine Bewunderung nicht gebrochen wurde, in der Apotheke erschien, weil sein Vater dringend ein Pulver benötigte, hatte er ihm stets eine Rolle seiner heiß geliebten Lakritz in die offene Hand gedrückt. Und das unverdorbene Kind hatte sich artig mit einem Diener und einem breiten Lächeln bedankt. Von ihm nicht eingenommen zu sein, war unmöglich.

Kupfer und andere Freunde des Hauses hatten regelmäßig die Hauskonzerte besucht, bei denen Samuel die erste Geige im Quartett spielte. Es waren angenehm entspannte, scheinbar sorglose, jedenfalls für Momente gänzlich unbeschwerte Abende gewesen, bei denen hin und wieder auch ein Patient Kreislers dabei war, an den sich Lions Vater später gern erinnerte, ein junger Medizinstudent namens Freud, mit dem er – wie er erzählte – Dinge erörtern konnte, die nicht für Laienohren bestimmt waren, und schon gar nicht für das Gehör empfindsamer Damen; auch er war inzwischen tot. Dass sich seine Erben namentlich in New York wie die Kaninchen vermehrten, erstaunte nicht nur Kupfer. Er war über den Tod hinaus berühmt wie Kupfer einst gewesen und Kreisler noch immer war. Mit seinen zweiundsiebzig Jahren erfreute sich dieser bezwingend charmant wie in seiner Kindheit und Jugend weiterhin ungebrochener Popularität.

Die Angewohnheit, vor sich hin zu summen, war in den letzten Lebensjahren seines Vaters zum festen Bestandteil seiner Persönlichkeit geworden, was sich nicht zuletzt dadurch geäußert hatte, dass er sich dieser Eigenart nicht bewusst war. Mit Gesang hatte das wenig zu tun. Ob die unendliche Melodie seine Gedanken begleitete und sich je nach deren Ausrichtung änderte oder ob sie unabhängig davon ein fortgesetztes Continuo bildete, das äußeren Einflüssen gegenüber unempfindlich war, war nicht auszumachen. Bemerkenswerterweise hatte sich seine Mutter, die sonst jede Gelegenheit nutzte, um an ihrem Mann herumzunörgeln, darüber nie beschwert. Dabei war es undenkbar, dass sie es nicht bemerkt hatte. Vielleicht war es die einzige Verständigung zwischen ihnen, die noch möglich war.

Der Weltkrieg war seit zwei Jahren vorbei. Gustav Mahler hatte nicht einmal den ersten erlebt. Seine Werke wurden kaum noch aufgeführt. Seiner Witwe, die so zähflüssig war wie der Likör, den sie in sich hineinschüttete, war es inzwischen gelungen, bekannter zu sein als er selbst.

Warum schätzte Lionel sich nicht glücklich, davongekommen zu sein? Weil er davongekommen war? Wie glücklich müsste er sein, um sich einfach glücklich zu fühlen?

Er dachte immer noch Deutsch, das würde sich wohl nicht mehr ändern, auch wenn er sich weiter beharrlich darum bemühte, sein Englisch zu verbessern, das niemals amerikanisch genug klingen würde, um ihn glaubhaft als Einheimischen auszuweisen, und schon gar nicht beim Film, wo alles unverhältnismäßig vergrößert, vergröbert, ja – mit zunehmendem Alter – auch verzerrt wurde. Sein Repertoire an Worten war ebenso beschränkt wie seine Rollen. Wozu sich also um die richtige Aussprache bemühen? Sein Agent versprach ihm immer seltener Rolle um Rolle, doch in Hollywood dachte keiner daran, ihn zu erhören. Wäre er auf *hasbeens* wie Kupfer angewiesen gewesen, hätte er sich gleich aufhängen können. Da er wirkliche Stars auf seiner Liste hatte, konnte er sich Verlierer wie Kupfer leisten.

Niemand lag da.

Kupfer war allein.

Er versuchte, das Summen seines Vaters, das er eben noch so deutlich gehört hatte, zu übernehmen. Aber es gelang ihm nicht. Er war sich der Lächerlichkeit des Unterfangens bewusst. Wofür hätte ihn das Gelingen dieses

Versuchs entschädigt? Sein Vater sprach nicht zu ihm. Der Geist seines Vaters war Teil eines zu Staub zerfallenen Skeletts in Europa. Er hörte das Summen nicht mehr.

Es war der eigene Atem, der eigene Arm, die Sehnsucht nach fremdem Atem und einem fremden Arm, die ihm die Illusion verschafft hatten, Eduard sei bei ihm. Der Brief, in dem Gina, seine Witwe, ihm mitgeteilt hatte, dass Eduard gestorben war, lag neben allerlei Kram auf dem Kaminsims neben der Uhr. Gina war nicht dabei gewesen, als er starb doch ihr Schmerz über den Verlust schien echt.

Sie hatte Kupfers Adresse ausfindig gemacht, als sie ein halbes Jahr nach Kriegsende – am 17. Dezember 1945 – unter Bruno Walter an der Met die Marzelline gesungen hatte. Für eine einzige Vorstellung hatte sie die Rolle in Englisch studiert. Lionel hatte die Aufführung gesehen, Gina danach aber nicht getroffen. Anders als 1934 war ihr zweiter Auftritt in New York bestenfalls ein Achtungserfolg gewesen, wahrscheinlich nicht einmal das. Mit der Marzelline Schlagzeilen zu machen, war schon nicht einfach, mit dem, was von ihrer Stimme übrig geblieben war, jedoch unmöglich. Selbst der Einwand, die Sängerin des Fidelio habe nicht wie eine heroische Statue, sondern eher wie Peter Pan ausgesehen, änderte nichts an der Aufmerksamkeit, die man ausschließlich dem dramatischen Sopran geschenkt hatte. Die Soubrette ignorierte man. Als hätte man sie nicht gehört und nicht gesehen, war Gina in der *New York Times* nicht einmal erwähnt oder gar mit einem schmückenden Beiwort bedacht worden.[2] Ihre Auftritte in Bayreuth waren dem Rezensenten mit Sicherheit nicht entgangen. War sein Schweigen der Kommentar, der sie vernichten oder zumindest ärgern sollte?

Darüber, weshalb Ginas Hoffnungen nicht in Erfüllung gegangen waren, die sie sich mit Sicherheit gemacht hatte, als sie nach New York gereist war, konnte Lionel bloß Vermutungen anstellen. Nach diesem einzigen Auftritt hatte man sie jedenfalls nicht mehr engagiert. Entweder hatte Bruno Walter, der sie aus Wien kannte, nicht genügend Einfluss bei der Direktion (was mehr als unwahrscheinlich war), oder er hörte, was alle hörten, dass ihre Stimme nicht mehr dieselbe Geläufigkeit hatte wie zehn Jahre zuvor, als sie gemeinsam mit Max Lorenz vor den Augen des Führers in Hitlers Hoftheater[3] aufgetreten war, zu einem Zeitpunkt, als Bruno Walter Deutschland bereits verlassen hatte.

Ginas Brief war ausführlich und wirr, aber nicht so ausführlich, dass sie sich zu diesem Punkt geäußert hätte, und nicht wirr genug, um ihrer Niederlage eine gewisse Größe zu verleihen. Sie wirkte, was nichts Neues war, nur etwas arrogant. Sie gehörte zu jenen, die es vorzogen, zu schweigen.

Kupfer hatte sich vor allem jene Sätze gemerkt, die Eduard betrafen. Dennoch hatte ihn die Nachricht über seinen Tod kaum berührt. Nur allmählich war die Kälte einer hilflosen Traurigkeit gewichen. Alles war vergänglich, auch das Vergebliche. Trauer empfand er nicht.

Anders als Eduard wäre ihm der unscheinbare, anschmiegsame Postbeamte aus Sils vielleicht ein treuerer Freund gewesen, wenn er sich damals entschieden hätte, sich von Eduard zu lösen. Doch an jenen äußerlich ruhigen Tagen in Sils hatte alles eine falsche, in die Irre gehende Richtung genommen. Statt festzuhalten, was als unausgesprochenes Angebot so offen zutage lag, hatte er die Gelegenheit ungenutzt verstreichen lassen. Sollte er sich damals getäuscht haben, würde er es nie erfahren.

Nach ihren gemeinsamen Nächten im Waldhaus und

in der kalten Wohnung über dem Postamt hatten sie sich am Tag des endgültigen Abschieds, der dem Abreisetag vorausging, mit dem sicheren Gefühl getrennt, dass sie sich nicht wiedersehen würden. Das Wissen um die Endgültigkeit mochte in beiden unterschiedliche Gefühle geweckt haben, in einem waren sie identisch: Sie waren nicht allein an die Person gebunden, sondern auch an die Zeit, die vor ihnen lag. Die Zeit hielt eine ungewisse Zukunft für beide bereit.

Hitler war nun an der Macht. Hitler hatte erreicht, was er wollte. Hitler konnte sich daranmachen, seine Pläne zu verwirklichen. Dazu gehörte es, seinen lange gehegten und von vielen ignorierten Hass auf Menschen wie Kupfer in die Tat umzusetzen. Die Angst, die er als Soldat empfunden haben mochte, war überwunden, aber aus ihr schöpfte er die Kraft zur Vernichtung. Er hatte mehr erreicht, als er sich wohl je erträumt hatte. Der elendeste Verlierer war zum siegreichsten Gewinner geworden.

Was im Nebel der Ungewissheit zu erkennen war, war erst der Anfang, daran konnten nur Dummköpfe und Naivlinge zweifeln. Zu Beginn des Jahres 1933, Anfang Februar, stand Kupfers Karriere vor dem Ende. Da er nicht damit gerechnet hatte, traf es ihn hart.

Walter und er sprachen das Wort Wiedersehen mit Bedacht nicht aus. Walter hatte er geheißen! Lionel musste aufstehen. Wie gern lag er da, er schwamm in Gedanken. Er musste aufstehen, wenn er Kreislers Konzert nicht verpassen wollte.

Doch dann wurde er noch einmal in die schwerelose Tiefe eines kurzen Schlafs gezogen, aus dem er zwanzig Minuten später erquickt und befreit erwachen sollte. Aufstehen und nicht mehr an die Vergangenheit denken. Nicht hoffen, sondern gehen, erst durch den Park, dann das kurze Wegstück auf der 7th Avenue zur Carnegie Hall, wo das Samstagskonzert traditionell um halb drei begann. Eine gute Zeit in New York. Er würde sich daran gewöhnen, je länger er hier lebte.

VIII Februar 1933

Plötzlich wächst Walter – als würde er seinen Körper verlassen – über sich selbst hinaus. Das kommt so unerwartet wie seine Begegnung mit Kupfer. Ein Wort Kupfers reicht aus. Eigentlich nicht mehr als ein Satz.

Lionel Kupfer wendet sich ihm zu und sagt: »Wie angenehm, dass wir allein sind.«

Gerade so, als seien sie einander ebenbürtig, als würden sie sich seit Langem kennen, vor allem aber, als würde er sich freuen, hier mit ihm zu sitzen, allein unter all den anderen Gästen. Kupfers Bemerkung findet in ihm einen starken Widerhall, der sich ausbreitet wie ein Ring auf dem Wasserspiegel, nachdem man einen Stein in den See geworfen hat. Ein Stein allerdings sinkt schnell. So schnell hat sich Walter nicht an die neue Situation gewöhnt.

Wie kommt er zu dieser Ehre? Zu wissen, dass er zu dieser Ehre kommt, muss genügen. Nur nicht alles zerdenken und dadurch zerstören. Ist es eine Ehre oder ist es etwas anderes? Auf jeden Fall ist es befreiend. Er atmet tief durch. Es gelingt ihm erstaunlich mühelos. Der Atem bleibt nicht irgendwo zwischen Brustkorb und Kehle stecken. Kupfer zündet sich eine Zigarette an, aber erst, nachdem er Walter eine angeboten hat. Walter merkt sich die Marke: Ova. Er selbst raucht aber nicht. Er lehnt mit einer Handbewegung ab und sagt dazu: »Später vielleicht«, und erst dann denkt er, dass es aussehen könnte, als wollte er ihre zufällige Begegnung über Gebühr strapazieren und in die Länge ziehen. Später bedeutet nicht jetzt. Was aber, wenn Kupfer eigentlich vorhat, aufzustehen und zu gehen? Dann könnte es so aussehen, als würde Walter versuchen, ihn zum Bleiben zu nötigen. Er steht auf einer Bergspitze so hoch wie Kupfer, aber der Wind pfeift ihm um die Ohren, und er schwankt vor dem Abgrund. Die dünne Luft macht ihn verwegen, aber auch schwindelig. Wie kommt man da wieder herunter?

Saltzmanns Witwe, wie sie heißt (wie er gleich erfahren wird), ist aufgestanden, um mit Direktor Kienberger zu sprechen, der an der Tür aufgetaucht ist und ihr zugewinkt hat. Es sieht so aus, als habe sie nur auf diese Gelegenheit gewartet, um aufzustehen.

Der Raum hat sich inzwischen etwas geleert. Es ist kurz nach sieben Uhr, einige Gäste haben sich bereits zu Tisch begeben. Sie sind sicher hungrig. Wenn Walter eines nicht verspürt, dann Hunger, er ist auch nicht durstig, er ist jetzt ganz und gar von Kupfers Gegenwart gefangen genommen und davon, dass dieser ihn unverwandt und – wenn ihn nicht alles täuscht – interessiert betrachtet, jedenfalls ein paar Sekunden lang. Er ist schwerelos, als hätte er die Macht über sich an Kupfer abgegeben. Er fühlt sich erkannt, weit über das hinaus, was er selbst von sich weiß.

Kupfer hebt halb ironisch, halb fragend die linke Augenbraue, sodass sie ein schwarzseidenes Zirkumflex bildet. Genau wie im Film. Walter würde ihn am liebsten berühren, jedenfalls blitzt der Gedanke daran auf. Kupfers Schläfen sind leicht ergraut. Ist das immer so, ist ihm das nie aufgefallen, oder werden die Schläfen gefärbt, wenn er dreht, oder werden sie für seinen nächsten Film gefärbt. Nichts wäre unangebrachter, als ihn danach zu fragen.

Es sieht so aus, als hätte der Hoteldirektor – den jeder kennt, auch Walter, der ihn zweimal am Postschalter begrüßt hat – etwas mit Saltzmanns Witwe zu besprechen, etwas äußerst Dringliches, das keinen Aufschub duldet. Er übergibt ihr einen Brief, eine Karte oder einen Zettel, sie nimmt die Nachricht unverzüglich an sich, öffnet sie aber nicht, nicht hier, als ob sie in diesem Augenblick zu niemandem Vertrauen haben könnte. Es handelt sich um etwas, was offenkundig interessanter ist als ein Gespräch mit Kupfer oder gar mit dem jungen Mann, mit dem sie gezwungenermaßen lange genug ohne fesselnden Gesprächsstoff an einem Tisch sitzen musste, wie der Zufall es wollte. Walter weiß nicht, ob sie sich in seiner Gegenwart gelangweilt hat, aber besonders unterhaltsam fand sie ihn sicher nicht. Er weiß, dass er nicht amüsant ist, dass er viel tun müsste, um als das zu gelten, worin man sich nur in Gesellschaft anderer, die wirklich unterhaltend sind, üben und verbessern kann. Eine Gesellschaft, in der er sich nicht bewegt, auch in Zürich nicht, sie ist ihm verschlossen. Aber darum geht es jetzt nicht, also sitzt er einfach da und fühlt sich wohl und ein wenig erhaben. Kupfer sieht ihn an, er hat die Beine übergeschlagen. Walter kann nicht anders, er erwidert seinen Blick und hält ihm stand. Beide tun dasselbe. Beide tun nichts. So jedenfalls mag es auf einen Außenstehenden wirken, der bloß einen flüchtigen Blick auf sie wirft. Und wer hielte es für schicklich, mehr als das zu tun?

Walter sitzt nicht in einem dunklen Zuschauerraum. Er blickt nicht nach oben wie sonst, keine Leinwand, kein Lichtstrahl, der den Raum durchquert. Kein Apparat, kein Lichtstreif, auf dem die Bilder tanzen und auf rätselhafte Weise nach vorne getragen werden. Kupfer ist ähnlich, aber nicht gleich wie im Kino, er besteht aus Farben, auch wenn er nichts Buntes trägt, ein weißes Hemd, ein dunkelblauer Anzug. Schwarz und Weiß existieren nur im Kino. Schwarze Strümpfe, eine tiefrote, fast violette Weste aus Samt, eine silberne Uhrkette, ein Ring, der ein Ehering sein könnte, aber Kupfer ist nicht verheiratet. Man weiß wenig Privates.

»Es war nett, Sie kennenzulernen«, hat sie gesagt, immerhin. Seinen Namen kannte sie so wenig wie er ihren, bevor Kupfer ihn erwähnte.

»Saltzmann war ein bedeutenden Kunsthändler, der irgendwelche Minen in Südafrika besaß, Gold oder Silber, wie ich kürzlich erfuhr. Frau Saltzmann ist seine Witwe. Eine umtriebige Person, wie mir scheint. Vermutlich auch geschäftstüchtig.«

Kupfer redet mit genau derselben Stimme, die Walter aus tausend anderen Stimmen, die ihn kaltlassen, heraushören würde, mit der Stimme dessen, der Macht über seine Bewunderer hat, mit der leisen Stimme des Kinostars und der Stimme des Mannes aus dem Phonographentrichter, der dem Erlkönig und dem Knaben Leben einhaucht. Nun hat er die Stimme gesenkt. Sie ist beinah tonlos.

»Wir trinken Champagner«, sagt Kupfer und blickt sich nach einem Kellner um.

Nie zuvor hat Walter Champagner getrunken. Man hat ihn ein paar Mal zum Sekt eingeladen, den er nicht selbst bezahlen musste, Champagner kennt er nur dem Namen nach.

»Sie mögen hoffentlich Champagner?«

Er lacht und winkt den Kellner herbei.

»Das Übliche, bitte.«

Der Kellner versteht, verneigt sich leicht und geht. Wenig später kehrt er mit einer eisgekühlten Flasche Pommery im Kübel zurück.

Wie zufällig berühren sich ihre Knie um Haaresbreite. Sie prosten einander zu. Ein zweites Mal, weniger flüchtig.

»Sie wissen, mit Champagner ist die Berührung der Gläser erlaubt.«

Er lacht, nicht laut, nicht leise, jedenfalls so, wie Walter ihn im Film nie lachen hörte. Er ist kein anderer, aber auch nicht ganz derselbe.

Lionel spürte hinter jedem Wort und jeder Geste, dass Walter glücklich war, glücklicher als er selbst. Vielleicht auch deshalb, weil er wusste, dass das Glück nur von begrenzter Dauer war. War sich Walter wirklich darüber im Klaren, oder übertrug Lionel seine eigenen Gefühle auf den jungen Mann, der ihm am letzten Tag ihrer Bekanntschaft genauso fremd oder gleichgültig sein würde wie am ersten?

Während Walter – daran bestand kein Zweifel – aufrichtig war, gab Lionel nichts preis, auch wenn er nicht log und sich nicht verstellte. Es band sie kein Vertrag. Sowohl ihm als auch dem jungen Postbeamten stand es frei, nach Gutdünken zu handeln und sein Teil zum Ganzen beizutragen – oder auch nicht. Lionel war auf der Seite der Verneiner, Walter wohl auf der Seite der Verlierer, wer konnte das jetzt schon beurteilen?

Lionels Existenz schien allmählich auf eine abschüssige Ebene zu geraten. Trotz der neuen Situation kämpfte Lionel gegen eine unerklärliche, grundlose Erschöpfung an.

Seine Mutter, so hatte ihm Walter eines Nachts erzählt, arbeitete als einfache Bügelfrau im Waldhaus. Zuvor hatte sie, erzählte er weiter, eine ähnliche, weniger gut bezahlte Anstellung in einem kleinen Berner Betrieb innegehabt. Hier im Hotel war sie den lästigen Verpflichtungen des Alltags, denen sie dort hatte nachkommen müssen, enthoben. Sie brauchte sich nicht um Kost und Logis zu kümmern, sie hatte ein Angestelltenzimmer im Waldhaus, und Walter war in ihrer Nähe. Sie hatte keine Wünsche offen.

»Also ist sie glücklich«, fragte Kupfer, und Walter antwortete: »Gewiss. Warum auch nicht?«

Sie bügelte die Bettwäsche, in der Lionel schlief, die Tischwäsche, auf der die Teller standen, aus denen er aß, und die Handtücher, mit denen er sich abtrocknete. Frisch gewaschenes Leinen, Damast und Baumwolle gingen durch ihre Hände. Für Angestelltenwäsche, die Blusen der Mädchen und die Hemden der Männer, war sie nicht verantwortlich.

Theres war eine einfache Frau. Eine Frau, die ihr uneheliches Kind nicht weggegeben oder ihren Eltern überlassen, sondern ohne fremde Hilfe aufgezogen hatte. Eine couragierte Person, die Walter schon lange fremd war. Es war Kupfer, der ihn darauf ansprach. Es verunsicherte Walter, sie durch die Brille eines Fremden zu sehen, es machte sie selbst zu einer Unbekannten.

Lionel war der Meinung, sie habe ihre Aufgabe in bewundernswerter Weise erfüllt, demütig, geduldig, ohne falsche Scham, aufrichtig und ehrlich. So viele schöne Worte wären Walter im Zusammenhang mit seiner Mutter zuvor nicht in den Sinn gekommen. Was hätte sie wohl gesagt, wenn sie den großen Kupfer, dessen Stimme sie aus dem Grammophontrichter vernommen hatte, so hätte sprechen hören? Ein bedeutender Mann, der von ihrer bescheidenen Existenz bislang so wenig gewusst hatte wie von seiner, ein Mann, der es nicht gewöhnt war, sich mit einfachen Leuten zu beschäftigen, der aber, wenn er es tat, zu einfühlsamer Natürlichkeit fähig war.

Theres hatte sich der Situation, in die sie der Kindsvater gebracht hatte, so wenig geschämt wie des Kindes, das aus ihrer Vereinigung hervorgegangen war. Warum sollte Walter sich seiner Mutter schämen? Schämte er sich? War es das, was Kupfer ihm ausreden wollte? Mit Lionels Wertschätzung seiner Mutter hatte Walter nicht gerechnet. Walter behauptete, er schäme sich nicht, aber er log, und er wusste, dass es Lionel nicht entging. Überhaupt hatte er den Eindruck, man könne Kupfer nichts vormachen.

Manchmal rauchten sie gemeinsam eine Zigarette. Lionel entzündete sie an seinem Feuerzeug, das nach Benzin roch, wenn sich der Docht nicht auf Anhieb entzündete. Er nahm einen Zug, dann hielt er sie Walter hin, und Walter nahm einen Zug. Sie rauchten im Bett, auf der Bettkante, am liebsten aber am offenen Fenster, in warme Decken gehüllt, Körper an Körper, Zug um Zug, schauten in den Himmel, zu den Sternen, durch den Schneeteppich, der oftmals undurchdringlich, meist aber durchbrochen war wie eine endlose Spitzendecke. Windstöße wehten Schnee ins Zimmer, der auf ihren Gesichtern, auf ihren Händen, auf der glühenden Zigarette, auf Lidern und Lippen prickelte und schmolz. Alles glühte und löste sich in Nichts auf.

Wenn Kupfer das Postamt betrat, um Walter jenseits ihrer heimlichen Begegnungen zu sehen, weil er sich davon Ablenkung versprach, achteten sie darauf, das unpersönliche Sie zu wahren. Der verbale Abstand ließ sie die körperliche Intimität in Walters kleiner Wohnung oder in Lionels Hotelzimmer nur umso heftiger herbeisehnen.

Am Schalter kaufte Lionel Briefmarken, die er nicht benötigte, oder er fragte, ob poste restante etwas für ihn angekommen sei. Walter: »Nichts, mein Herr. Erwarten Sie etwas?«

Der Brief, in dem sich Eduard in Sils Maria ankündigte, kam mit gewöhnlicher Post und wurde ausgetragen.

Natürlich hatte Walter, dem keine Nachrichten an Kupfer entgingen, daran gedacht, den Brief heimlich zu öffnen. Weniger aus Furcht, entdeckt zu werden, als aus Angst vor dem, was er beinhaltete, hatte er der Versuchung widerstanden. Sie hatten niemals über Eduard gesprochen, obwohl ihm Walter eines Nachts freimütig von seiner Entdeckung unter der Briefmarke erzählt hatte.

Er hatte Kupfer nicht im Unklaren über seine Neugierde und seine Kenntnisse gelassen. Lionel aber sagte nichts weiter als:

»Du bist ein aufmerksamer kleiner Schweizer.«

Drei Tage nach Erhalt des Briefs traf Eduard in Sils Maria ein.

Offenbar hatte Lionel nicht die Absicht gehabt, Walter über Eduards Ankunft zu unterrichten. Den Abend zuvor hatten sie bei Walter verbracht. Der Name Eduard fiel nicht.

Dass sie sich am nächsten Tag vor dem Postamt trafen,

war dem Zufall geschuldet. Hätte Walter die Post zwei Minuten früher oder später verlassen, wäre er Lionel auf der Dorfstraße nicht begegnet. Er schien auf etwas zu warten. Walter hatte auf die Uhr gesehen, als er den Schalterraum verließ, und erschrak über Lionels Aussehen.

Er wollte wissen, ob etwas geschehen sei.

»Nichts ist geschehen. Eduard kommt«, sagte Lionel.

»Hierher? Wann?« wollte Walter wissen.

»Heute.«

»Heute? Seit wann weißt du es?«

Kupfer gab keine Antwort. Er blickte nervös auf seine Uhr. Walter fiel es wie Schuppen von den Augen. Im Brief, den Lionel von Eduard erhalten hatte, hatte sich dieser angekündigt, und Lion hatte kein Wort darüber verloren!

Er hätte ihn jetzt noch einiges fragen und viel reden können, doch Lionels Miene verdüsterte sich.

»Wann kommt er?« fragte Walter.

»Heute.«

»Um wie viel Uhr?«

»Bald.«

Lionel schien außerstande, das unsichtbare Gehäuse zu verlassen, in das er gesperrt war. Eduard war es, der den Schlüssel weggeworfen hatte, ohne den ihn niemand befreien konnte. Lionel wartete auf Eduards unmittelbar bevorstehende Ankunft. Deshalb stand er vor der Post, wo die Kutschen aus St. Moritz hielten.

In diesem Augenblick – ein weiterer Zufall – hatte Saltzmanns Witwe sie bemerkt, die von Furtschellas kommend, forsch in Richtung Waldhaus ausschritt. Sie trug bequeme Wanderkleidung, grobe Stiefel und eine Schirmmütze als Schutz gegen die Sonne. Sie hielt einen Wanderstock. Auf den ersten Blick sah sie wie ein großer Junge aus. Marianne Saltzmann machte Anstalten, ihnen zuzuwinken, ließ den Arm aber sinken und tat nun so, als hätte sie die beiden Männer, die so nah beieinanderstanden, gar nicht bemerkt.

Sie lösten sich wortlos voneinander, und die Welt um Walter versank. Er war nicht hungrig, aber würde sich zum Essen zwingen. Ohne sich umzublicken, öffnete er die Tür, die zu seiner Wohnung führte. Er kannte die Abfahrts- und Ankunftszeiten. Die nächste Kutsche aus St. Moritz traf in zehn Minuten ein. Nichts sehen hieß nichts wissen. Er schloss die Wohnungstür auf und durchquerte das Wohnzimmer. Er stellte sich ans Fenster. Von hier aus konnte er den Platz gut überblicken. Dort unten stand Lionel und starrte vor sich hin.

Walter spielte nun wieder die Nebenrolle, für die man ihn verpflichtet hatte, Lionel die Hauptrolle. Eduard spielte die zweite Hauptrolle. Walter war in Lionels Leben nichts weiter als eine Episode gewesen. Licht aus und Vorhang. Die Kutsche aus St. Moritz näherte sich. Walter wollte sich zwingen, nicht hinzuschauen.

Ich muss um zwei das Postamt öffnen.

Er konnte sich vom Fenster nicht losreißen. Er erkannte Eduard sofort. Eduard war anders als die anderen Reisenden, die aus der Kutsche stiegen. Er unterschied sich in Kleidung und Haltung. Er war wendig und schön, er trug Handschuhe und seinen dunklen Mantel zierte ein Pelzkragen. Er hatte einen Hut auf, wie man ihn nur in der Stadt trug. Der dünne Oberlippenbart vergrößerte die Oberlippe und unterstrich den hellen Teint. Er trug spitze schwarze Schuhe. Er half einer Dame beim Aussteigen, bevor er Lionel mit Handschlag begrüßte. Nach außen hin nichts weiter als Freunde.

Eduards Gepäck wurde in das hoteleigene Gefährt umgeladen, das schon seit einer Viertelstunde auf die neuen

Gäste wartete. Die angeschirrten Pferde schüttelten ihre Mähnen und das Geläut der Glöckchen, das bis zu Walter hinaufdrang, ließ ihn fröstelt. Er wollte sich vom Fenster losreißen, doch er blieb stehen, *wie angewurzelt,* dachte er. Wie eine Wurzel, die sich nicht ausreißen lässt. Nichts konnte ihm hier oben entgehen. Er sah, wie Lionel und Eduard einander stumm gegenüberstanden. Wenige Minuten zuvor war Walter dort gestanden, wo Eduard nun stand.

Er wartete, bis sie in die kleine Hotelkutsche gestiegen waren. Erst verschwand Lionel im Inneren, dann Eduard. Als Eduard kurz darauf aus dem Kutschenfenster blickte, sah er hinauf in Walters Richtung. Auch wenn ihn sein Blick zu treffen schien, sah er Walter nicht.

Walter ließ das Mittagessen aus. Er war nicht hungrig. Der Schmerz, der ihn gepackt hatte, ging tiefer als alle Schmerzen, die er zuvor empfunden haben mochte. Er glaubte, verrückt zu werden.

Am nächsten Tag konnte er die beiden dabei beobachten, wie sie das Hotel verließen. Lionel bemerkte ihn nicht. Hätte er ihn bemerkt, hätte er sich gewiss nichts anmerken lassen. Sie nahmen die Kutsche ins Dorf, Walter folgte ihnen zu Fuß und sah, wie sie ins Fextal abbogen. Weiter ging er nicht. Er blieb stehen und sah der Kutsche hinterher. Er hatte seit Eduards Ankunft keine Nachricht von Lionel erhalten.

Nun also hatte er die Rolle des vergessenen Liebhabers oder Lückenbüßers übernommen, des Schattens, der vorübergehuscht war und den festzuhalten man sich zu schade war.

In seinen Träumen tauchte Eduard auf, ein erhabener Fürst, groß und schlank wie ein Engel, gewandt und gelenkig wie ein Tänzer, von Kopf bis Fuß mit Nonchalance und Schick gekleidet. Seine Anziehungskraft hatte ein Zentrum, das über alles Äußerliche hinausging. Er würde nie ein Wort mit ihm wechseln und ihm nie in die Augen sehen.

Lionel kannte Eduard gut genug, um seinen Absichten zu misstrauen. Mit Walter hatte er nicht darüber gesprochen. Hinlänglich damit beschäftigt, sich vor drohenden Gefahren in Acht zu nehmen, war er vorsichtig geworden. Dass sie nicht nur von Eduard ausgingen, machte Kupfer nur noch unsicherer. Seit dem Tag, an dem Hitler die Macht ohne nennenswerten Widerstand übernommen hatte, las er die Zeitungen, das *Berliner Tageblatt* und die *Zürcher Zeitung*, noch aufmerksamer als sonst. Was ihnen zu entnehmen war, beunruhigte ihn in hohem Maß. Das letzte ruhige Wochenende, an dem sich in Wahrheit hinter den Kulissen die Ereignisse überstürzt hatten und von denen man hier oben erst erfuhr, als sie besiegelt waren, lag zwei Wochen zurück. Die Zeitungen der folgenden Tage waren voll von vagen Vermutungen und falschen Hoffnungen gewesen. Hitler im schlichten dunklen Anzug vor dem ordensübersäten Reichspräsidenten war eine galante Zugabe; wer sein Vertrauen in den Zivilisten setzte, war blind und ahnungslos.

Eduard war ein Bote, ein schwarzer Bote, der neuerdings, wie Lionel erfuhr, zwischen Wien und Berlin pendelte und nicht versäumen wollte, seinen älteren Liebhaber über diese Neuigkeiten persönlich zu unterrichten. Gina in Wien und Eduard in seiner Nähe. Darüber hätte sich Kupfer eigentlich freuen sollen. Aber es wollte keine Begeisterung aufkommen.

Was tun? Nichts tun. Walter war verzweifelt, wusste aber nicht, wohin mit diesem Gefühl, nachdem der Einzige, dem es galt, sich ihm entzogen hatte. Kupfer war erneut so unerreichbar wie früher.

Den Kunden des Postamts stand ein Telefon zur Verfügung. Walter hätte Lionel also jederzeit im Waldhaus anrufen können. Er musste abwarten. Ungeduldig wartete er auf eine Eingebung. Er hörte sich Lionels Platten an. Doch er hielt es nicht aus. Er ertrug Lionels konservierte Stimme nicht. Plötzlich klang sie hohl und falsch. Sie war zu laut, zu erregt. Er riss die Scheibe vom Plattenteller und schlug sie gegen die Tischkante. Ein Schlag genügte, und sie zersprang in acht Stücke unterschiedlicher Größe. Er setzte sich an den Tisch und betrachtete das Werk der Zerstörung. Er legte die Stücke wie Teile eines Puzzles aneinander und betrachtete sie. Die Lücken dazwischen waren unübersehbar. Einmal zerstört, würde die Stimme nicht mehr erklingen.

Alles, was fest gewesen war, schien sich aufzulösen. Nur die Landschaft blieb kompakt, die Berge unverrückbar. Er wollte ihn anrufen. Walter wollte Lionel anrufen. Er fragte sich, ob auch Lionel daran dachte, ihn anzurufen. Er rief ihn nicht an, und er erhielt auch keinen Anruf.

IX   *1. November 1947, New York*

Von der Vergangenheit waren lauter kleine Fenster übrig geblieben, die sich – einmal gelöst und geöffnet – nicht wieder schließen ließen, so wenig wie die Türchen der silbrig und golden glitzernden, in Seidenpapier gewickelten Adventskalender, die ihm die Mutter bis zu seinem dreizehnten Lebensjahr jeweils Ende November überreicht hatte, sodass er vom ersten Advent an jeden Morgen eine weitere Überraschung erleben durfte, bis die Vorweihnachtszeit vorbei war und Weihnachten halbherzig gefeiert wurde.

Jedes Mal, wenn er mit den Fingern über die feinkörnige Oberfläche des Kalenders strich, hatte sich etwas Glitter gelöst, und wenn sämtliche Türchen geöffnet waren, hatte er sie vollständig heruntergerubbelt. Seine Mutter hatte ihr Missfallen darüber geäußert, aber den Kalender hatte sie ihm nun, da er jeden Sinn verloren hatte, nicht weggenommen. Er liebte es, den Glitzerstaub auf seinen Fingern zu betrachten und genüsslich und langsam von den Fingern zu lecken. Er wusste, es war nur Staub, aber er besaß die Fähigkeit, sich etwas darunter vorzustellen.

Als ob er den Kalender seines Lebens vor sich sähe. Er drehte sich zum Fenster um. *Als ob* war auch ein déjà vu. Hatte er das nicht in einem Film gesagt? War das nicht eine Dialogzeile? Hatte er sie geträumt oder tatsächlich sagen müssen? Ihren Sinn verstand er nicht, er hatte sich ihm schon damals nicht erschlossen. Wann, in welchem Film, in welcher Rolle? Hatte er sich dagegen gewehrt, sie auszusprechen? Zu wem hatte er sie gesagt oder hatte er sie am Ende doch gestrichen?

Viele Türchen waren geöffnet, halb geöffnet, nicht mehr zu schließen. Aus jedem Ausschnitt, aus jeder Ritze quoll Zeit hervor, in der gewisse Ereignisse stattgefunden hatten, während andere völlig in den Hintergrund gedrängt worden waren, unbedeutend für die einen, wichtig für die anderen, für Lionel, für Eduard, für die gesichts- und namenlos gewordenen Liebhaber, für die Lebenden und die, die nun tot waren. Für Kreisler, der heute in der Carnegie Hall auftreten und gemeinsam mit seinem Klavierpartner ein reichhaltiges Programm von Bach bis Dvořák, von Schubert bis Brahms vortragen würde, und natürlich Kompositionen aus seiner eigenen Feder, sowohl angekündigte als auch Zugaben.

Das Gerücht machte die Runde, es könnte sich dabei um seinen letzten Auftritt handeln. Doch Lionel neigte nicht dazu, Gerüchten Glauben zu schenken. Es würde alles so kommen, wie das Schicksal und der Zufall entschieden.

An Weihnachten wurde der Baum aufgestellt und geschmückt, Äpfel wurden an die Tannenzweige gehängt und Kerzen angezündet, deren Licht sich in den blank geriebenen Früchten spiegelte, doch danach saß man stumm im flackernden Kerzenlicht, bis die vergehende Zeit allmählich zur Qual wurde. Die Kerzen brannten herunter. Der Vater sorgte dafür, dass sie zur richtigen Zeit ausgeblasen wurden, aber er zündete keine neuen an. Es wurde dunkler und dunkler.

Der Vater verließ das Zimmer – Lion vermutete, dass er die Stille nicht länger ertrug –, während die Mutter weiter untätig auf ihrem Stuhl ausharrte. Bevor er die Tür hinter sich schloss, machte er Licht, aber nicht zu hell. Auf beunruhigende Weise ging die Stimmung der Mutter auf Lion über und begann auch ihn zu lähmen. Sie dauerte Stunden an, so jedenfalls schien es ihm in der Erinnerung. Selbst wenn es an der Tür geklingelt hätte, wäre die Mutter jetzt nicht aufgestanden. Doch an den Weihnachtsabenden in der Pramergasse, unweit des Donaukanals, nahe der Leopoldstadt und einen Katzensprung vom ehemaligen jüdischen Friedhof entfernt, klingelte es nie. Lionel erinnerte sich nicht, wo sein Bruder lag. Er wusste es nicht, weil er es nie gewusst, aber auch nie danach gefragt hatte. Er erinnerte sich nicht, seinen Grabstein je gesehen zu haben. Ein christlicher konnte es nicht gewesen sein, denn als Tobias starb, hatte man Weihnachten noch nicht gefeiert. Vielleicht auf einem Friedhof am Neusiedler See. Er erinnerte sich nicht an eine Überführung nach Wien.

Der Vater, der sich in sein Arbeitszimmer zurückgezogen hatte, ließ sich nicht mehr blicken. Zwecklos, die Mutter anzusprechen. Nicht Besinnlichkeit war Grund für diese Stille, sondern furchtbare Erinnerungen an etwas, was sich vor langer Zeit zugetragen hatte, als man noch nicht katholisch gewesen war, Erinnerungen an seinen Bruder Tobias und die letzten Augenblicke seines kurzen Lebens. Sein Tod im Wasser. Der See. Das Verstummen. Das kalte Meer der Wiener. Weihnachten. Jedes Jahr Weihnachten.

Und nun war aus einem der Kalendertürchen und aus dem Dunkel der Erinnerung völlig unerwartet jener verblasste Mann aus Sils Maria ins diffuse New Yorker Novemberlicht getreten. So wie damals an den Weihnachtsabenden die Erinnerung an Tobias aus dem Dunkel geleuchtet hatte, fahl und unklar und trotzdem gegenwärtig. Walter. Schwach erinnerte er sich an sein Gesicht und seine Haltung. An seine Enttäuschung, an eine Niederlage, an ein Telefongespräch, an einen Brief, eine Nachschrift. An Eduards Besuch. An die erdrückende Last der Neuigkeiten aus Deutschland. Hitler. Goebbels. Göring. Röhm. All die Namen, deren Erwähnung von nun an nicht mehr Heiterkeit, sondern nur mehr Entsetzen, Unsicherheit und Angst auslösten, zumindest bei jenen, die ihnen nicht folgten.

Walter, sagte er sich, lebte noch. Im Krieg waren nur wenige Schweizer gefallen, und wenn, dann wohl eher zufällig. Also lebte er. Aber was interessierte es Lionel? Es war nicht Eitelkeit, wenn er davon überzeugt war, dass dem jungen Mann die gemeinsamen Stunden wichtiger gewesen waren als ihm. Lionel vermisste ihn nicht, aber warum dachte er gerade jetzt an ihn? Bei Licht betrachtet hätte er nichts dagegen einzuwenden gehabt, ein wenig mit ihm zu plaudern oder zur Carnegie Hall zu spazieren. Hier in New York, weiter von der Schweiz entfernt als vom Mond, Walter und er, Arm in Arm. Nein, der Raum, der zwischen ihnen lag, war fast genauso unermesslich wie die Zeit, die sie trennte. Fast fünfzehn Jahre. Millionen Schritte und mehr.

Eduards kurzfristig angekündigter Besuch in Sils Maria war ein bühnenreifer Auftritt gewesen, den Lionel nicht hätte verhindern können und nicht hatte verhindern wollen, ein Auftritt, der sowohl die Hoffnungen des jungen Mannes als auch seine eigenen zunichtegemacht hatte.

Sie saßen vor dem Abendessen in der Halle, und Eduard erzählte ihm, dass er den Auftrag erhalten habe, sich für die neuen Machthaber nach alten Meistern umzusehen. Die Herren in Berlin seien geradezu süchtig danach, in deren Besitz zu gelangen. »Sie sind überzeugt, ein Anrecht darauf zu haben.« Er bewegte sich also auf vertrautem Terrain, zumindest was die Kunst der Italiener und der Niederländer betraf. Auch deutsche Romantiker seien beliebt, nur die Franzosen erhielten, trotz Hitlers Vorliebe für die Opéra Garnier, von der Lionel bis zu diesem Zeitpunkt nichts gewusst hatte, weniger Zuspruch. Die Namen Göring und Hitler gingen Eduard so leicht von den Lippen, als ob er täglich mit ihnen Umgang pflegte, vor allem aber, als ob er sich der Gefahr, die von ihnen und ihren Helfern und Dienern ausging, nicht bewusst wäre. Taumelig vor Glück, sich im Zentrum der Macht zu bewegen, machte Eduard die Selbstgewissheit leichtsinnig. Er plauderte über diese Leute, deren Zukunft noch vor wenigen Wochen mehr als angreifbar gewesen war, als handelte es sich um eine skurrile, aber liebenswürdige Theatertruppe in der Provinz. Ob er nicht wisse, was sich da abspiele, hatte Lionel ihn gefragt. Nein, er wusste es nicht, so wenig, dass er ihm eine Antwort auf die Frage schuldig blieb. Er wollte nichts hören. Er zuckte mit den Schultern. Er lächelte beinahe herablassend.

Eduard sah es also als seine Aufgabe an, nach allem Ausschau zu halten, was das Auge liebte und was die neuen Sammler begehrten, nicht nur Bilder, auch alle möglichen Kunstgegenstände, Möbel, Münzen, Skulpturen, Medaillons, Teppiche, Glas und so weiter. Noch wurden die beweglichen Reichtümer in den Häusern wohlhabender Sammler zwischen München und Berlin, Frankfurt und Hamburg achtlos, um nicht zu sagen fahrlässig aufbewahrt, aber das konnte und würde sich bald ändern. Lionel zweifelte keinen Augenblick daran.

»Willst du die Leute erpressen?« wollte Lionel wissen.

Eduards Augenlider flatterten.

»Du wirst sie also erpressen.«

Empörung und Ernüchterung hielten sich die Waage, obwohl Lionel von Eduards undurchsichtigen Geschäften nicht betroffen war.

»Oder denkst du, dass sie eines Tages einfach verschwinden werden? Ja, das denkst du, nicht wahr? Ja, du hast recht.«

Dass Eduard enge Kontakte in alle Richtungen unterhielt, war nichts Neues. Er würde weitere zu knüpfen verstehen. Neu war nicht sein Ehrgeiz, sondern seine offenkundige Gier. Endlich wurde sein Hunger nach Anerkennung reich belohnt. Unter den Kunstliebhabern waren viele Juden. Einige liebten heimlich Männer. Eduard liebte einen Mann, von dem nur wenige wussten, dass er Jude war, noch weniger, dass er Männer liebte und insbesondere Eduard. Vermutlich war es besser, sich in allem, was Eduard betraf, mit der Vergangenheitsform abzufinden.

»Sie werden allerdings nicht von allein gehen, sie werden nicht einfach vom Erdboden verschluckt werden, man wird sie schon irgendwie zwingen müssen. Man wird ihnen das Leben schwer machen, so schwer, dass ihnen keine andere Wahl bleiben wird«, hatte Lionel gesagt und sich kaum noch um einen gedämpften Tonfall bemüht. »Ist das in deinem Sinn? Wirst du frohlocken, wenn sie verschwunden sind?«

»Natürlich nicht! Wofür hältst du mich!«

»Ja, wofür halte ich dich?«

Einige Gäste an anderen Tischen hatten sich neugierig, einige auch sichtlich empört nach ihnen umgedreht, etliche tuschelten über die beiden Männer, den gut aussehenden jüngeren, den sie nicht kannten – ein neu entdeckter Schauspieler? –, und den älteren, den berühmten Lionel Kupfer, dessen Filme jeder kannte.

Warum war Eduard in die Berge gefahren, die er sonst tunlichst mied? War er gekommen, um seinen Triumph zu feiern, aus dem Schatten seiner bisherigen Existenz als undurchsichtiger Galan einer aufstrebenden Sängerin und eines alternden Schauspielers getreten zu sein? So direkt konnte Lionel ihn nicht fragen, so direkt gefragt würde er ohnehin keine Antwort erhalten. Lionel war müde. Zugleich nahm seine Aufmerksamkeit eher zu als ab.

Lionel hatte dafür gesorgt, dass ihre Zimmer nebeneinanderlagen. Eine Tür trennte sie, sie war verschlossen.

Im Gegensatz zu jenen Sammlern, an deren Kunstschätzen sie so interessiert waren, hatte die Mehrzahl der neuen Machthaber ihre Liebe zur Kunst erst kürzlich entdeckt. Auch das schien Eduard nicht zu stören, es war, als lebte er neuerdings auf einem anderen Stern.

Eduard hatte Verbindungen zu alten wie zu neuen Sammlern. Um die neuen zu etablieren, würde man die alten gegebenenfalls ausschalten. Eduard konnte sie beliefern. Es genügte, die alten dazu aufzufordern, ihre Bilder zu annehmbaren Konditionen – womöglich unter Wert – zu verkaufen. Er hörte bekanntlich das Gras wachsen. Er hatte ein Gespür für die heikle Problematik von Nachfrage und Abgabe, von Wunsch und Zwang. Kein Wort darüber, ob er die neuen Machthaber insgeheim verabscheute, da er sich offensichtlich mit ihren Plänen und Zielen arrangiert hatte. Nie war die Gelegenheit günstiger gewesen, sich auf diskrete Weise unentbehrlich zu machen. Einige Namen, die er nannte, waren Lionel geläufig, viele hatte er nie zuvor gehört, Gauleiter, hochrangige SS- und SA-Männer, und alle liebten offenbar Kunst und Klavierspiel, Goethe und Wagner, Rembrandt und Raffael. Das

Wort Abscheu lag Lionel auf der Zunge. Aber er wusste, dass er Eduard damit nicht beeindrucken würde.

Warum war Eduard nach Sils gekommen?

»Warum bist du gekommen?« fragte er ihn.

Eduard neigte den Kopf, als wollte er etwas sagen, und schwieg.

»Eine Erklärung.«

Eduard schwieg.

Kurz nach sieben setzten sie sich in den halb vollen Saal zu Tisch. Die Kellner eilten herbei, Eduard und Lionel bestellten beide das Menü, vielleicht die einzige Gemeinsamkeit, die ihnen blieb.

Deine Seele ist schwarz wie dein Haar, und die Farbe ist genauso echt, dachte Lionel, während er Eduard musterte. Sein Blick ruhte so lange auf ihm, bis Eduard aufsah. Unversehens wünschte sich Lionel, nicht hier zu sein, wo er sich bislang so wohl und geborgen gefühlt hatte, sondern in Walters kleiner Wohnung über der Post, unten im Dorf, in den Armen eines Freundes, den er kaum kannte, auf dessen Loyalität er sich aber verlassen konnte, auch wenn sie ihn vor gar nichts schützte.

Er trank das Glas in einem Zug leer und wartete auf die betäubende Wirkung, die sich jedoch nicht einstellen wollte.

Wenn er sich von einer guten Fee etwas wünschen dürfte, wäre es, Pierre zu heißen, hatte Walter ihm kürzlich erzählt. Walter sei ein dummer Name. Sein Vater hätte ihn sich sicher nicht gewünscht.

Gute Fee. Ein dummer Name! Lionel lachte auf, und zum ersten Mal geriet Eduard kaum merklich aus der Fassung. Halbherzig stimmt er in das Lachen ein; auf Lionels Lippen erstarb es bald.

Plötzlich stand Marianne Saltzmann vor ihrem Tisch.

144

»Eduard!«

Bis zu diesem Augenblick hatte Lionel nicht einmal geahnt, dass sich die beiden kannten. Eduard hatte ihren Namen nie erwähnt. War Wien so klein? Sie schien nicht überrascht, die beiden Männer an einem Tisch sitzen zu sehen.

»Ihr kennt euch aus Wien?« sagte Lionel.

Die Frage schien beide gleichermaßen zu amüsieren.

»Die Welt ist klein. Wir kennen uns schon eine Weile«, sagte Eduard. »Aus Wien? Ja, natürlich aus Wien.«

»Man trifft sich im Waldhaus, man trifft sich in Wien«, sagte Marianne Saltzmann.

»So ist es«, antwortete Eduard.

Keiner der beiden Männer stand auf, keiner bot ihr an, sich zu ihnen zu setzen, und sie selbst schien es nicht zu erwarten. Sie wünschte ihnen guten Appetit und entfernte sich. Doch auch nun fragte Lionel nicht, woher Eduard sie kannte, ob sie befreundet oder durch Geschäftsbeziehungen miteinander verbunden seien. Er wollte im Grunde nur wissen, weshalb Eduard nach Sils Maria gekommen war.

In der folgenden Nacht war Lionel schweißgebadet aufgewacht. Er war allein. Er hatte Eduard nicht weggehen hören. Er hatte geschlafen und geträumt. Was hatte er geträumt? Er hatte keine Erinnerung. Er fühlte sich eingeschlossen. Er war durstig. Er hatte geträumt, er hätte seit Tagen nichts getrunken.

Er stand auf, er war noch immer nackt, und bewegte sich tastend im Dunkeln zur Tür. Die Eingangstür war nicht abgeschlossen, er drehte den Schlüssel. Eduard war da gewesen. Es war also kein Traum. Vier Uhr morgens, draußen fiel Schnee. Schwindelgefühle. Er dachte an seinen Bruder Tobias, er hörte seine Mutter rufen, tatenlos sah er dem Unglück zu. Schnitt – Riss – eine Stimme aus dem Nichts. Irgendwo stieß ein Tier einen Klagelaut aus, weit draußen im Wald oder in der Ebene zwischen Waldhaus und Silser See, zwischen Chastè und Maloja. Doch als er aus dem Fenster blickte, war nichts zu erkennen. Schnee. Eine leere Leinwand, ein weißes Rechteck mit zuckenden Fäden.

Weshalb Eduard nach Sils Maria gekommen war, blieb Lionel ein Rätsel, bis er begriff, dass Eduard den Auftrag erhalten hatte, ihm schonend beizubringen, was andere ihm kaltblütig mitzuteilen zu feige waren. Er war nicht gekommen, um ihn leiden zu sehen, aber er nahm sein sprachloses Entsetzen in Kauf. Was Eduard ihm übermittelte, hätte man ihm auch am Telefon sagen können.

Der Himmel war wider Erwarten wolkenlos, als Eduard ihm am zweiten Tag seines Aufenthalts, beim gemeinsamen Frühstück den wahren Grund seines Besuchs eröffnete. Die Selbstverständlichkeit, mit der die Kellner zielstrebig und gut gelaunt, Kaffee und Tee servierend, zwischen Küche und Speisesaal hin und her eilten, korrespondierte mit der verlässlichen Beständigkeit des scheinbar unveränderlichen Orts, der vom Zusammenbruch weltlicher Organismen so unberührt blieb wie eine Kathedrale oder ein Berg, und schon gar von den gelegentlichen Angstzuständen des einen oder anderen Gastes, der sich hierher zurückgezogen hatte, um ihnen zumindest kurzfristig zu entgehen. Lionel aber war erschüttert, und so hätte der Gegensatz zwischen dem, was in ihm vorging, und dem, was er sah, nicht größer sein können.

Eduards Worte kamen einer geflüsterten Hinrichtung gleich.

Lionel war sprachlos. Dass der Henker nicht der Richter war, ließ ihn zunächst gleichgültig, es machte ihn nicht einmal stutzig. Warum sich Eduard nicht geweigert hatte, die schlechte Nachricht zu überbringen, spielte angesichts der Nachricht selbst nur eine untergeordnete Rolle. Irgendjemand musste sich Gedanken über ihre intime Beziehung gemacht haben, aber es fielen keine Namen – und Lionel bohrte nicht nach.

Lionel empfing die Nachricht, hörte auf zu kauen und starrte Eduard an. Die innere Leere breitete sich wie ausgekippte Tinte auf einem weißen Blatt Papier aus. Im Nu färbte es sich schwarz.

Er habe ihm die schlechte Nachricht selbst überbringen wollen, weil er wisse, wie wenig Lionel damit gerechnet haben könne und wie sehr sie ihn aus der Fassung bringen würde. Er wand sich in seinen eigenen Formulierungen. Als Empfänger habe Lionel – »mein Schatz« – das Recht, den Boten zu töten, »wie bei den Griechen, du weißt«. Der Scherz klang hohl.

»Du kannst mich also ruhig umbringen.«

Doch das deplatzierte Lachen erstarb bald auf seinen Lippen. Zugleich schien er erleichtert zu sein, den Auftrag erledigt zu haben. Wer hatte ihn ihm erteilt? Kupfer wollte es gar nicht wissen. Er solle bitte wiederholen, was er da eben gesagt habe, bat er ihn nach einer langen Pause, »nur wiederholen«, und versuchte sich in den nächsten Minuten auf irgendetwas zu konzentrieren, was außerhalb seiner Verstörung lag, auf Eduards Mund, auf seine Aussprache, auf die Konsonanten, auf die Tischdecke, auf die

Intervalle zwischen den Worten. Er versuchte zu verstehen.

Der Vertrag. Der neue Film, Arbeitstitel *Erste Liebe*, nach Turgenjews Novelle. Drehbeginn, Drehschluss, Drehorte, plötzlich aufgetretene Probleme, Berlin, Machtwechsel, die weibliche Hauptrolle, die männlichen Nebenrollen, die weiblichen Nebenrollen, der jüdische Anteil, Goebbels, mehrfach Goebbels, möglicherweise verschieben, möglicherweise umbesetzen, möglicherweise untragbar, möglicherweise gar nicht drehen. Abwarten.

»Sie wissen, dass du Jude bist. Jeder weiß es. Eine Weile werden die Juden es etwas schwerer haben, aber das gibt sich, davon bin ich überzeugt. Vertrau Göring, nichts wird so heiß gegessen wie gekocht, und alles kommt wieder ins Lot. Ist doch immer so.«

»Nein«, sagte Lionel, »es ist nicht immer so. Du täuschst dich in deinen neuen Freunden.«

Allmählich schien er aus seiner Lethargie zu erwachen, vielleicht, weil Eduard ihm nichts entgegensetzte.

»Du täuschst dich, und es wird sich eines Tages rächen«, sagte er nun so leise, dass Eduard sichtlich Mühe hatte, ihn zu verstehen.

Immerhin widersprach ihm Eduard nicht, immerhin ging er nicht so weit, seine neuen Freunde und deren Motive und Methoden zu rechtfertigen oder gar zu verteidigen.

Eduard sagte: »Wer wird das jetzt spielen? Was meinst du, wer?«

Lionel wollte nach der weißen Kaffeetasse mit dem Goldrand greifen, er tat es, doch als er den Henkel umfasste, zitterte seine Hand so stark, dass er davon abließ. Seine Lippen waren gespannt, sein Mund trocken. Wäre jetzt das Auge der Kamera auf ihn gerichtet gewesen, hätte sie den Gesichtsausdruck eines verängstigten Mannes festgehalten. *Schauspieler bin ich die längste Zeit gewesen,* dachte Kupfer. *Gewesen.*

»Es wäre das erste Mal, dass man mich um meine Meinung zur Besetzung der männlichen Hauptrolle bitten würde. Sie werden schon jemanden finden.«

Auf welchem Weg oder Umweg Eduard erfahren hatte, dass Kupfer – gegen jede Abmachung und auf die Gefahr hin, vertragsbrüchig zu werden – die Hauptrolle in seinem nächsten Film nicht spielen würde, der nun also nicht mehr sein Film, kein neuer Lionel-Kupfer-Film war, wollte Lionel gar nicht wissen. Auch nicht, wer seine Rolle übernehmen würde, sofern der Film eines Tages überhaupt zustande käme, was angesichts der Tatsache, dass er nicht der einzige Jude war, der unter Vertrag stand, unwahrscheinlich war. Es genügte die nackte Tatsache. Die Anreicherung durch Details würde am Sachverhalt ja nichts ändern. *Schauspieler bin ich die längste Zeit gewesen,* dachte er.

Danach hatten sie nicht etwa versucht, über nebensächliche Dinge zu sprechen, weil es in diesem Augenblick nichts gab, was nebensächlich war. Sie hatten sich wenig später vom Tisch erhoben, und von diesem Augenblick an dachte Lionel nur noch an seine vorgezogene, überstürzte Abreise. Was hätte ihn hier länger halten können? Die Zeit in Sils war wohl für lange Zeit sein letzter Urlaub gewesen. *Gewesen.*

Eduard entging Lionels Verwirrung nicht. Als hätte er sich nicht mehr richtig im Griff, schien dieser unschlüssig zu sein, in welche Richtung er sich wenden sollte. Lionel ging vorwärts und dann einen Schritt zurück. Er würde sich fassen. Er kam sich alt und verbraucht vor. Er stöhnte kaum hörbar, sein Herz eingedrückt wie eine alte, zerknitterte Hemdbrust. Dennoch entging ihm nicht, dass auf den Tischen wie immer frische Blumen standen. Als könnte ein Tag dem anderen gleichen, indem man sich einfach nicht an die Jahreszeiten hielt, gleich lang, gleich schön, gleichförmig. Einatmen, ohne auszuatmen. Etwas Schönes also, das mit der Welt, in der er lebte, kaum etwas zu tun hatte. Ein wenig Blumenduft, der unmerklich in Verwesung übergehen würde. Gradmesser und auf Messers Schneide. Altes Blumenwasser. Seine Mutter hatte Schnittblumen in der Wohnung nicht geduldet. Hatten Gäste es dennoch für nötig befunden, ihr welche zu schenken, hatte sie sie, sobald sie gegangen waren, umgehend beseitigt. *Ich mag den Geruch nicht,* hatte sie gesagt.

Lionel fing sich wieder, als er eine violette Nelke entdeckte. Er zog sie aus einem der kleinen, vielfarbigen Sträuße. Versucht, daran zu riechen (er tat es nicht), steckte er sie scheinbar beiläufig in die Vase zurück. Er spielte. Er spielte, als wüsste er, dass die Szene eines Tages die Massen erreichen musste, die ihm wie am ersten Tag zu Füßen lagen. Er spielte, als ob er gefilmt würde, als ob das, was sich hier ereignete, den Anweisungen eines Drehbuchs und eines unsichtbaren Regisseurs folgte. Änderungen vorzunehmen, lag im Bereich des Möglichen. Wenn Details nicht stimmten, änderte man gewisse Abläufe. Man spielte die Szene ein zweites, ein drittes Mal. Man passte an und montierte im Schneideraum neu. Es war alles eine Frage der Zeit und Sorgfalt. Viel Aufmerksamkeit musste auf die kleinsten Bewegungen gelegt werden. Spielen – so tun, als ob – gab Kupfer die äußere Sicherheit zurück, die ihn für einen Augenblick verlassen hatte. Sicheres Auftreten und überlegte Bewegungen, die natürlich aussehen sollten, waren unabdingbar.

Eine letzte, altmodische Geste vor dem Abgang, dem ungewissen Neubeginn, dem undurchdringlichen Nebel. Früher hätte er sich die Nelke ins Knopfloch gesteckt. Doch früher war endgültig vorbei. In der Geste, die er unterlassen hatte, lag die Vergangenheit. Er versuchte, seine Gedanken zu ordnen, wie man einen Schrank aufräumt, oder so ähnlich, er hatte nie einen Schrank aufräumen müssen, früher tat es seine Mutter, heute tat es Frau Drechsler, seine Haushälterin. Aber er hatte eine Vorstellung davon. Er zog jede Schublade vorsichtig heraus, betrachtete ihren Inhalt und schob sie vorsichtig zurück.

Arbeit. Fortkommen (Karriere). Freundschaft. Liebhaber. Einkommen. Heimat. Ausreise. Ferien. Als er die Tür hinter sich schloss, dachte er nicht mehr an Eduard.

Allein in seiner Suite in der ersten Etage, von der Welt durch Fenster, Wände und Türen abgeschnitten, ließ er sich – nachdem er seinen Agenten nicht hatte erreichen können – mit Zieglers Büro in Berlin verbinden.

Die Leitung nach Deutschland war schnell hergestellt, die Verbindung so einwandfrei wie selten. Kupfer konnte also keines der Worte entgehen, die an ihn gerichtet wurden. Ihren Sinn zu verstehen, kostete ihn mehr Anstrengung, aber er war vorbereitet. Er sprach mit einer Sekretärin. Üblicherweise hatte man bislang stets ihn oder seinen Agenten angerufen, oder sein Agent hatte mit dem Produzenten gesprochen und ihn später über die Einzelheiten aufgeklärt.

Die Frau am anderen Ende der Leitung teilte ihm mit, dass Ziegler auf unbestimmte Zeit nicht erreichbar sei. Wannsee, Ostsee, Übersee, sie scherzte. Sie wusste nichts

Genaues, würde sich aber, sofern Kupfer es wünschte, gerne umhören.

Sie brauchte sich nicht umzuhören, die Art ihrer Auskunft ließ an Deutlichkeit nicht zu wünschen übrig.

»Vielleicht möchten Sie versuchen, ihn privat zu erreichen? Haben Sie seine Nummer?« Sie wusste also, wer er war, denn gewöhnliche Sterbliche hatten keine Kenntnis von Zieglers persönlicher Nummer.

Doch sein Name hatte kein Gewicht mehr, als hätte man ihn aus der Waagschale genommen. Ihr Desinteresse war nicht zu überhören.

Kupfer konnte sich nicht einmal an das Zimmer erinnern, in dem sie saß. Das Licht war abgeschaltet, die Kamera weggeschwenkt. Er hatte sein Ansehen verloren.

Dass Ziegler nicht mehr zu sprechen war, ließ wenig Raum für Spekulationen. Ziegler hatte ihm nichts zu sagen, weil er ihn für den Fortgang seiner Geschäfte nicht mehr nötig hatte. Es gab Ersatz. Dunkleres Haar. Jüngeres Gesicht. Zu enge Beziehungen zu Lionel Kupfer zu haben, war nicht mehr angebracht. Ohne sich zu verabschieden, legte er den Hörer vorsichtig auf die Gabel und betrachtete seine zitternde Hand. War er also nicht einmal mehr fähig, den Hörer auf die Gabel zu knallen? Kalter Schweiß überspannte seine Stirn. Er saß lange so da und konnte nicht denken. Als er aufstand, begann er zu packen. Er begann wieder zu denken. Zwei Stunden später war Kupfer abreisefertig.

Als er vor den gepackten Koffern stand, regte sich in ihm der unerwartete Wunsch, mit Walter zu sprechen. Er sah auf die Uhr, es war kurz nach zwei, Walter also bereits wieder an seinem Arbeitsplatz hinter dem Schalter. Er ließ sich von der Rezeption mit der Post verbinden.

Das Freizeichen ertönte sechsmal, dann nahm Walter

ab. Offenbar waren während des kurzen Gesprächs keine Kunden zugegen, denn nachdem Kupfer ihm mit wenigen Worten zu verstehen gegeben hatte, dass er gezwungen sei, Sils Maria in den nächsten Stunden unvorhergesehen zu verlassen, vernahm er – nach einer kurzen Pause, in der kein Wort fiel – ein kindliches Schluchzen, dessen unzähmbare Not sich augenblicklich auf ihn übertrug. Doch statt seinem Schmerz ebenfalls nachzugeben, verabschiedete sich Lionel und legte auf. Was hätte er diesem Jungen, der nichts von ihm und seinem Leben wusste, noch sagen können?

Der Andrang war groß. Kupfer bahnte sich einen Weg durch die Eingangshalle der Carnegie Hall, die für die herandrängenden Besucher viel zu klein war und in den Augen jener, die die repräsentativen Säulengänge europäischer Konzertsäle und Opernhäuser gewohnt waren, alles andere als imposant wirkte. Kreisler hatte an der Kasse eine Eintrittskarte für ihn hinterlegen lassen.

Kurz bevor er die Eingangshalle betrat, war ihm ein großer, dunkelblauer Wagen aufgefallen, der – von Süden kommend – gemächlich, fast majestätisch die 7th Avenue dahinglitt und dabei, wie es schien, alle anderen Autos sanft zur Seite drängte. Nachdem der Lincoln Continental unmittelbar vor dem Eingang gehalten hatte, war zuerst der blonde Chauffeur in weißer Uniform ausgestiegen, um erst Marianne und Julius Klinger, die im Fond saßen, dann ihrer Tochter, die neben dem Fahrer gesessen hatte, die Türen aufzuhalten. Es fehlte Maxi, der Sohn, der, wie allgemein bekannt war, zu Beginn des Krieges hier in den USA Selbstmord verübt hatte. Lionel war dem schüchternen jungen Mann in Deutschland einmal begegnet. Die Gründe für den selbst gewählten Tod kannte Lionel nicht.

Klinger wirkte heute so unnahbar und hölzern wie an jedem anderen Tag, an dem er sich in der Öffentlichkeit zeigte. Der weltberühmte Autor, der sich trotz seiner zurückhaltenden, so ganz und gar unamerikanischen Art in den USA auch als Emigrant wie ein Fisch im Wasser bewegte, bereitete sich darauf vor, in die alte Welt zurückzukehren, wie man sich erzählte. Jetzt grüßte er gerade da und dort über die Köpfe jener Umstehenden hinweg, die auf dem Bürgersteig standen, in die Runde und gab dem Chauffeur durch einen Blick zu verstehen, sich und die Limousine tunlichst zu entfernen. Kupfer bemerkte er nicht. Für den Bruchteil einer Sekunde glaubte dieser eine für die bürgerlichen Tugenden, für deren Bestand sich Klinger sowohl in seinem literarischen wie essayistischen Wirken so unermüdlich einsetzte, unschickliche Intimität zwischen Chauffeur und Dichter zu bemerken, was ihn unvermittelt an das Gerücht erinnerte, Klinger habe schon vor Jahren einen Ausweg gefunden, seiner lange unterdrückten geheimen Neigung ein Ventil zu verschaffen; es hieß, er gebe sich ihr mit einem ehemaligen Kellner in seinen eigenen vier Wänden hin, der im Schutz seiner unantastbaren Familie die Rolle des Butlers und Chauffeurs spielte.

Als die Lichter im Saal ausgingen, erfasste ihn erneut jene Traurigkeit, die zu seinem ständigen Begleiter geworden war, den er längst besser kannte als irgendeinen Menschen. Er ließ nie lange auf sich warten. Wäre dem so gewesen, hätte er ihn am Ende vielleicht vermisst.

Doch er hatte keine Zeit, über seinen Seelenzustand nachzudenken, denn kaum war es im Zuschauerraum dunkel geworden, betrat Fritz Kreisler alleine, ohne den angekündigten Pianisten, das Podium, verbeugte sich nach allen Seiten und begann unverzüglich Bachs *Partita Nr. 1* zu spielen. Während der nächsten Viertelstunde hörte man außer von der Violine keinen Laut.

Einige Tage später erhielt Lionel Post aus Italien. Ein Mann namens Conte di Modrone, Herzog Grazzano Visconti schrieb ihm in fehlerhaftem, aber umso enthusiastischerem Deutsch, sie seien sich schon vor Jahren, es müsse wohl 1933 gewesen sein, im Hotel Waldhaus in Sils Maria begegnet, wo er Lionel Kupfer, der sich damals auf dem Gipfel seines Ruhms befand, mehrfach seine unumschränkte Bewunderung ausgedrückt hatte, er erinnere sich vielleicht. Seine Familie sei es seit Jahrzehnten gewohnt, jährlich einige Wochen in Sils zu verbringen; vorausgesetzt, es herrsche kein Krieg.

Nach kurzer Zeit stellte sich bei Lionel die Erinnerung an einen hageren jungen Mann ein, der viel geraucht, viel geredet und ihn mehrfach angeredet hatte. Unter dem Namen Luchino Visconti hatte er inzwischen einen Film namens *Ossessione* gedreht, von dem Kupfer bis zu diesem Augenblick so wenig gehört hatte wie von dem Hauptdarsteller, einem ehemaligen Sportler, der sich offenbar anschickte, eine erfolgreiche Karriere als Schauspieler zu machen. Und nun bereitete der Regisseur, wie er schrieb, seinen zweiten Film vor, und auch das Sujet für einen dritten – eine Satire über das Filmgeschäft – nehme immer deutlichere Gestalt an. Er habe dafür mit Anna Magnani, dem einzigen italienischen Filmstar von Weltrang, die ideale Hauptdarstellerin gefunden; eine Frau aus dem Volk, die sich in den Kopf gesetzt hatte, aus ihrer Tochter einen Filmstar zu machen.

Nach einigen Floskeln und Umwegen kam er schließlich auf sein Anliegen zu sprechen, und es ehrte ihn, dass er mit keinem Wort erwähnte, dass er vor allem deshalb um Lionel Kupfers Mitarbeit warb, weil sein Name nur noch ein Schatten war. Er bot ihm eine – wie er schrieb – wichtige kleine Nebenrolle an. Er sollte sich selbst spielen. Einen Mann, den das Publikum so gut wie vergessen hatte, einen ehemaligen Filmstar, an den man sich nur noch gelegentlich erinnerte, einen, der aus Deutschland vertrieben worden war und nun als lebende Legende nach Italien zurückkehrte. Die Wirkung würde um so größer sein, je realistischer sich die Geschichte präsentiere. Und dazu gehörte der Einsatz von Persönlichkeiten wie Lionel Kupfer.

X

Im September 1939 hatte sich die Direktion des Wald-
hauses entschlossen, die Wintersaison ausfallen zu lassen.
Nachdem sich die Lage 1936 spürbar verbessert hatte, ver-
schlechterte sie sich mit dem Beginn des Krieges schlag-
artig. 1938 blieben die ausländischen Gäste, die zwischen
Mitte Dezember und Mitte März stets die Mehrheit gebildet hatten, aus. Im Kriegssommer 1940 erschienen lediglich neun Gäste aus dem Ausland, sieben davon waren
Auslandschweizer.

Da man nun nicht mehr mit einer beständigen Gäste-
zahl rechnen konnte, öffnete das Hotel Waldhaus seine
Tore nur noch in den Sommermonaten von Anfang Juni
bis Mitte September. Den Betrieb für ein paar versprengte
Wintertouristen aufrechtzuerhalten, mit deren kurzfris-
tiger Absage man – je nach Kriegslage – jederzeit rechnen musste, war zu aufwendig, zu unsicher und zu kost-
spielig. Um das große Haus zu heizen, waren Unmengen
von Kohlen notwendig, die aufzutreiben kaum möglich
war. Währenddessen die Schweiz von allen Seiten bedroht
wurde, war der Gedanke an geruhsame Ferien im abge-
schiedenen Engadin geradezu absurd.

Indes das riesige Hotel leer und ungeheizt wie eine ver-
lassene mittelalterliche Burg vor sich hin schlummerte,
richtete sich die Hotelierfamilie in einer Flucht kleiner

Chauffeurszimmer über den alten Garagen ein. Ein paar Kochplatten auf dem Korridor und ein improvisiertes Badezimmer im Untergeschoss mussten für die täglichen Bedürfnisse genügen.

Doch die neue Situation bedingte auch einen dramatischen Abbau des Personals. Bis auf den Hausmechaniker und zwei Büroangestellte hatten sämtliche Angestellte das Waldhaus verlassen. Zahlreiche ausländische Männer waren bereits unmittelbar nach Ausbruch des Kriegs in ihre Heimat zurückgekehrt, entweder aus Patriotismus oder weil sie keine andere Wahl hatten, wenn sie zu Hause nicht als fahnenflüchtig gelten wollten. Ohnehin handelte es sich bei den Portugiesen, Italienern und Spaniern zur Hauptsache um Saisonarbeiter. Das Hotel hatte sich im Nu geleert. Man hatte sich auf unbestimmte Zeit verabschiedet und hoffte, eines Tages hierher zurückkehren zu können. Doch die Zuversicht schwand mit jedem Tag, den der Krieg dauerte.

Wie ein erschöpfter Wal, der auf einem Berggipfel gestrandet war, atmete das Hotel nur noch mit halber Kraft und wartete darauf, erlöst zu werden. Noch war es Teil der Erinnerung jener Gäste, die das Hotel regelmäßig besucht hatten, aber wenn es noch lange geschlossen blieb, würde man es am Ende wohl doch vergessen.

Auch Theres blieb nichts anderes übrig, als nach Bern zurückzukehren, denn Büglerinnen im Waldhaus wurden ebenso wenig gebraucht wie Wäscherinnen, Zimmermädchen und Köche. Hotelangestellte ohne Gäste waren unsinnig.

Sie fand mit Leichtigkeit ein Zimmer zur Untermiete bei einer Witwe in Bern. Ihr Vorgänger, ein junger Bankangestellter, war nun auch bei den Soldaten, er brauchte das Zimmer nicht mehr.

Mit den Worten »Grüß Gott, Frau Staufer!« hatte Frau Ruckstuhl Theres, die mit ihrem großen Koffer, dem einzigen, den sie besaß, an der Tür empfangen.

»Ist das alles?« hatte sie bemerkt, und Theres hatte genickt. Die Witwe war glücklich, so schnell so bescheidenen und ruhigen Ersatz für den jungen Mann gefunden zu haben. Sie brauchte sich fortan keine Sorgen mehr um unerwünschten Damenbesuch zu machen. Theres hätte sich gewünscht, Walter wäre ihr an diesem Tag zur Seite gestanden.

Walter hatte seiner Mutter nach seinem Weggang aus Sils vor zwei Jahren zwei Postkarten geschickt, und er hatte sie viermal angerufen. Oder dreimal? Nein, viermal, sie brachte einfach alles durcheinander, die Tage, die Jahre, die Jahreszeiten. Er hatte zweimal jeweils am Neujahrstag und zweimal an ihrem Geburtstag, im Juli, angerufen, doch war sie angesichts des ungewohnten Hörers, den man ihr im Waldhaus in die Hand gedrückt hatte, jedes Mal so aufgeregt gewesen, dass sie kaum verstand, was er ihr zu sagen hatte und was sie sich, selbst wenn sie es verstanden hätte, nicht hätte merken können. Am schwersten aber fiel es ihr, Walters Stimme zu erkennen, und so verging kostbare Zeit mit der Frage, ob er es wirklich sei. »Walter! Bist du es? Bist du das wirklich«, hatte sie immer wieder in den Hörer gerufen, was er seinerseits mit unverhohlener Ungeduld quittiert hatte.

Sie stand in der Telefonkabine, die sich im Flur neben dem Speisezimmer befand, und hörte sich rufen und schämte sich, weil sie wusste, dass jeder sie hören konnte. Sie war nicht geschaffen für solche Geräte. Jedes Mal, wenn sie den Hörer auflegte, weinte sie. War er es wirklich gewesen oder hatte sich ein Postangestellter in seinem Namen mit ihr unterhalten, er selbst arbeitete ja nicht mehr bei der Post. Es gelang ihr nicht, die fremde Stimme, die ihre Frage bestätigte, und Walters Gesicht miteinander in Einklang zu bringen. Er sagte immer wieder, ja, natürlich sei er es – »Ich bin es, Walter, dein Sohn« –, aber sie schüttelte den Kopf und fragte ihn erneut, ob er es wirklich sei, als hätte inzwischen ein anderer den Hörer an sich gerissen. Sie drückte ihn fest an ihr Ohr, um Walter besser hören zu können.

Was sie verstand, nachdem er es ihr auch schriftlich mitgeteilt hatte, war die Tatsache, dass er sich zum Steward ausbilden ließ. Doch man musste es ihr mehrmals vorlesen. Er sei jetzt Steward bei der Swissair, hatte er ihr kurz vor Kriegsausbruch mitgeteilt.

»Was ist das?« hatte sie ihre jüngeren Freundinnen im Waldhaus gefragt, denn Steward war ein Beruf, den sie nicht kannte. Davon hatte sie nie zuvor gehört, und sie konnte sich nichts darunter vorstellen, obwohl sie schon mehr als einem Flugzeug und etlichen Zeppelinen, die am Himmel vorbeizogen, nachgeschaut hatte. Man erklärte ihr, so gut man es vermochte, dass dies die Männer seien, die die Flugpassagiere betreuten, Schaffner der Lüfte. Und so stellte sie sich vor, dass er mit einer großen roten Umhängetasche durch die Kabine ging und die Fahrkarten der Passagiere mit einer großen Zange entwertete wie der Kondukteur im Zug. Sie versuchte ihn sich als Schaffner der Lüfte vorzustellen, ohne zu wissen, wie seine Uniform aussah, man sagte ihr, er trage eine Mütze wie ein Offizier. Doch als man ihr erzählte, dass Stewards den Gästen in der Luft Champagner und warmes Essen servierten wie die Oberkellner im Waldhaus, war sie sprachlos. Weshalb er seine Stelle bei der Post aufgegeben hatte, um die ihn so viele beneidet hatten, würde sie nie verstehen. Hauptsache, er war glücklich.

»Das kann ich mir nicht vorstellen«, hatte sie gesagt und mit ihren Kolleginnen gelacht, die auch nicht wussten, wovon sie sprachen, obwohl sie es nicht zugaben. In einem Flugzeug hatten auch sie nie gesessen, und auch sie waren nie von einem Steward bedient worden.

»Das kann nicht stimmen«, dachte Theres. »Es gibt doch keinen Speisewagen.« Jedes Mal, wenn er anrief, wollte sie ihn fragen, worin seine Arbeit bestehe, aber jedes Mal vergaß sie es vor Aufregung und Angst, etwas Falsches zu sagen.

Doch am 10. Mai 1940 wurde auch er zu den Waffen gerufen, um sein Land im Falle eines feindlichen Angriffs, mit dem man täglich rechnen musste, zu verteidigen. Man war gerüstet und bereit, wie er schrieb, mehr dürfte er ihr nicht verraten. Die Karte, die er ihr an die neue Adresse geschickt hatte, war ihr von Frau Ruckstuhl vorgelesen worden, die um Theres' Leseschwäche wusste, die dafür ihre schlechten Augen verantwortlich machte.

Wo er stationiert war, ob im Tessin, im Welschland oder gar in Thun, wusste sie nicht, er durfte ihr nichts anvertrauen. Strenge Geheimhaltung war geboten, um deutsche Spione abzuwehren. Der Feind hörte mit, aber man musste ihm die Arbeit ja nicht erleichtern. Besser, man wusste selber nichts. Wenn ihre Fantasie auch nicht ausreichte, ihn sich in einem Flugzeug vorzustellen, bereitete es ihr doch keine Schwierigkeiten, sich auszumalen, wie Walter sich mit den Welschen auf Französisch und mit den Tessinern auf Italienisch unterhielt. Sie lächelte in sich hinein und war zufrieden. Wer mit einem solchen Sohn nicht zufrieden war, gehörte in die Waldau.

Frau Ruckstuhl lebte seit dem Tod ihres Mannes zurückgezogen und war schon früher nur morgens ausgegangen, um auf dem Markt ihre Einkäufe zu erledigen, wie sie es heute noch immer zweimal wöchentlich tat. Auf dem Markt machte sich die Lebensmittelrationierung weniger bemerkbar als im Konsum. Eines Tages senkte sie die Stimme und erzählte Theres, auch ihr Sohn sei Soldat gewesen. Er sei gleich zu Beginn des Kriegs gefallen, im Januar 1915. Von der Erschütterung, die sie beim Erzählen erschauern ließ, wurde auch Theres angesteckt.

»Ich habe lange nicht mehr darüber gesprochen«, sagte sie. »Und man möchte immer noch darüber reden. Nichts für ungut, Frau Staufer, dass ich sie damit behelligt habe.«

Er hatte Hans geheißen. Er war gerade zweiundzwanzig gewesen, ihr einziges Kind, eine schwere Geburt, doch später ein gesunder, munterer Knabe. Er war an einem frostig kalten Wintertag auf morastigem Gelände vom Pferd gefallen, als dieses über einen Graben setzen wollte und das Hindernis verfehlte. Hans stürzte neben den Graben und brach sich das Genick auf einer Moräne. Wäre der Felsbrocken nicht gewesen, wäre der junge Kavallerist vermutlich auf weiche Erde gefallen und mit ein paar Schrammen davongekommen. Sie zeigte Theres das Foto eines jungen Mannes, der die Augen seiner Mutter hatte, große, glänzende Knöpfe, umrahmt von mädchenhaft langen Wimpern. Er hielt ein Pferd am Zügel, das den Betrachter anstarrte. Es war Theres unangenehm, von dem Tier so angesehen zu werden, als sei sie nackt.

»Es war aber nicht dieses Pferd, es war ein anderes, ein wildes. Ein dummes. Ein böses.«

Ihre Augen blitzten zornig unter dem streng nach hinten gekämmten, in der Mitte gescheitelten Haar auf, das in einem kleinen festen Knoten endete, der wie ein zusammengerolltes Tier auf ihrem Hinterkopf saß.

Theres legte die Photographie, die Frau Ruckstuhl ihr

in die Hand gedrückt hatte, auf den Tisch zurück. Das Pferd war ihr unheimlich.

»Was für eine traurige Geschichte«, sagte Theres voller Mitleid.

»Er war der erste Tote dieses Krieges in der Schweiz«, sagte Frau Ruckstuhl bitter und schaute traurig auf den Tisch.

Wie konnte eine Mutter über einen solchen Verlust hinwegkommen? Theres wollte nicht daran denken, wie es ihr ergehen würde, wenn Walter vom Pferd fiele oder von einem jener Panzer überrollt würde, die sie in der Wochenschau gesehen hatte. Tausend neue Todesarten erwarteten den Soldaten der modernen Zeit.

Walter war älter als Hans damals gewesen war, und er würde besser auf sich aufpassen. Damit versuchte sie sich zu beruhigen. Er ritt auch nicht, nie hatte er den Wunsch geäußert, reiten zu wollen. Aber es gab Panzer und Bomben, Granaten und Maschinengewehrfeuer. Am meisten musste man sich vor den Fallschirmspringern hüten, die jederzeit vom Himmel fallen konnten, um unerwartet von allen Seiten – aus Büschen und Wäldern, verlassenen Scheunen und harmlos wirkenden Heuhaufen – anzugreifen, vor allem Zivilisten. Davor fürchtete sich auch Theres, die sich sonst vom Krieg keine rechte Vorstellung machte. Theres dachte an die Schützengräben, an die jungen Männer, die darin gestorben waren, an die unsauberen Zustände, die dort herrschten, wie man dort schlief, wie man dort sein Geschäft verrichtete, wollte sie lieber nicht wissen, wie man darin lebte, auch nicht, und schon gar nicht, wie sie kämpften, wie es war, tagelang ungewaschen in derselben Uniform zu stecken und dieselben Socken zu tragen. Sie hatte in Illustrierten gesehen, wie junge Männer starben, wie sie erschossen wurden, wie sie mutterseelenallein auf den Schlachtfeldern lagen, wie sie nur noch weiße Kreuze waren, ein Kreuz neben dem anderen, eines wie das andere, kein Unterschied im Tod, nur Nummern, Kreuze, Erde. Bilder von Verwundeten, wie sie arm- oder beinlos, mit zerfetzten Gliedmaßen und verbundenen Köpfen in den Lazaretten lagen, einer dicht neben dem anderen, umsorgt von helfenden Schwestern in Frankreich, in Deutschland, und wer weiß, vielleicht auch in der Schweiz. Was sich wo genau ereignet hatte, wusste Theres nicht. Vieles verstand sie nicht. Sie erinnerte sich an Wochenschauaufnahmen, denen man sie als Kind ungefragt ausgesetzt hatte. Es war schwer, sie zu vergessen. Und jetzt, während des neuen Kriegs, war es noch schwerer. Damals war sie ein Kind gewesen, heute hatte sie selbst einen Sohn, der Soldat war. Überall hatte der Schrecken geherrscht, kaum jemanden hatte er verschont. Heutzutage, wo Pferde kaum noch im Einsatz waren, gab es im Krieg andere Todesarten als einen unglücklichen Sturz vom Pferd. Sie wusste, dass sie davon träumen würde, und fürchtete sich davor wie vor allen schlechten Träumen.

Eines sei sicher, sagte Frau Ruckstuhl, »ohne Krieg würde er heute noch leben. Ohne Krieg wäre er nicht vom Pferd gefallen. Ich hoffe, sie haben es erschossen und Hackfleisch daraus gemacht.«

Die Wut in ihr brannte hell wie am ersten Tag. Sie ereiferte sich und sprach viel zu laut.

»Heute würden meine Enkel in den Krieg ziehen«, schloss sie, »und mein Sohn wäre vielleicht unser General. Denn Soldat war er gern. Und Pferde liebte er. Sie wurden ihm zum Verhängnis.«

Frau Ruckstuhl war schwerhörig, sodass Theres stets laut und deutlich sprechen musste, wenn sie sich, entweder in der großen Küche oder im kleinen Wohnzimmer, miteinander unterhielten. Sie hatte aber Augen wie ein Luchs, wie sie von sich behauptete.

»Eines Tages wollen selbst die Verwandten nichts mehr davon wissen. So sind die Menschen. Ich denke jeden Tag an ihn«, sagte sie langsam.

Als Tränen aus ihren Augen quollen, die sie selbst offenbar nicht bemerkte, konnte Theres nicht anders und streckte die Hand aus, um sie auf die kleine geballte Faust der alten Frau zu legen, die vor ihren Augen von der Greisin zur jungen Frau und zurück zur Greisin changierte, es war wie im Kino, wo Wunder mit Leichtigkeit geschahen, und sie spürte den abgebrochenen, scharfen Stein, der aus der Fassung ihres Ringes ragte. Beinahe hätte sie sich die Fingerkuppen daran aufgeritzt.

Als die Witwe die Tränen in den Augen ihrer Untermieterin bemerkte, machte sich auf ihrem Gesicht ein Ausdruck heimtückischer Genugtuung breit, der Theres nicht gefiel, aber einer Frau, die so viel Schweres mitgemacht hatte, verzieh man alles.

So wuchsen sie sich gegenseitig ans Herz und wurden beinahe unzertrennlich. Theres freute sich, nachts von der Arbeit nach Hause zu kommen, denn die Witwe erwartete sie immer, um noch ein paar Worte mit ihr zu wechseln, auch wenn es schon nach Mitternacht war, meist am Küchentisch. Sie schenkte ihr warme Milch mit Honig ein, denn davon schlief man tief und traumlos, sagte sie.

Theres hatte zum ersten Mal eine Freundin, die sich ihr anvertraute. Auch sie fühlte sich aufgefordert, sich ihr zu öffnen. Aber sie erzählte ihr nicht alles. Darüber, dass sie weder lesen noch schreiben konnte, schwieg sie. Obwohl es ihr Gewissensbisse bereitete, tat sie lieber so, als beherrschte sie das Alphabet wie andere Menschen auch. Sie wollte nicht für dumm gehalten werden.

Worüber auch immer sie sprach, Frau Ruckstuhl hörte aufmerksam zu und nickte, machte eine kluge Bemerkung oder ermunterte sie mütterlich, weiterzureden.

Ihr, einer echten Witwe, die darüber hinaus früh ihr einziges Kind verloren hatte, erzählte Theres nicht, dass sie Witwe sei, wie sie es an ihrem Arbeitsplatz tat, wie sie es im Waldhaus und früher in der Berner Bügelanstalt getan hatte. Ihr erzählte sie die Wahrheit, ihr allein, dass sie als unverheiratete Frau ein uneheliches Kind bekommen hatte. Dass sie ausweichende Antworten gab, wenn Frau Ruckstuhl sie fragte, warum ihr Sohn sie eigentlich nie besuchte, war ihr unangenehm, aber so schlagfertig war sie nicht, überzeugende Ausreden für ein so offensichtliches Versäumnis zu erfinden. Ob er tatsächlich ein hochrangiger Soldat war, wie sie vermutete, wollte sie nicht ohne Beweis behaupten. Es wäre gewiss eine Lüge gewesen.

Manchmal fürchtete sich Theres vor dem Tag, an dem Frau Ruckstuhl sie darum bitten würde, ihr etwas vorzulesen. Doch dieser Tag kam nicht, denn die Witwe behielt das Sehvermögen eines jungen Mädchens, wie sie selber sagte.

So ging der Krieg dahin. Nachrichten, Ungewissheit, Verlautbarungen, Unruhe, Aufrufe, Angst, Plakate, Rationierungen, Verdunkelung, Verdunkelungsgefahr – und plötzlich war er vorbei, wie er gekommen war. Man hatte nur geduldig abwarten müssen. Jene, die sich nun zu Wort meldeten, sprachen in der Vergangenheitsform von ihm wie von einem guten Bekannten, den man aus den Augen verloren hatte, nun würde alles besser werden, die Grenzen waren offen. Die Soldaten verschwanden allmählich aus dem Straßenbild. Die Verdunkelung wurde aufgehoben. Keine Sirenen ertönten mehr. Keine Warnungen ergingen von Radio Beromünster aus ans Schweizervolk. Kein General. Nachts musste man sich nicht mehr vor unsichtbaren Radfahrern fürchten, die sich im Dunkeln näherten. Auch wenn der Mond hell schien, durfte man das Haus verlassen. Es spielte keine Rolle, von wem man gesehen wurde.

Eines Mittwochs gingen Theres und Frau Ruckstuhl ins Kino, sahen einen amerikanischen Film und weinten in ihre kleinen sauberen Taschentücher. Ein Schauspieler kam ihr bekannt vor, aber er war bald wieder verschwunden, und es geschah so viel, dass sie diesen kleinen Auftritt – ein Lacher – vergaß, bevor sie das Kino verließen.

Vor dem Hauptfilm sahen sie in der Wochenschau lebende Skelette in gestreiften Sträflingskleidern vor Stacheldrahtzäunen. Hier konnte man sehen, was mit ihnen geschehen war. Ihre Augen waren groß, ihre Wangen hohl, die Männer unrasiert, und es sah aus, als würden ihnen die Zähne gleich aus dem Mund fallen. Es hieß, es seien Juden. Zum ersten Mal in ihrem Leben sah Theres Juden. Sie waren nicht tot, aber sie wirkten auch nicht lebendig. Es gab auch Tote. Es gab Berge von toten Juden. Theres erstickte beinahe, so lange atmete sie nicht aus. Sie vergaß den Anblick nicht. Wie hätte sie ihn vergessen können! Frau Ruckstuhl kannte andere Juden, auf die sie nicht gut zu sprechen war. Sie machte eine vielsagende Miene, die Theres nicht verstand. Theres war der Anblick der Skelette unerträglich, und Frau Ruckstuhls Bemerkung war es auch. Sie schloss die Augen. Von nun an war das für sie der Blick in die Hölle. Sie sah große Haufen von Schuhen, Brillen und Haaren, deren Besitzer vergast und verbrannt worden waren. Es war schrecklich, und es war ihr letzter Kinobesuch für lange. Sie traute sich nicht, Frau

Ruckstuhl anzusehen. Plötzlich tat sie ihr nicht mehr leid. Plötzlich hatte sie kein Mitleid mehr mit ihrem Sohn, der einfach vom Pferd gefallen war wie ein Kartoffelsack. Sie schämte sich für diesen Gedanken, wie es sich gehörte.

An diesem Abend bot ihr die Witwe das Du an. Sie saßen im einzigen Tea-Room weit und breit, der trotz der vorgerückten Stunde noch geöffnet hatte, und tranken einen Apfelsaft. Aber es war nicht leicht, sich an das Du zu gewöhnen, sie war das Sie gewohnt. Jedes Mal, wenn Frau Ruckstuhl sie darauf aufmerksam machte, dass sie wieder »Sie« statt »Du« gesagt hatte, sah sie die Skelette im Kino vor sich. Aber das Wort Juden nahm sie nicht in den Mund. Vielleicht kannte Walter einen Juden – aber wo hätte er ihn kennenlernen sollen? Sie sprachen über den Film, dessen Handlung viel zu verworren war, als dass Theres sie wirklich begriffen hätte, und da wusste sie plötzlich, an wen sie der Kellner im Film erinnert hatte. Er sah dem Mann ähnlich, der an jenem Sonntagabend im Hotel Waldhaus neben Walter gesessen hatte. Das war natürlich ein Zufall, ein Versehen.

Als der Krieg zu Ende war, hatte Frau Ruckstuhl zu Theres gesagt, ihr falle ein Stein vom Herzen, Theres aber spürte nichts dergleichen. Ihr wurde weder leichter noch schwerer. Sie arbeitete und schlief. Sie ging zur Arbeit und tat, was ihr geheißen wurde. Sie kam von der Arbeit und ging zu Bett. Es blieb alles beim Alten.

Sie dachte an Walter und daran, dass sie seit einem halben Jahr nichts von ihm gehört hatte. Sie vermisste etwas, und einmal glaubte sie, nicht nur der Sehnsucht, sondern auch dem, wonach sie sich sehnte, ganz nah zu sein.

Es war an einem heißen Nachmittag Ende August 1945, als sie auf dem Weg zur Arbeit in der Küche des Gasthofs, in dem sie seit ihrer Rückkehr aus Sils Maria Töpfe, Pfannen, Herd und Böden putzte, an einer großen Baustelle vorbeikam. Vor ihr ging eine junge Frau in einem engen roten Jupe mit schamlos hohen Pumps, die stockte, aber nicht stehen blieb, als ein aufreizender Pfiff vom Baugerüst ertönte, der zweifellos ihr galt. Sowohl Theres als auch die junge Frau wandten im selben Augenblick den Blick nach oben.

Theres blinzelte zunächst nur in die Sonne und sah, vom grellen Weiß geblendet, nichts. Dann entdeckte sie einen jungen Mann auf dem Gerüst, der Mario so ähnlich sah, als wäre er tatsächlich Mario, unverändert, jung geblieben, eine Statue aus braunem Stein. Vielleicht sein Sohn? Das war unmöglich. Warum war es unmöglich? Weil es nicht möglich war. Von diesem Tag an schaute sie jedes Mal zum Baugerüst hinauf, auf dem sie den jungen Italiener gesehen hatte, der nur ein Unterhemd, eine blaue Hose und eine Mütze aus Papier getragen hatte, doch bekam sie ihn nie wieder zu Gesicht. Schließlich glaubte sie, sich den Anblick des jungen Mannes nur eingebildet zu haben. Aber an Mario dachte sie wieder öfter als früher, und sie fragte sich, warum sich Walter, der ihm so gar nicht ähnlich sah – er war ihr nachgeraten –, niemals nach ihm erkundigt hatte. Konnte ihm der Vater, den er nie gesehen hatte, so gleichgültig sein? Warum hatte sie ihn nicht einfach Mario getauft?

Es dauerte lange, bis sie Walter wiedersah. Dass sie begonnen hatte, sich an den lähmenden Zustand hoffnungslosen Wartens zu gewöhnen, hieß nicht, dass sie ihren Sohn nicht vermisste. Doch der Schmerz war oberflächlicher geworden, sie hatte sich daran gewöhnt.

Das Wiedersehen Ende September 1945 war, wie sie glaubte, Zufall. Sie würde nie erfahren, ob er tatsächlich ihretwegen nach Bern gekommen war, wie er behauptete, oder ob er andere Gründe hatte, herzukommen, die er ihr verschwieg.

Er war nicht allein. Dass sie in der Krone arbeitete, wusste er nicht, oder wusste er es doch und hatte es vergessen? Wenn er es wusste, war er sich jedenfalls nicht darüber im Klaren, dass er ausgerechnet im Gastgarten jenes Wirtshauses saß, in dem seine Mutter – den Blicken der Gäste entzogen – in der Küche niedrige Dienste versah. Sie sah ihn. Er aber konnte sie nicht sehen. Sie stand auf der halben Treppe vom Erdgeschoss in den weitläufigen Keller, vor dem sie sich fürchtete. Er sah sie nicht. Er hatte kaum Augen für etwas anderes als für sein Gegenüber. Nichts deutete darauf hin, dass er seine Mutter besuchen wollte, die ja in einem anderen Stadtteil lebte. In den Kriegsjahren hatte er sie einmal besucht, auf der Durchreise von einem geheim gehaltenen Ort zum anderen, da hatte er noch Uniform getragen. An diesem Nachkriegsspätsommertag trug er Zivil.

Er hatte hier offensichtlich so wenig mit seiner Mutter gerechnet wie sie mit ihm. Er wohnte doch in Zürich. Was tat er in Bern, wenn er sie doch nicht besuchte?

Er saß unter den Kastanien an einem der Tische mit den rot karierten Decken, bei deren Anblick Theres sonst dasselbe Wohlbehagen überkam, das die Gäste empfinden mochten, die es sich sonntags oder nach Feierabend hier gemütlich machten. Daran, sich selbst hierhinzusetzen, hatte sie noch nie gedacht. Die Glückseligkeit, die sie sonst verspürte, stellte sich diesmal nicht ein. Sie machte einen Schritt nach unten und überlegte, ob sie sich unauffällig davonmachen sollte. Hätte sie es getan, hätte sie die Wahrheit erfahren; eine Antwort auf die Frage, ob er wirklich vorgehabt hatte, sie zu besuchen, wie er später behauptete. Wenn sie auf sich aufmerksam machte, erfuhr sie es nie.

Er war in Begleitung eines Mannes, der ihr, trotz seiner gepflegten Erscheinung, nicht gefallen wollte. Sein dunkelblondes Haar – es wellte sich ausladend und struppig – fiel eindeutig zu lang über den Kragen seines hellbraunen, auffällig geschnittenen Kittels mit den Lederellbogen. Und er trug keine Socken, nein, so etwas hatte sie wirklich noch nie gesehen!

Was ging es sie an, mit wem Walter verkehrte? Er war alt genug, um zu wissen, was er tat und mit wem er Umgang pflegte, er hatte ihren Rat schon lange nicht mehr nötig. Ihr schien, er sei etwas älter geworden.

Ahnungslos, sich unbeobachtet glaubend, saßen sie vor ihrem Glas Wein und einer Brezel, während Theres von ihrem Beobachtungsposten aus darauf wartete, dass irgendetwas geschah. Sie sprachen nicht viel, aber zwischen ihnen herrschte eine Einvernehmlichkeit, die Theres – unerklärlicherweise – nicht weniger irritierte als die nackten Füße des Fremden. Waren sie Aktivdienstkameraden oder Arbeitskollegen? Sie versuchte sich an einen Schulfreund zu erinnern, der diesem Mann ähnlich gesehen hätte, doch fiel ihr keiner ein. Walter hatte in der Schule keine Freunde gehabt, dachte sie nun. Als beide gleichzeitig nach der Brezel griffen, um sie zu teilen und dann gemeinsam zu verzehren, war Theres entsetzt. Warum war Walter nicht verheiratet? Hätte er die Brezel mit seiner Ehefrau geteilt, wäre das normal gewesen. Hatte er keine Angst vor Mikroben?

Als Walters Blick einem jungen Paar folgte, das eben bezahlt hatte und das Gartenlokal verließ, bemerkte er seine Mutter in der Tür, zu der nur das Personal und die Lieferanten Zutritt hatten. Der Ausdruck der Bestürzung, der sich auf seinem Gesicht breitmachte, als er Theres entdeckte, war unzweideutig. Gebückt stand sie dort, ein halbierter Mensch zwischen Erdgeschoss und Keller auf der dritten Stufe. Nach kurzem Zögern, es sah aus, als schätzte er die Möglichkeit einer Verwechslung ab, stand er auf, beugte sich zu seinem Begleiter vor und flüsterte ihm etwas ins Ohr. Dann kam er auf sie zu. Sie konnte nicht mehr zurück. Kein Fluchtweg stand ihr offen. Er versuchte, zu lächeln, ihr gelang es nicht. Sie bereute es, so lange gewartet zu haben, bis er sie bemerkt hatte. Sie erklomm die beiden Stufen.

Als er vor ihr stand, tat er so, als freute er sich, er küsste sie auf beide Wangen, was er sonst vermied. Sie war schroff, wie sie es nie zu ihm gewesen war, jedenfalls schien es ihr so. Aber sie drehte ihr Gesicht nicht weg. Liebte sie ihn etwa nicht mehr? Zugleich behielt sie den jungen Mann, der sie ungeniert beobachtete, im Auge. Seine gleichgültige Art behagte ihr nicht. Statt Walter zu begrüßen, fragte sie:

»Wer ist das?«

Obwohl sie nicht einmal andeutungsweise zu seinem Bekannten gesehen hatte, antwortete er: »Bernard.«

Sie sagte: »Was ist das für ein Name? Ein deutscher Name?«

Er antwortete: »Ein Welscher aus Morges.«

Eine Stunde später verließ sie die Arbeit, weniger als zwei Stunden später klingelte es an Frau Ruckstuhls Tür. Die Witwe, die auf den Besuch vorbereitet war, öffnete in ihrer hellblauen Kittelschürze und machte einen Schritt zurück. Sie waren zu zweit. Theres hatte sie nicht auf zwei Männer vorbereitet. Auch Theres war nicht darauf vorbereitet. An diesem Tag wuchs ihr alles über den Kopf, und am liebsten wäre sie jetzt aufgestanden, gegangen und allein gewesen. Auf einmal genierte sich Theres für die bescheidenen Verhältnisse, in denen sie lebte, und die gewiss in krassem Gegensatz zu jenen standen, die Walter gewohnt war, und auch sein Bekannter sah nicht aus, als ob er aus ähnlich bescheidenen Verhältnissen stammte wie sein Freund, aber man konnte sich täuschen. Zu viel schoss ihr zu überstürzt und zu unerwartet durch den Kopf.

Frau Ruckstuhl hatte sie in Theres' Zimmer geleitet, was nicht nötig war, denn die Tür stand offen, sie wurden erwartet, jedenfalls Walter wurde erwartet, nicht Bernard, aber nun, da er da war, versuchte Theres mit der Situation fertigzuwerden. Auf dem niedrigen schwarzen Tischchen vor dem Bett, zu dem längsseitig ein Regal mit gelb getönten Butzenscheiben gehörte, lagen zwei Gedecke für Tee und Kuchen, zwei gestärkte Servietten, zwei Kuchengabeln. Sie schwitzte in den Handflächen und fürchtete, man würde die sich vergrößernden Flecken unter ihren Achseln bemerken, noch schlimmer, wenn man es roch. Sie hatte keine Zeit gehabt, sich umzuziehen, ein Bad zu nehmen war sonntags undenkbar.

Bernard stand da wie ein Fremdkörper. Er räusperte sich immer wieder. Konnte er überhaupt Deutsch? Zum ersten Mal roch sie Parfum an einem Mann. Sie sagte unbeholfen: »Setzt euch.« Es war das erste Mal seit Jahrzehnten, dass sie Gäste empfing, selbst Walter war nun ein Fremder. Gastgeberinnen, die diesen Namen verdienten, nahmen sich Zeit. Die stand ihnen in Fülle zur Verfügung.

Um ihr Wohl besorgt, vielleicht auch etwas neugierig, brachte Frau Ruckstuhl, die sich bescheiden im Hintergrund hielt, ein drittes Gedeck und eine Kuchengabel, alles aus ihrer leicht zu erschütternden Esszimmervitrine mit dem unerschöpflichen, nur selten benutzten Vorrat an Geschirr, Besteck und Gläsern, denn Theres war ohne Geschirr eingezogen. Von einem Untermieter konnte man nicht mehr als saubere Wäsche, Kleidung und Ordnungssinn verlangen. Es gab etwas Cake, der vom letzten Sonntag übrig war. Er war dunkel, Schokolade und Nuss, und schon etwas trocken. Theres bewahrte das Gebäck in dem Regal auf, das zum Bett gehörte und sie im Schlaf beschützte. Sie schämte sich, den Cake vor Frau Ruckstuhl versteckt zu haben, der sie nun ein Stück hätte anbieten müssen. Sie hatte den Cake für sich allein haben wollen. Mit schlechtem Gewissen hatte sie abends nach dem Zähneputzen davon genascht. Eine Sünde konnte kaum schlimmer sein als diese Gier.

Gut sichtbar stand im Regal die illustrierte Bibel, die sie zur Konfirmation erhalten hatte. Sie kannte jedes Bild, sie kannte jede Geschichte, die dazugehörte, aus den Erzählungen des Pfarrers in ihrer weit zurückliegenden Kindheit. Frau Ruckstuhl verließ das Zimmer, sie machte jetzt Tee. Sie ließ sie mit den beiden allein. Sie saßen zu dritt in ihrem Zimmer. Theres fühlte sich unwohl.

Walter stellte ihr seinen Freund Bernard vor, als hätte er das nicht bereits im Biergarten getan. Bernard gab ihr wortlos die Hand und setzte sich auf den Rand des Stuhls, den sie ihm angeboten hatte, schlug die Beine übereinander und bewegte unentwegt die in die Luft ragende Schuhspitze. Sie bemühte sich, über die fehlenden Socken hinwegzusehen. Theres hatte seit Jahren keine bloßen Knöchel mehr gesehen.

Wenn er eine Antwort gab, zu mehr war er nicht zu bewegen, war sie kurz und unwirsch, als müsste er etwas zurückhalten, was nicht für Theres' Ohren bestimmt war. Bernard sei Coiffeur, sagte Walter, und blickte stolz auf ihn, als würde sein Beruf mehr erklären als die Frisur, das auffällige Jackett und die nackte Haut. All das verstand Theres nicht, aber sie hatte den Eindruck, Walter sei glücklich. Unwillkürlich blickte sie auf Bernards Finger. Er trug keinen Ring. Auch er war nicht verheiratet. Walter erklärte ihr nicht, was der Fremde in ihrem Zimmer mit den vergilbten Tapeten verloren hatte, in denen noch immer der Geruch ihrer männlichen Vorgänger nistete. Walter zog eine Parisienne hervor und zündete sie sich an. Dann zog er eine zweite Parisienne aus der Schachtel und zündete sie an der ersten an. Dann reichte er die erste Zigarette Bernard, der sich nicht ekelte. Theres hatte so etwas noch nie gesehen, aber sie sagte nichts.

Frau Ruckstuhl brachte die Teekanne und machte Anstalten, sich zu setzen. Aber es gab in Theres' Zimmer keine weitere Sitzgelegenheit, Theres und Walter saßen auf dem Bett, Bernard auf dem einzigen Stuhl, der für gewöhnlich vor dem kleinen Schreibtisch unter dem Fenster stand. Einen weiteren Stuhl oder gar einen schweren Sessel aus dem Wohnzimmer zu holen und hierher zu tragen, unterließ Frau Ruckstuhl, sie gehörte schließlich nicht zur Familie, und eine offizielle Einladung seitens ihrer Freundin oder ihres Sohnes erfolgte nicht. Einen letzten Blick auf die schweigsame Runde werfend, verließ die Witwe das Zimmer ihrer Untermieterin. Sie hatte in der letzten halben Stunde den Eindruck gewonnen, dass Theres ihr etwas Wichtiges verheimlichte.

Frau Ruckstuhl waren weder der Sohn noch dessen Bekannter sympathisch, im Gegenteil empfand sie eine gleich starke Abscheu gegen beide. Ja, Abscheu. Es gab kein Wort, das treffender ausgedrückt hätte, was sie beim Anblick des parfümierten Coiffeurs – dass er Coiffeur war, erfuhr sie später von Theres – und des verlorenen Sohnes empfand, wie sie Walter insgeheim nannte.

Es handelte sich zweifelsfrei um zwei Abartige, wie es sie im Ausland und in Zürich gab. In Bern hatte sie so etwas noch nicht gesehen, jedoch davon gehört. Jetzt bereute sie, Theres das Du angeboten zu haben.

In den folgenden Nächten hatte Theres furchtbare Träume, aus denen sie ohne Erinnerung an das, was sie eben geträumt hatte, erwachte. Danach lag sie bis zum Morgengrauen wach. Sie wusste lediglich, dass Walter darin die Hauptrolle gespielt hatte.

Frau Ruckstuhl wartete noch einige Tage, bis sie ihrer Untermieterin gegenüber – leise, aber nachdrücklich – verlauten ließ, dass sie keine weiteren Besuche ihres Sohnes und seines warmen Liebhabers wünsche. Sie müsse unter allen Umständen verhindern, dass ein schiefes Licht auf sie selbst falle. Sie klopfte mit dem gekrümmten Zeigefinger an ihre Brust. Man werde ja, ob man es merke oder nicht, von allen Seiten beobachtet und hinein- und herabgezogen. Niemand wüsste das besser als sie, denn sie habe schon genug durchgemacht. Ihre Wohnung als Hort der Unzucht betrachtet zu sehen, wünsche sie unter keinen Umständen, wie aber könnte man das anders vermeiden als durch den Auszug ihrer aktuellen Untermieterin? Es wäre vielleicht etwas anderes, wenn das Haus ihr gehörte, aber das Haus gehöre nicht ihr, »ich bin eine einfache Frau«, es gehöre dem Bankverein, demgegenüber sie zu einem untadeligem Verhalten verpflichtet sei. »Das ist unterschrieben.« Theres stand vor ihr. Sie antwortete nicht. Sie wurde nicht gefragt. Sie fragte nicht. Was sagen? Was fragen? Sie verstand nicht. Sie sah ihre einzige Freundin oder das, was von dieser Freundschaft übrig geblieben war, mit weit aufgerissenen Augen und offenem Mund an und spürte, wie ihr die Beine allmählich den Dienst versagten. Sie fiel nicht um, sie musste sich nur setzen.

»Danke«, sagte sie mit flackernder Stimme, als die Freundin ihr den Stuhl anbot. Aus ihrem Gesicht und aus ihren Gesten war die Zuneigung gewichen.

Es sei vermutlich ein Fehler, sie als Untermieterin zu behalten, aber sie habe nun einmal ein Herz und wolle sie nicht für die, sie stockte, Verfehlungen ihres Sohnes büßen lassen. Sie sagte nicht, ihres »unehelichen« Sohnes, so weit ging sie nicht, und dafür lobte sie sich selbst, gerade weil es ihr so bitter auf der Zunge lag. »Ich weiß, was eine Mutter leiden kann. Niemand weiß es besser als ich. Das wäre unchristlich, wir sind ja nun Freundinnen. Aber du verstehst hoffentlich, was ich meine, Theres?«

Nein, Theres verstand nicht, was sie meinte, sie verstand kein Wort von dem, was sie sagte, und war nicht fähig, die Witwe danach zu fragen. Welche Verfehlungen sollte Walter begangen haben, was warf Frau Ruckstuhl ihm vor, die ihn kaum kannte, was konnte man ihm vorhalten, außer, dass er sich nicht mehr um seine Mutter gekümmert hatte, seit er zu Hause ausgezogen war? Aber darüber hatte sie sich Fremden gegenüber niemals beschwert. Waren andere Söhne ihren Müttern gegenüber nicht genau so nachlässig? Verlassen blieben sie zurück, ohne zu klagen. Was meinte Hedy, wie sie Frau Ruckstuhl nennen musste? Was meinte sie nur?

Theres war froh, wenn sie allein in ihrem Zimmer sitzen konnte. Neuerdings wartete die Witwe nicht mehr in der Küche auf sie, wenn sie spätnachts von der Arbeit nach Hause kam. Nicht, dass sie schlief, Theres sah das Licht unter der Tür, aber sie machte sich nicht mehr bemerkbar. Sie glaubte sie atmen zu hören, aber das war bloß Einbildung.

Und dann träumte sie und vergaß den Traum auch beim Erwachen nicht, und lag wach in ihrem Bett wie auf einem vereisten See, die Glieder steif und fühllos, die Gedanken erstorben und kalt, ihr Bett glitt von einem Ende des Sees zum anderen. Sie dachte an Sils, an den zugefrorenen See, vielleicht war das – und Mario – ihre schönste Zeit gewesen.

Im Traum hatte Walter Bernard geküsst und umschlungen, wie Mann und Frau sich umschlingen, niemals zwei Männer. Sie gab Frau Ruckstuhl die Schuld und bedauerte, ihr keinen Kündigungsbrief schreiben zu können.

Am nächsten Abend kündigte sie ihr Zimmer mit Worten, die ihr nur schwer über die Lippen kamen, aber sie war entschlossen, und so schaffte sie es. Sie kündigte, noch bevor sie ein anderes Zimmer gefunden hatte, aber sie zweifelte nicht daran, dass es leichter sein würde, eine neue Unterkunft zu finden, als weiterhin den Blicken ihrer Zimmerwirtin ausgesetzt zu sein, die sie übrigens nicht nach dem Grund ihrer Kündigung fragte.

Frau Ruckstuhl ließ es sich allerdings nicht nehmen, ihr am selben Tag zu sagen: »Denken Sie ja nicht, ich hätte nicht gemerkt, dass Sie nicht lesen können. Sie sind eine Analphabetin, falls Sie wissen, was das ist. Und vergessen Sie Ihre Bibel nicht!« Ihre Stimme klang höhnisch.

Wahrscheinlich war sie doch nicht die, für die Theres sie gehalten hatte. In ihr musste sich ein Wurm winden, der so groß und mächtig war wie ihr toter Sohn und sein gehacktes Pferd.

Drei Tage später, kurz vor ihrem Umzug, erlitt Theres während der Arbeit im Kühlhaus einen Schlaganfall, wurde aber rechtzeitig ins Inselspital eingeliefert. Die Attacke war nicht lebensgefährlich, aber sie war auch nicht harmlos. Theres kam mit dem Schrecken davon. Ihr Sohn, dessen Telefonnummer man in ihrem Geldbeutel fand, wurde unverzüglich von dem Vorfall unterrichtet. Unter den Blicken Frau Ruckstuhls, die mit verschränkten Armen in der Tür stand und ihn beobachtete, als könnte er etwas entwenden, packte er Theres' Sachen und achtete darauf, die Zimmerwirtin nicht zu berühren, wenn er sich an ihr vorbeischlängelte. Unter dem Nähzeug fand er außer schwarzem und weißem Sternfaden, ein paar Nadeln, einer Strumpfkugel und einem hellblauen Fingerhut die Fotografie eines zartgliedrigen, kleinen Mannes, der vor dem Bundeshaus posierte, um ein Geringes kleiner als die Frau, die neben ihm stand und die er wohlgefällig betrachtete. Es war, kaum erkennbar, seine hübsche dunkelhaarige Mutter als junge Frau. Das musste sein Vater, der Südländer, sein. Die Ähnlichkeit mit dem Mann, den er nie gesehen hatte, bis zu diesem Augenblick nicht einmal auf einem Foto, war nicht groß. Auf der Rückseite war kein Name vermerkt. Walter glaubte sich zu erinnern, dass er Marco hieß. Seinen Nachnamen würde er vermutlich nie erfahren. Seine Mutter hatte nie über ihn gesprochen.

»Das ist wohl der saubere Herr Kindsvater.«

Walter hatte Frau Ruckstuhl für Augenblicke vergessen. Er trat auf sie zu.

»Nichtsnutzige neugierige Person. Sie haben in ihren Sachen gewühlt.«

»Was sich in meinen vier Wänden befindet, gehört mir.«

»Ich weiß, was Ihnen gehört, aber ich fasse Schmutz nicht an.«

»Schmutz? Schmutz!« schrie sie. »Dass ich nicht lache, Sie Päderast.« Sie wollte ihm wohl noch andere Wörter ins Gesicht schleudern, aber entweder traute sie sich nicht oder sie kannte sie nicht. Jedenfalls begann sie zu husten und verstummte. Wenige Minuten später hatte Walter die Wohnung verlassen.

Linksseitig gelähmt, verbrachte Theres ihre letzten Lebensjahre bei den Klarissen im Pflegeheim St. Franziskus, obwohl sie nicht katholisch war. Es ergab sich so. Man fragte sie nicht nach ihren Vorlieben, die Sprache erlangte sie erst allmählich zurück, sie nickte oft. Sie verneinte nur selten. Sie war nicht fromm, vielleicht wurde sie es nun. Sie wuschen sie, wenn es an der Zeit war. Sie sprach auch wenig, als sie wieder sprechen konnte, aber niemand hätte sagen können, ob es sich dabei um eine Folge des Schlaganfalls oder um eine alte Eigenart handelte. Wen interessierte das? Sie schien sich wohlzufühlen, die Umgebung behagte ihr offenbar, sie lernte beten, jedenfalls sah es so aus, wenn sie in der Kapelle lautlos die Lippen bewegte. Der heilige Raum, der nach Weihrauch roch, erinnerte sie an die Kapelle im Waldhaus, die kaum größer gewesen war. In der Ecke stand eine Orgel, die nur an Ostern gespielt wurde.

Was in ihrem Kopf vorging, interessierte die Nonnen so wenig wie Walter, der sie in unregelmäßigen Abständen besuchte, aber niemals in Begleitung. Er tauchte mehr als einmal im Jahr auf, aber nicht jeden Monat, Theres zählte nicht mehr. Er war viel unterwegs, aber er versuchte ihr nicht zu erklären, wie sich so eine Reise in der Luft abspielte. Manchmal brachte er Blumen, manchmal Schokolade, kleine Stückchen in glitzernd blaues Silberpapier gewickelt, das sie zwischen den Fingern ihrer beweglichen Hand glatt strich, um es dann in ihren Schoß zu legen und lange zu betrachten. Sie konnte ihn nicht fragen, was aus Bernard geworden war. Sie konnte ihm nicht erzählen, was Frau Ruckstuhl gesagt hatte, sie hätte ihm nicht erklären können, was sie gemeint hatte, weil sie es selbst nicht verstanden hatte.

Vielleicht, dachte Walter, hatte sie Bernard vergessen. Er hätte sie fragen können, warum.

Jedes Mal schaute sie auf seinen Ringfinger, und als eine Nonne sie fragte, ob ihr Sohn wirklich Steward sei, nickte sie. Es war eine junge Nonne, die keine Brille trug, und Theres wunderte sich.

Aber wenn er sie küssen wollte, drehte sie den Kopf zur Seite. Manchmal sagte sie langsam: »A.B.C.«, und war überzeugt, er verstünde, was sie sagte; mehr nicht als diese drei Buchstaben, die sie nicht vor sich sah, die sie nicht hätte lesen, nicht hätte schreiben können, die sie nur gehört hatte. Gern fuhr sie mit ihrem Zeigefinger über Walters Handrücken, auf dem sich die ersten Leberflecken zeigten. Sie erinnerte sich an seine Geburt, aber nicht, wie alt er war.

Manchmal glaubte er, ein paar Laute aus ihrem Mund zu hören, den Anfang des Alphabets, ein Kirchenlied, eine Volksweise, aber niemals ergaben sie einen Sinn. Als sie starb, weinte er zum ersten Mal seit Bernards Verrat. Im Grunde aber spielte sie in seiner Lebensgeschichte schon lange keine Rolle mehr.

XI

Über Eduard kursierten die unterschiedlichsten Gerüchte, von denen einige bis zu Lionel nach New York drangen, ohne dass dieser sie auf ihren Wahrheitsgehalt hätte überprüfen können. Der Kontakt zu ihm war abgebrochen. Es hieß, er habe 1934 Gina nach Bayreuth begleitet, wo er kurz nach der Ermordung Röhms, mit dessen ehemaligem Adjutanten Du Moulin er ein intimes Verhältnis unterhalten habe, Hitler zum ersten Mal begegnet sei, ein Ereignis, das für Eduard nicht folgenlos blieb, zumal ihm natürlich bekannt war, wie sehr der Führer einige jener Maler schätzte, mit denen Eduard seit Jahren handelte. Er sei in der Folge zu einem der wichtigsten Berater Hitlers in Sachen Münchner Schule und galante französische Malerei geworden; vor allem von den Münchnern habe er ihm einige bislang unbekannte, in bayerischen Wohnzimmern »verschollene Werke« zuführen können. Andere Gerüchte besagten, er sei im Dresdner Hotel Bellevue im intimen Gespräch mit Joseph Goebbels und Richard Strauss gesehen worden, doch niemand wusste, weshalb, zumal Eduard, abgesehen von Gina, bislang wenig Interesse an allem Musikalischen gezeigt hatte. Das Zusammentreffen war womöglich ein Zufall, machte aber deutlich, wie nah er den neuen Machthabern kam oder für wie vertraut man ihn hielt. Auch hier – wie in der Bayreuther

Sache – war ein Zusammenhang mit Gina zu erkennen, die Mitte der 30er-Jahre an der Semperoper mehrfach als Zerbinetta aufgetreten war. Womöglich hatte er sich lediglich ihretwegen in Dresden aufgehalten.

Im Juli 1934, so hieß es von anderer Seite, sei er in die hochpeinliche Affäre um Hitlers Siegfried, den Tenor Max Lorenz, verwickelt gewesen, deren Einzelheiten nur bruchstückhaft an die Öffentlichkeit gelangten, immerhin genug, um zu verstehen, dass hier Verfehlungen im Mittelpunkt standen, die auch im Hause Wagner Tradition hatten. Hatte nicht auch der andere Siegfried – der späte, inzwischen verstorbene Gatte Winifreds – der mannmännlichen Liebe gefrönt, bevor er nach mehreren erfolglosen Versuchen endlich in den Hafen der Ehe geführt worden war? Gar nicht zu reden von dem unerwartet in Ungnade gefallenen Röhm, einem gern gesehenen Gast in Bayreuth, und seiner ausschließlich männlichen Umgebung.

Max Lorenz, geborener Sülzenfuß – ein Metzgerssohn –, der jugendliche Heldentenor mit der unangestrengtesten Wagnerstimme seit Langem, Hitlers Liebling unter den Tenören, war mit einem jungen Korrepetitor in seiner Garderobe – andere Stimmen behaupteten: hinter der Bühne – in flagranti erwischt worden (oder jedenfalls einschlägig von einem eifersüchtigen Neider denunziert worden), was Hitler dazu veranlasst hatte, von seiner resoluten Busenfreundin Winifred die unverzügliche Kündigung zu fordern, woraufhin sie ihm anscheinend zur Antwort gegeben hatte, ohne Max Lorenz' Mitwirkung könnte sie Bayreuth gleich schließen. Ob der Führer daraufhin in einen der zahlreich ausgebreiteten Teppiche im Haus Wahnfried gebissen hatte oder sich Winifreds Ansinnen, die Sache klammheimlich beizulegen, stillschweigend gebeugt hatte, war nicht bekannt, jedenfalls kam es nicht zu einer Anklage, und Lorenz sang wie angekündigt den Siegfried, in dem Gina ihm als Waldvogel dazu riet, sich des Rings und Tarnhelms des toten Fafner zu bemächtigen. Einen weiteren Skandal konnte sich Bayreuth in diesem entscheidenden Jahr, in dem bereits das Sakrileg einer Neuinszenierung des Parsifal angekündigt wurde, nicht leisten. Die unverbesserlichen Traditionalisten, die sich mit allen Mitteln, vor allem schriftlich, selbst aus der fernen Schweiz gegen einen Parsifal zur Wehr setzten, auf dem das Auge des Meisters nicht geruht hatte, machten der Erbin Siegfrieds das Leben schon schwer genug.

Dass nicht der junge Korrepetitor, sondern Eduard Steinbrecher Lorenz' Liebhaber gewesen war, wie manche behaupteten, die alles besser zu wissen glaubten, weil sie sich für Eingeweihte mit einem sechsten Sinn für das Ungewöhnliche und Unausgesprochene hielten, schien Lionel mehr als unwahrscheinlich, da der zwar sportlich wirkende, aber ungeschlachte Heldentenor alles andere als Eduards Geschmack entsprach; ob sein Ruhm groß genug war, dass Eduard sich seinetwegen in unnötige Gefahr gebracht hätte, bezweifelte er. Daran hingegen, dass der Sänger an Eduard Gefallen gefunden haben könnte, zweifelte Lionel nicht.

Je unwahrscheinlicher und abwegiger sich die Geschichten um Eduard anhörten, die sich aus irgendeinem Grund immer wieder in Bayreuth, im Wagner- oder Röhmkreis zugetragen haben wollten, desto weiter entfernte sich Lionel von Eduard. Die Schreckensmeldungen, die in Wellen über den Atlantik gespült wurden, taten ein Übriges, um sein Bild allmählich mit einem immer undurchlässigeren Schleier zu bedecken, der den Schmerz über den Verlust zunehmend leichter machte. Sie telefonierten zweimal miteinander, doch beim zweiten Mal – im Mai 1937 – hätte er Eduards Stimme, in die er einst so vernarrt gewesen war, beinahe nicht erkannt.

Die neue Situation erforderte, auf andere Gedanken zu kommen, nicht einer Liebe nachzuhängen, der es geboten schien, es sich dort gut sein zu lassen, wo Lionels Verfolger saßen – und jene, die ihm eben noch die Hand gegeben, sich nun aber, ob aus Überzeugung oder weil sie Duckmäuser waren, von ihm abgewandt hatten. Was ihn an vergangene Zeiten erinnerte, warf Lionel nach und nach weg, sofern es keinen materiellen Wert besaß, auf den er eines Tages im Notfall, den er stets im Auge behielt, würde zugreifen können. Kleinere Objekte (die weibliche Miniatur eines unbekannten Malers, eine flüchtig kolorierte Skizze von Degas, ein Aquarell von Liebermann, eine Zeichnung von Schlichter, ein kleiner Grosz), die eines Tages vielleicht an Wert gewinnen würden und sein Gepäck nicht über Gebühr belastet hatten, waren mitgereist. Auch Fotos, die er nie betrachtete, und Briefe, die er nicht wiederlas. Die größeren Kunstwerke hatte er vor seiner Abreise Eduard überlassen, der ihm den Erlös auf sein Schweizer Konto überwiesen hatte, auf das er über einen Anwalt, der ebenfalls emigriert war, auch in den USA Zugriff hatte. Eduard hatte nicht unstatthaft von seiner Situation profitiert, sondern, abzüglich der üblichen Provision, das überwiesen, was die Bilder tatsächlich wert waren; jedenfalls hatte Lionel keine Veranlassung, daran zu zweifeln, dass Eduard ehrlich handelte.

Je länger der Krieg dauerte, desto enger wurden ihm die Anzüge. Er gab sie ohne Bedauern den diversen *doormen*, die sich darüber freuten, die er jedoch nie in seinen Kleidern sah, weil sie während der Arbeitszeit stets Uniformen trugen.

Eines Tages im Juli 1941 erhielt er einen Besuch, mit dem er nicht gerechnet hatte. Der diensthabende *doorman* meldete ihm eine Dame, und da er den Namen nicht verstand, bat er den Portier, ihr mitzuteilen, sie möge unten auf ihn warten. Wenn die Eingangshalle auch nicht besonders vornehm war, gaben ihr das Desk – hinter dem der *doorman* saß – und dieser erst recht eine gewisse Seriosität, die unbewachte Gebäude vermissen ließen. Er hatte keine Ahnung, wer ihn besuchte.

Es handelte sich zu Lionels größtem Erstaunen um Saltzmanns Witwe, mit der er überhaupt nicht gerechnet hatte; er hatte sie in den letzten Jahren völlig vergessen. Dass er sie zunächst nicht erkannte, überspielte er mit einem neutralen Gesichtsausdruck, dem, wie er hoffte, nicht abzulesen war, wie erfolglos er sie in seinem einstigen Leben einzuordnen versuchte, zu dem sie offenbar gehörte. Er täuschte eine vage Wiedersehensfreude vor, und es schien, als zweifelte sie nicht an deren Echtheit. Erwartete sie, dass er sie umarmte? Er gab ihr nach amerikanischer Art die Hand, entschlossen und kühl, obwohl er sofort erkannt hatte, dass es sich um eine Europäerin handelte, die Anspruch auf einen Handkuss gehabt hätte. Berlinerin war sie nicht.

Tatsächlich erkannte er sie erst dann, als sie das Hotel Waldhaus in Sils erwähnte, wo sie sich im Winter 1933 zum ersten und zum letzten Mal begegnet waren; er erinnerte sich lediglich verschwommen daran, während sie offenbar kein Detail vergessen hatte, vor allem nicht, dass sie miteinander getanzt hatten. Kupfer gab zu erkennen, dass er sich erinnerte.

»Wir haben uns zuletzt in Sils gesehen«, sagte Marianne Saltzmann. »Was waren das für Zeiten.« Ihr gepresster Ton strafte ihre Begeisterung Lügen.

Ein leicht verzerrtes Lächeln machte Kupfers Lippen etwas breiter.

»Dann haben wir uns aus den Augen verloren.«

»Wie so viele und so vieles«, sagte Kupfer, und hoffte, den Ansprüchen an eine gediegene Konversation damit Genüge getan zu haben. Er hatte dieser Frau nichts zu sagen. Was wollte sie noch? Er hätte sie verabschieden und in der Halle stehen lassen können. Er hätte sagen können, er habe keine Zeit, er lerne Text, er sei auf dem Sprung. Nichts von alledem sagte er. Er schwieg und beobachtete sie. Er blickte nach dem schwarzen *doorman,* der kein Wort ihrer stockenden Unterhaltung verstand und den Comicstrip auf der letzten Seite seiner Zeitung las.

Sie bat ihn darum, sich setzen zu dürfen, sie sei erschöpft. Sie unterschätze die Entfernungen in dieser riesigen Stadt, in der sie erst zwei Monate lebe, weshalb sie immer wieder unfreiwillig lange Spaziergänge unternehme, statt sich ins Taxi zu setzen. »Ich bin zwei Stunden gelaufen.«

Wo sie genau wohnte, verriet sie ihm nicht, sie deutete lediglich unbestimmt nach Süden. Sie machte auf ihn den Eindruck einer Getriebenen. Die hinter ihr liegenden Jahre hatten nicht ihr Gesicht, sondern ihr Auftreten verändert. Sie schien sich vor irgendetwas zu fürchten, vielleicht vor dem, was sie ihm sagen wollte.

»Ich wollte Ihnen von Eduard erzählen, was aus ihm wurde«, sagte sie, und Lionel erstarrte. Er hatte nicht damit gerechnet.

Bevor sie sich in einen der kunstledernen Sessel setzen konnte, die großzügig über den Raum verteilt waren, schlug er ihr vor, in einer Cafeteria an der East 65th Street etwas zu trinken, es war kurz nach drei Uhr. Sie in seine bescheidene Wohnung zu bitten, kam nicht infrage, außer

Frau Drechsler und dem Hausmeister ließ er dort niemanden herein, keine Fremden, aber auch keine Freunde. Eine Aufforderung dieser Art schien sie von ihm jedoch nicht zu erwarten.

Es war Sommer. Sie sei im Mai aus Wien geflohen und Anfang Juni hier angekommen, erzählte sie ihm auf dem Weg zur Cafeteria.

Sie war, wie er, wie tausend andere, Ende Mai mit dem Schiff gekommen, keine Odyssee, aber auch keine Vergnügungsfahrt. Sie erwähnte nicht, warum sie Deutschland verlassen hatte. Die Witwe eines Juden zu sein, machte sie weder zur Jüdin noch zur Verfolgten. Hätte sie behauptet, sich damals ihres Gatten gewaltsam entledigt zu haben, wäre ihr der Beifall unter Gelächter sicher gewesen. Über so etwas lachte man dort. Saltzmann, ihr verstorbener Gatte, hatte den Vorstellungen der Deutschen von einem Juden in vollem Umfang entsprochen. An ihn erinnerte sich Kupfer besser als an seine Witwe, die, laut atmend, neben ihm Schritt hielt.

»Haben Sie wieder geheiratet?«

»Ich bin noch immer Saltzmanns Witwe, daran wird sich wohl nichts mehr ändern. Ich bin zu alt.«

»Zu alt wofür?«

Sie ging schneller als er, bemerkte es und verlangsamte unvermittelt.

Sie gingen zwei Blocks nach Süden und bogen dann in östliche Richtung ab. Kupfer beobachtete sie von der Seite. Sich ein Bild ihrer gegenwärtigen Lage zu machen, würde ihm so nicht gelingen. Ihre flachen Schuhe waren nicht über Gebühr abgetreten, ihre weiße Bluse unter den Achseln war leicht verschwitzt (kein Wunder bei der Hitze), der Hut nicht nach der letzten Mode, aber das hieß kaum mehr, als dass sie auf Äußerlichkeiten keinen besonderen Wert legte. Das unterschied sie nicht von anderen Emigrantinnen, nicht einmal von Einheimischen. Ihre Fingernägel waren kurz geschnitten.

An diesem Nachmittag begegneten sie noch weniger Menschen als üblich. Aufgrund der erbarmungslosen Hitze, die den Asphalt zum Schmelzen brachte, waren die Straßen und Gehsteige leer gefegt, bloß unter den Baldachinen der herrschaftlichen Gebäude standen da und dort livrierte Schwarze.

Zwei alte, abgerissene Männer in zerschlissenen Wintermänteln kamen ihnen entgegen, der eine musste blind sein; hilflos und apathisch hatte er sich beim anderen untergehakt, der einen quietschenden Handkarren hinter sich herzog, der mit allerlei abgenutztem, unbrauchbaren Gerümpel voll bepackt war. Die Ähnlichkeit der beiden ließ darauf schließen, dass es sich um Brüder handelte.

In der Cafeteria lud Kupfer Marianne Saltzmann – jetzt erinnerte er sich auch an ihren Vornamen – zu einer Tasse Tee ein. Sie bat den Kellner in unbeholfenem Englisch um Eiswürfel. »Für den Fall, dass der Tee zu heiß ist, bei der Hitze.«

Er war zu heiß, und sie ließ so viele Eiswürfel in das dickwandige Glas fallen, bis er eiskalt sein musste. Dann trank sie in kleinen Schlucken, wobei sich ihre Oberlippe nach oben wölbte und sich die Überreste des Lippenstifts völlig auflösten.

Er fragte sie nichts. Er wartete. Er fragte sie weder nach ihren Erlebnissen in Deutschland noch nach dem Grund ihrer Auswanderung, auch nicht nach Eduard, er wartete, bis sie zu erzählen begann, was ihr erzählenswert schien. Kupfer hatte nichts anderes zu tun, als zu warten und dann zuzuhören, ohne Fragen zu stellen. Er tat es nicht gern, aber er dachte keinen Augenblick daran aufzustehen und zu gehen. Er dachte erst recht nicht daran, sie zu unterbrechen. Der Ventilator schaufelte die Luft von einer Ecke des Raums in die andere, ohne dass es kühler wurde. Sie waren die einzigen Gäste. Es gab nur eine Bedienung. Immer wenn die Luftwelle sie erreichte, standen Saltzmanns Witwe einzelne Haare zu Berge. Da sie ihre Haltung nicht änderte, war es immer dieselbe Strähne, die hochgewirbelt wurde, und so entstand der Eindruck einer Puppe, deren aufgeklebtes Haar von unsichtbarer Hand von vorn gefächelt wurde. Sie erzählte ihm, was sie wusste. Was sie nicht wissen konnte, hatte Eduard als Geheimnis mit ins Grab genommen, und niemand würde je davon erfahren.

Ende September 1938, als namentlich in Wien die Verunsicherung der jüdischen Bevölkerung dramatisch zunahm und man fast täglich von Selbstmorden hörte, die im Zusammenhang mit der steigenden Furcht vor der unsicheren Zukunft standen, trat ein höherer Beamter des Denkmalschutzamtes Wien – ein Kunsthistoriker namens Dr. Alfons Höhner – schriftlich an Eduard heran und bat ihn um einen Besuch in seinem Büro. Etwas beunruhigt suchte Eduard ihn bereits am nächsten Tag auf, um festzustellen, dass Höhner ihn mit schmeichelhaften Worten um seine werte Mitarbeit bat, nicht ohne ihn indirekt darauf hinzuweisen, dass sich durch seine Zusage gewisse Vorteile für ihn ergeben könnten, es bestünde immer Spielraum. Um nicht deutlicher werden oder sich gar festlegen zu müssen, lächelte er maliziös. Je rascher seine Bereitschaft mitzumachen erfolge, desto besser für die völkische Sache, aber auch für ihn persönlich.

Um die unermesslichen Kunstschätze sicherzustellen, die sich in den jüdischen Häusern Österreichs, insbesondere aber in der Hauptstadt, angehäuft hatten, seitdem die Juden hier regierten, habe man beschlossen, mit sofortiger Wirkung eine Ausfuhrsperre über sämtliche infrage kommenden Objekte zu verhängen, da es keinesfalls wünschenswert sei, dass diese dem deutschen Volk durch Verbringung ins Ausland entzogen würden, bloß weil ihre Besitzer Österreich in Scharen verließen. Gewisse Sammlungen, etwa jene des momentan im Ausland befindlichen Industriellen Oskar Bondy, dessen Name Eduard sicher bekannt sei, seien bereits versiegelt worden. Bei den verbliebenen Juden, mit deren Abgang man bald rechnen dürfe, würde man nun folgendermaßen verfahren: Um zu verhindern, dass sie ihre Reichtümer heimlich beiseiteschafften, werde man unangemeldet bei ihnen vorbeischauen. Sie seien gewarnt, hinter dem Rücken der Behörde tätig zu werden. Gauleiter Josef Bürckel habe wie immer unverzüglich gehandelt, er habe seine Order aus Berlin. Der Führer höchstpersönlich sei daran interessiert, dass deutsche Kunst deutschen Boden nicht mehr verlasse, vielmehr dem ganzen Volk und nicht bloß ein paar Schmarotzern vorbehalten bleibe, die lediglich den materiellen Wert der Güter, die sie zu Hause horteten, zu schätzen wüssten, nicht aber den wahren, den arischen, von dem sie rein gar nichts verstünden. Der bisherige Präsident des Denkmalamtes sei pensioniert worden, sein jüngster Mitarbeiter – »Sie kennen den Herrn Seiberl?« – habe ihn vollumfänglich ersetzt, der Jugend gehöre die Zukunft. Er, Seiberl, verstehe sich ja selbst als Künstler, wie der Führer.

»Auch Sie sind jung, Steinbrecher. Man erzählt sich, Sie kennen den Führer persönlich.«

Eduard zog es vor, auf diese Frage nicht zu reagieren. Was man Höhner zugetragen hatte, mochte stimmen oder nicht, es war nicht an Eduard, dies zu bestätigen oder zu leugnen.

Die Namen der Ausreisewilligen kenne man, da bei der Zentralstelle für Denkmalschutz inzwischen Tausende von Ansuchen um Ausfuhrbestätigungen eingegangen seien, ohne die das Land zu verlassen nicht möglich sei. »Diesmal waren wir schneller als der Jude!« Wenn einer gehen wolle, würde es ihm heute schwer gemacht, seine Schäfchen ins Trockene zu bringen. »Schafe sind doch koscher, oder?« Er lachte und unterbrach sich. Sein Lachen war nicht ansteckend. Offenbar war auch Eduard die Sache zu ernst.

Der Zugriff auf all die Schätze, die rechtmäßig der deutschen Volksgemeinschaft gehörten, sei somit spielend zu erlangen, doch es erfordere viel Zeit, eine Menge Organisationstalent und – wichtiger noch – kunsthistorisches Wissen über den Wert der Gegenstände, um die es hier ginge, über das Eduard Steinbrecher, wie er wisse, in hohem Maß verfüge. Man habe es mit einer großen, um nicht zu sagen unüberschaubaren Quantität nicht immer einheitlicher Qualität zu tun. Hier müsse die Spreu vom Weizen getrennt werden, und zwar konsequent. Ob er von Eduards Neigungen gehörte hatte, war dem Gespräch nicht zu entnehmen, jedenfalls hatte Eduard keinen Augenblick den Eindruck gehabt, man versuche Druck auf ihn auszuüben.

Im Augenblick gehe es darum, sich die Namen der vermögendsten Volksfeinde mit den bedeutendsten Sammlungen herauszusuchen, um dann Hausbeschauen durchzuführen, in deren Verlauf man sich einen ersten Eindruck über den Bestand der unterschiedlichen Kunstanhäufungen in den Wohnungen und Häusern verschaffen könne.

Dazu sei dringend Personal, viel Personal erforderlich. »Sie, Steinbrecher, wären also unser Mann, wie Sie sich denken können. Wir würden uns glücklich schätzen, wenn Sie zusagen würden.« Er versprach ihm pro Hausbeschau ein überdurchschnittlich gutes Honorar.

Die Entscheidung erforderte keine Bedenkzeit. Eduard sagte zu. Wenn der Führer rufe, stünde er zur Verfügung. Er meinte das weder ernst noch ironisch, aber seinem Gegenüber durfte das ruhig entgehen. Wenn man der Ansicht sei, er sei der Richtige, dann wolle er dem nicht widersprechen.

Er war so geistesgegenwärtig, umgehend sein Interesse an den Listen der Ausreisewilligen anzumelden, zumal er im Lauf seiner Tätigkeiten im privaten Kunsthandel schon manchen Kunstsammlungen begegnet und von vielen hinter vorgehaltener Hand gehört habe, denen er auf diesen Listen mit Sicherheit begegnen würde; auch könne er wertvolle Hinweise auf Unbekannte liefern. Höhner war hocherfreut und drückte ihm die Hand auf die Schultern.

»Ja, das freut mich ungemein. Sie sind unser Mann, ein Mann des schnellen Entschlusses und eigener Ideen. Bravo!«

Bereits am nächsten Tag konnte Eduard Einblick in die erstellten Listen nehmen. Er kannte die Namen der wichtigsten Sammler. Er kannte sie nicht alle persönlich. Der Plan, den er nach seinem Besuch bei Höhner entwickelt hatte, nahm immer deutlichere Gestalt an. Er notierte sich Dutzende von Namen.

Telefonisch begann er nun jene Kunstsammler zu kontaktieren, die er persönlich kannte. Sie vor der allgemein herrschenden Gefahr zu warnen, war überflüssig, es gab unter ihnen kaum jemanden, der sich dieser Gefahr nicht bewusst war, aber niemandem war bekannt, zu welchem Zeitpunkt er mit einer Hausbeschau zu rechnen hatte. Sie konnte heute oder morgen oder auch erst in zwei Wochen stattfinden.

Eduard stellte seinen neuen Kunden – wie hätte er sie sonst nennen sollen? – in Aussicht, sie unter der Hand rechtzeitig über den genauen Zeitpunkt der Hausbeschau zu informieren, da er über verlässliche Quellen verfügte. Er erwartete selbstverständlich strengste Diskretion, da er mindestens so viel riskiere wie sie. Eduard, der mehr wusste als die hilflosen Opfer der Wiener Behörden, weil er nun selbst Teil jener Organisation war, die es auf den jüdischen Besitz abgesehen hatte, würde seine Kenntnisse zum Vorteil seiner Kunden nutzen. Dank Eduards Einblick in die Pläne des Denkmalschutzamts war die Gefahr eines Überraschungsbesuchs so gut wie gebannt, jedenfalls fürs Erste.

Während sie eigentlich dazu verdammt waren, untätig auf den staatlichen Übergriff zu warten, hatten sie dank Eduard die Möglichkeit, bedeutende Gemälde, Kunstgegenstände und Bücher heimlich beiseitezuschaffen und zu retten, zumindest die wichtigsten. Um zu vermeiden, dass die Denkmalschutzstelle Verdacht schöpfte, mussten jedoch genügend wertvolle Objekte greifbar bleiben. Wurde zu vieles zu auffällig entfernt, würde die Behörde über kurz oder lang stutzig werden. Eduard wies seine neuen Kunden darauf hin, wie sie sich zu verhalten hatten, und stieß auf offene Ohren.

Er bat die Betroffenen eindringlich darum, Spuren abgehängter Bilder an den Wänden zu vermeiden oder notfalls unkenntlich zu machen, indem sie Lücken durch minderwertige Ware schlossen, da diese selbst den Laien unter den Hausbeschauern nicht entgehen würden und nur schwer zu rechtfertigen waren; zum Zeitpunkt der Hausbeschau selbst würde er sie nicht mehr schützen können, ohne sich selbst zu schaden, sondern eine Position einnehmen, die für sie nicht angenehm sein würde. Es durfte kein Zweifel an seiner Loyalität gegenüber den Behörden aufkommen. Man durfte keinen Verdacht schöpfen. Dass er sich seine Hinweise großzügig würde honorieren lassen, erwähnte er nur nebenbei; erwartungsgemäß nahm keiner seiner Kontaktpersonen daran Anstoß. Hätten sie anders gehandelt, wären sie in seiner Lage gewesen? Ebenso selbstverständlich war es, dass er von ihnen nicht Geld, sondern Ware erwartete.

Eduard, der bislang als zwar schillernder, aber doch seriöser Händler gegolten hatte (nicht unseriöser jedenfalls als die meisten Angehörigen seines Berufsstandes), begann ein waghalsiges Doppelspiel zu spielen, an dem er mehr und mehr Gefallen fand. Nach wenigen Tagen erweiterte er es um ein drittes, von dem er natürlich wusste, dass er sich damit noch größerer Gefahr aussetzte. Er wiegte sich keineswegs in Sicherheit. Er konnte nur hoffen, dass das Glück auf seiner Seite war.

Fast täglich beförderte ein verlässlicher, zu absolutem Stillschweigen verpflichteter und etwas vergreist wirkender, in Wahrheit hellwacher ehemaliger Weinbauer aus Heiligenstadt, der über einen unauffälligen dunkelgrünen Kleinlaster der Marke Henschel verfügte, Dutzende von ihm anvertrauten Bildern und Objekten ins niederösterreichische, an Wien angrenzende Salmannsdorf. Dort hatte Eduard das ungenutzte Kellergewölbe eines anderen Winzers gemietet, das sich – ein willkommener Zufall – als trocken und wohltemperiert herausstellte. Es lag tief genug, um nicht allzu großen Temperaturschwankungen ausgesetzt zu sein, die den

Leinwänden geschadet hätten. Hier wurden die wertvollen Gegenstände, für die der Heiligenstädter Transporteur eigens Hochregale gezimmert hatte, unter den verschlüsselten Namen ihrer Besitzer gelagert, über deren wahre Identität allein Eduard Bescheid wusste. Seinen persönlichen Anteil hortete er unter dem Namen Dr. Isidor Wulff. Sie augenblicklich weiterzuverkaufen, schien ihm zu gewagt, er wartete.

Nach der zweiten unter Eduards Aufsicht durchgeführten Hausbeschau bei einem älteren Ehepaar an der Taborstraße, dessen bemerkenswertester Besitz eine treuherzige Miniatur des Stephansdoms von Adolf Hitler war, die das Paar als solche bislang gar nicht identifiziert hatte, entwickelte er in einer der darauffolgenden Nächte einen erweiterten Plan, über dessen Entstehen er selbst nur staunen konnte. Es ging darum, wie mit jenen Sammlern zu verfahren sei, die Eduard nicht persönlich kannte und die zu warnen viel zu riskant gewesen wäre.

Auf einige ihrer Schätze konnte er zugreifen, ohne sich ihnen gegenüber der ausbeuterischen Vorteilnahme schuldig fühlen zu müssen. Er redete sich ein, in ihrem Sinn zu handeln, wenn er sie eines hoffentlich nicht allzu fernen Tages (nach dem Ende der Hitlerherrschaft) auf die eine oder andere Weise – durch Rückgabe ihrer Güter oder rückwirkende finanzielle Vergütung – für das Unrecht entschädigen würde, das im Grunde nicht er, sondern die Behörden ihnen angetan hatten. Je länger er darüber nachdachte, desto überzeugender und sicherer schien ihm das Vorhaben, dessen Verwirklichung vor seinem inneren Auge immer deutlichere Form annahm. Bald danach ging er zur Tat über.

Als Leiter des ihm untergeordneten Hausbeschauertrupps nahm er die Gewohnheit an, sich zunächst nicht nur einen Überblick über den Wert der Sammlungen – bei denen es sich oft nur um eine Handvoll bedeutender und eine größere Anzahl belangloser Gegenstände handelte –, sondern auch über deren konservatorischen Zustand zu verschaffen. Während seine zwei Mitarbeiter scherzend die verängstigten Juden im Auge behielten, die man meist in der Diele festhielt, schritt er die Zimmer ab und ließ sein kritisches Auge über Möbel, Tische und Wände gleiten. Erst dann nahm er eine Sortierung in vier Kategorien vor. Dazu rief er seine Mitarbeiter herbei, die, an seinen Lippen hängend, in ihren Kladden festhielten, was zu notieren er ihnen vorgab.

Die Kategorisierung erfolgte nach vier unterschiedlichen Kriterien. Es gab erstens die zu vernachlässigenden, weil unbedeutenden Gegenstände, die man den Juden ließ. Es gab zweitens die Gegenstände von mittlerer Qualität, welche die Besitzer gegen eine noch zu bestimmende Gebühr würden ausführen dürfen. Es gab drittens die erstrangigen Werke, die vor Ort sichergestellt und unverzüglich in die Neue Hofburg und andere Lager überführt wurden, von wo aus sie auf die verschiedenen Museen des Landes verteilt oder Hitler persönlich zugestellt werden würden; andeutungsweise wurde auch von einem geplanten Führermuseum in Linz gesprochen. Es gab viertens die von Eduard geschaffene Kategorie jener Bilder, deren konservatorischer Zustand zu wünschen übrig ließ und die einer Restaurierung bedurften, bevor sie deponiert wurden.

Eduard ließ die von ihm selektierten Werke zu Marianne Saltzmann, einer nicht nur von ihm hochgeschätzten Restauratorin, nach Döbling überführen. Sie würde um eine möglichst rasche Wiederherstellung, vor allem um die fachmännische Reinigung der teilweise stark verschmutzten Leinwände bemüht sein. Danach würden auch diese Werke unter idealen Voraussetzungen in den dafür vorgesehenen Depots eingelagert werden können.

Nachdem Eduard darauf hingewiesen hatte, dass es sich bei Marianne Saltzmann nicht um eine Jüdin, sondern lediglich um die Witwe eines Juden handelte, der bereits vor Jahren verstorben sei, ließ man ihn – und sie – nach Gutdünken gewähren, und so wanderte nach und nach eine nicht unbedeutende Anzahl von Ölgemälden, Aquarellen und Zeichnungen des französischen Rokoko, der Düsseldorfer und der Münchner Schule, ein Canaletto, zwei Böcklins, einige Waldmüllers, mehrere Niederländer und Italiener in das geräumige Atelier von Saltzmanns Witwe.

Nach ein paar Wochen gesellten sie sich wieder zu der inzwischen unüberschaubar gewordenen Menge ehemals jüdischen Besitzes. Niemand fragte danach, wie diese Bilder nach ihrer Behandlung durch Saltzmanns Witwe aussahen. Niemand hatte Zeit, sich die Kunstwerke nach der Einlieferung in den diversen Sammelstellen genauer anzusehen. Nur einem Fachmann mit guten Kenntnissen wäre aufgefallen, dass es sich bei den Rückgaben nicht um die ausgebesserten Originale, sondern lediglich um Kopien handelte, auf die nur gerade so viel Sorgfalt verwendet worden war, dass sie zumindest einem ersten, flüchtigen Augenschein standhielten, jedem ungeübten Blick eines Gutgläubigen also.

Wie lange und auf welche Art und Weise Marianne Saltzmann dieses Geschäft, das sie offenkundig mit leichter Hand führte, schon betrieb, wusste nicht einmal Eduard, der sämtliche Modalitäten ihrer lichtscheuen Geschäftsverbindung in einem mündlichen Vertrag festgelegt hatte, dessen Einzelheiten beide mit ins Grab nehmen sollten; Eduard allerdings früher als sie.

Die zu erwartenden Gewinne schienen den Einsatz und die damit einhergehende Gefahr zu rechtfertigen; als Eduard Saltzmanns Witwe in seine Geschäfte mit einbezog, sah es so aus, als würden sie ins Unermessliche steigen. Es gab genügend Liebhaber, denen an einer Aufstockung ihrer Sammlung gelegen war. Es gab genug Bilder, die darauf warteten, ihre Besitzer zu wechseln. Es gab genug Käufer, die sich nicht dafür interessierten, woher die neuen Stücke stammten. Das Geld floss.

Wer aufmerksam war, konnte beobachten, wie sich Marianne Saltzmanns Fingerkuppen von Tag zu Tag dunkler färbten und die Ränder ihrer Fingernägel und Nagelbetten allmählich schwarz wurden. Wenn sie vor einer ihrer vielen Leinwände stand, an denen sie – je nach Tageszeit und Lichteinfall – wechselweise arbeitete, nahm sie nicht nur den Pinsel zur Hand, sondern auch ihre Finger. So zog sie tagsüber von einer Epoche zur anderen, von einem Land ins nächste, von Nord nach Süd, von West nach Ost, vom venezianischen Licht Bellottos zum polnischen Pleinairhimmel Carl Friedrich Lessings, von Böcklins pastosen Kleingöttern zu Caspar David Friedrichs wolkenverhangenen Sonnenuntergängen. Abends widmete sie sich den Zeichnungen und der Herstellung von Farben mittels Pigmenten, Eigelb und Spucke. Nie zuvor war sie fleißiger gewesen.

Nur ihre nächsten Angehörigen wussten, dass sie nach dem Tod ihres Ehemannes, der den größten Teil seines Vermögens seinen beiden Töchtern aus erster Ehe vermacht und seine zweite Frau lediglich mit einer bescheidenen Apanage abgefertigt hatte, zu ihrem erlernten Beruf – einer frühen Passion – zurückgekehrt war und Bilder alter Meister restaurierte oder – wie es der Fall war, seit sie Ende der Zwanzigerjahre in Wien dem talentierten

Kunsthändler Eduard Steinbrecher begegnet war – nachempfand, mit anderen Worten fälschte. Wobei es sich im Grunde lediglich bei den Signaturen, dem allerkleinsten Stück des Ganzen, um Fälschungen handelte. Der bedeutendere Teil hatte sich zwar an die Malweise der unterzeichnenden Maler angelehnt, war aber niemals die Kopie eines bereits existierenden Bildes gewesen. Jedenfalls bis zu dem Tag, an dem Eduard auf sie zutrat und ihr seinen Plan erläuterte, die zur Restaurierung aussortierten Bilder von ihr kopieren zu lassen und dem Denkmalamt statt der Originale die von ihr verfertigten Fälschungen zurückzuerstatten.

Eduard stolperte weder über seine illegal gehorteten Schätze noch gab es je einen Fachmann, der die zurückerstatteten Bilder als Fälschungen identifizierte und ihn entlarvte, er wurde weder denunziert noch verdächtigt oder überführt, und Saltzmanns Witwe blieb unbehelligt. Als ihre Fälschungen entdeckt wurden, hatte sie sich längst in die Vereinigten Staaten abgesetzt. Das Schicksal nahm einen anderen Lauf und ließ Eduard keine Minute Zeit, mit ihm zu hadern.

»Wie starb Eduard?« wollte Lionel wissen.

Marianne Saltzmann hob die Schultern. Einen Tag nachdem sie erfahren hatte, dass Eduard tot war, hatte sie Wien überstürzt verlassen. Sie drehte den Löffel in ihrer Hand und blickte ins Leere.

Am späten Nachmittag des 14. Februar 1939 begab sich Eduard mit zwei Assistenten in die Johannesgasse zu einer Hausbeschau. Mit Friedrich, dem einzigen Sohn der Eduard flüchtig bekannten Familie Goldstücker, hatte er vorweg die übliche Verabredung getroffen; Mitte Januar waren unter anderem zwei Bilder Rudolf von Alts – einer von Hitlers Lieblingsmalern – in Eduards Obhut übergegangen, sie lagerten im Weindepot.

Eduard und Friedrich, selbst einer von den *Griechen,* wie der alte Goldstücker die meist ephebenhaften Freunde seines Sohnes nannte, die mittags oft bei ihnen mit am Tisch saßen, waren bei der Verabredung der Modalitäten in Eduards Wohnung schnell einig und dann intim geworden.

Wie üblich wurden die ausgewählten Bilder bei Nacht und Nebel in der Johannesgasse abgeholt, die Goldstückers lagen bereits im Bett, Friedrich erledigte das, was er mit den Eltern, die auf bejammernswerte Weise ohnmächtig waren, besprochen hatte. Es war ihnen nichts anderes übrig geblieben als zuzustimmen. So wie sie zugestimmt hatten, als ihr Sohn ihnen vorgeschlagen hatte, sich um eine Schiffspassage nach New York zu bemühen. Friedrich ertrug ihre Blicke und Gesten nur mit Mühe. Wohin mit diesem Leben? Das Leben ging weiter. Knatternd entfernte sich der Wagen mit den fürs Erste geretteten Bildern in Richtung Salesianergasse. Niemand schien die nächtliche Aktion bemerkt zu haben. Niemand hatte Eduard gesehen.

Eduard war gegangen, nachdem er Friedrich noch einmal darauf hingewiesen hatte, seinen Eltern einzuschärfen, am Tag der Hausbeschau jede Regung zu unterdrücken, die seine Mitarbeiter auf die Idee bringen könnte, Eduard und die Goldstückers seien sich je zuvor begegnet. Andernfalls würden sie nicht nur ihn, sondern auch sich selbst in Lebensgefahr bringen.

Zwei Tage später wurde Friedrichs ältere Schwester Sena abgeholt, die am Graben einen Hutsalon betrieb, auf den es eine ältere Konkurrentin aus dem II. Bezirk schon lange abgesehen hatte, wie Sena wusste. Nachdem Sena Goldstücker sich geweigert hatte, ihr kleines Geschäft auch nur einen Tag lang von irgendjemandem kommissarisch leiten zu lassen, war eines Tages um sechs Uhr früh die Gestapo in der Johannesgasse erschienen, um die Ladeninhaberin Goldstücker abzuholen. Seither fehlte von ihr jede Spur. Kein Telegramm, kein Brief, keine Karte gaben Auskunft über ihren Aufenthaltsort.

Friedrich Goldstücker war sicher nicht der Meinung, Eduard habe mit der Verhaftung und Verschleppung seiner Schwester etwas zu tun. Aber er hoffte, ihn dazu bewegen und notfalls zwingen zu können, etwas zu unternehmen, um zumindest ihren Aufenthaltsort in Erfahrung zu bringen. Also rüstete er sich für den Tag, an dem die Hausbeschau stattfinden würde. Er besaß einen Revolver aus der Zeit, als sein Vater an der Front gedient hatte. Er wusste, wo sein Vater ihn versteckt hatte, und nahm ihn an sich. Er wartete. In der Zwischenzeit tat er alles, um herauszufinden, wo Sena sich aufhielt. Erfolglos. Zwei Tage vor der Hausbeschau rief Eduard ihn an, um ihm sein offizielles Kommen anzukündigen.

Friedrich erzählte ihm am Telefon von Senas Verhaftung. Eduard war schockiert. Friedrich bat ihn, herauszufinden, wohin man sie gebracht hatte. Er hörte aber nichts mehr von ihm.

Als Eduard und seine Mitarbeiter in der Johannesgasse aufkreuzten, und Eduard Friedrich aufforderte, ihn beim ersten Augenschein der Kunstsammlung durch die geräumigen Zimmer zu begleiten (Eduards Assistenten behielten Friedrichs Eltern im Auge), stellte Friedrich ihn im großen Salon zur Rede. Doch Eduard wusste nichts. Nicht das Geringste hatte er über Senas Verbleib in Erfahrung bringen können. Friedrich warf ihm ohne jede Begründung vor, es nicht versucht zu haben, nicht alles getan zu haben, um zu erfahren, wo seine Schwester sei, auf deren Hutgeschäft es eine üble Person abgesehen habe, die es, wie andere solche Personen, auf die Geschäfte von Juden abgesehen hatten. Das überschreite seine Kompetenzen, wehrte sich Eduard. Er sei keiner von ihnen. Wofür er denn zuständig sei? Nicht einer von ihnen? Er gehöre genauso dazu wie die Frau, die sich Senas Hutsalon inzwischen, wie er wisse, angeeignet habe. Die Konversation wurde lauter, so laut, dass Eduard fürchtete, seine Mitarbeiter könnten ihr folgen und ihm zu Hilfe eilen wollen.

»Sei still. Sie hören uns.«

Friedrich zog den Revolver aus seiner Hosentasche und richtete ihn auf Eduard.

»Ich habe nichts zu verlieren.«

»Du spielst mit dem Leben deiner Schwester und deiner Eltern.«

»Wenn einer mit ihrem Leben spielt, dann ihr, nicht ich. Du. Nicht ich.«

Die Aussagen darüber, was dann geschah, blieben widersprüchlich, da es keine unmittelbar anwesenden Zeugen gab. Das Wort von Friedrichs Eltern galt nichts, man fragte sie gar nicht nach ihrer Meinung, und da Eduards Assistenten damit beschäftigt gewesen waren, die Goldstückers zu beaufsichtigen, hatten sie nichts sehen können.

Es seien drei Schüsse gefallen, erzählten sie später. Zwei und dann einer. Die Besichtigung der Opfer vor Ort – eine Autopsie vorzunehmen, wurde nicht einmal in Erwägung gezogen – bestätigte ihre Aussage. Zwei Schüsse trafen Eduard, der erste in die Schulter, der zweite mitten in die Stirn. Der dritte Schuss hatte dem Schützen selbst gegolten, dem Mörder Friedrich, der, so die beiden Hausbeschauer, die damit zum ersten Mal in ihrem Leben Zeugen eines Mordes geworden waren, Eduard wohl gedroht hatte, ihn zu erschießen, wenn er die Wohnung nicht verlasse. Die Gestapo nahm sich des Falls an, indem sie Friedrichs Eltern unverzüglich verhaftete.

Stundenlang lagen Friedrich und Eduard nebeneinander auf dem gebohnerten Parkett; auf unbelebtem Holz, das nur hin und wieder unten den Schritten der Herannahenden und sich Entfernenden knarrte. Es roch nach Bohnerwachs und Blut.

Hirnmasse war aus Eduards Hinterkopf ausgetreten und hatte die hellen Fransen des Teppichs befleckt, den Frau Goldstücker in die Ehe mitgebracht und stets fürsorglich behandelt hatte. Manchmal traten Menschen auf die Toten zu, um sie zu betrachten, immer wieder aber waren diese allein. Keiner hatte Zeit gehabt, zu schreien, bevor er starb, sich zur Wehr zu setzen war Eduard unmöglich gewesen. Sein Arm war zu Friedrichs Schultern ausgestreckt, rein zufällig. Sie machten beide einen friedlichen Eindruck, die Welt um sie war untergegangen wie die Sonne am Abend.

Schließlich kam der Bestatter mit den Särgen. Am Abend wurde sauber gemacht, sodass die ausgeräumte Wohnung bald vom Neffen eines Hausbewohners übernommen werden konnte. Aus Pietät oder Angst hatte zunächst niemand Eduards Arbeit übernehmen wollen. Seine Mitarbeiter fühlten sich fachlich außerstande, an seiner Stelle eine Auswahl zu treffen. Die Bilder, die Eduard wenige Wochen zuvor nach Salmannsdorf hatte befördern lassen, lagerten weiterhin unerkannt unter dem Namen Silberschmied. Wie die anderen dort deponierten Bilder würden die Besitzer – wenn überhaupt – nach dem Krieg nur schwer zu ermitteln sein, da Eduard deren wahre Identität mit ins Grab genommen hatte.

XII Juli – August 1949

Lionel hatte nicht damit gerechnet, dass Visconti noch-
mals von sich hören lassen würde, schließlich war das
Filmgeschäft nicht erbarmungsloser als vor dem Krieg,
und auch heute zeichneten sich diejenigen, die es betrie-
ben, eher durch Desinteresse und Zynismus als durch
Mitgefühl und Zuverlässigkeit aus. Doch er hatte sich
getäuscht. Er erhielt einen zweiten Brief aus Rom, dem
ein Treatment des Drehbuchs von *Bellissima* und die
Drehpläne für August 1949 beigefügt waren. Die Film-
premiere war für 1951 vorgesehen, und noch das beiläu-
figste Wort des Regisseurs unterstrich, dass er sich unter
keinen Umständen von seinem Vorhaben würde abbrin-
gen lassen. Lionel konnte sich also darauf verlassen, dass
er demnächst tatsächlich wieder in einem europäischen
Film auftreten würde.

Die Rolle, die er ihm in seinem letzten Brief angeboten hatte, erwies sich allerdings schon nach der ersten
flüchtigen Durchsicht des Drehbuchs – einer schnellen
Kenntnisnahme, die er noch aus seinen Anfangszeiten beherrschte und auf die er notgedrungen zurückgekommen
war, nachdem seine Karriere so gut wie beendet war – als
wenig ergiebig. Deutlich kleiner als erwartet oder erhofft,
bot sie ihm nicht sehr viel mehr als eine Gelegenheit, nach
fünfzehn Jahren Abwesenheit Europa wiederzusehen.

Ohne dieses Angebot hätte er sich wohl niemals Gedanken über eine solche Reise gemacht.

Die ihm zugedachte Rolle war die des *Lionel Kupfer as himself*. Ein Rollentypus mit zwiespältiger Aussage, der ehemaligen Stars eine Galgenfrist gab, sich beim Publikum noch einmal, vielleicht zum allerletzten Mal, in Erinnerung zu bringen. Er selbst, der sich selbst spielte, als traute man ihm nicht zu, Abstand von sich zu nehmen; als wäre er unfähig, jemand anderen darzustellen wie früher, als man von ihm erwartet hatte, in die Haut anderer Figuren zu schlüpfen. Er würde also während einer kurzen Szene über die Leinwand huschen. Er würde aufscheinen und wieder vergessen werden, verschwinden, wie er begonnen hatte, als Komparse mit Dialogverpflichtung, mit einem Namen, der verhallt war, auch wenn ihn einst jeder – fast jeder – über Deutschland und Österreich hinaus gekannt hatte. Marlene hätte sich für so etwas nicht hergegeben, obwohl sich auch ihre Karriere unaufhaltsam dem Ende zuneigte, Buster Keaton vielleicht, Lilian Gish, Gloria Swanson, Lionel Kupfer jedenfalls tat es.

Visconti schrieb ihm, wie wichtig es sei, dass er die Rolle übernehme, und obwohl es sich dabei mit Sicherheit um eine Floskel handelte, war Lionel entschlossen, sie für bare Münze zu nehmen. Er hätte schließlich auch jemand anderen fragen können. Solche wie ihn gab es in seinem Beruf genug, aber an manche erinnerte man sich, an andere nicht. Die Aussicht, dass der Flug nach Zürich und die Zugfahrt nach Rom sowie sämtliche Spesen übernommen werden würden, war ein zusätzlicher Anreiz einzuwilligen. Lionel beriet sich mit seinem Agenten Paul Kohner, der ihm versprach, eine gute Gage zu verhandeln, wie es dann auch geschah.

Um Viscontis Brief zu lesen – diesen und alle anderen,

aber auch Zeitungen, Zeitschriften und Bücher (er hatte Zeit genug zu lesen) –, benötigte er neuerdings starke Gläser. Seit einigen Monaten trug er also eine Brille, die ihm Schutz und Sicherheit bot. Hinter ihr konnte er sich verbergen, wenn er das Haus verließ. Im Taxi setzte er sie ab. Hier konnte er nichts übersehen, hier war es egal, wenn er seine Umgebung nur verschwommen wahrnahm. Da die Realität nur einen geringen Wert hatte, war es ihm nicht so wichtig zu sehen, was da draußen wirklich vorging. War es jemals anders gewesen? Die Realität war als wuchernder Krebs jenseits des Atlantiks geblieben.

Einmal hatte ihn ein Taxifahrer mit Berliner Akzent angesprochen und um ein Autogramm gebeten. Er hatte Lionel offenbar als den erkannt, der er gewesen war. Er sprach ihn mit seinem Namen an. Schnell und schwungvoll hatte Lionel das Autogramm auf ein Stück Zeitungspapier geworfen, das der Taxifahrer ihm hingehalten hatte, bevor er ausgestiegen war; die Autogrammkarten, die er kurz nach seiner Ankunft in Amerika hatte drucken lassen, benutzte er längst nicht mehr, da er nie danach gefragt wurde. Das leise Zittern seiner Hand war nicht zu verkennen, doch der Taxifahrer wandte ihm den Rücken zu. Den Fahrpreis hatte er ihm nicht erlassen, wie es in Berlin oft geschehen war. Er musste ihn für einen wohlhabenden Mann halten. Es war wohl ein Fehler gewesen, sich nicht in Hollywood niederzulassen wie die Mehrzahl seiner Kollegen.

Wochenlang bereitete er seine Europareise vor. Er stand früh auf und ging spät zu Bett. Er hatte genug Zeit. Er packte zwei mittelgroße Koffer. Er würde sie, auch wenn sie voll waren, ohne allzu große Anstrengung tragen können. Vermutlich würde ihm niemand diese Last abnehmen, also hielt er sie so gering wie möglich. Im Übrigen war er fit, wie man hier, pumperlgesund, wie man zu Hause sagte. Er würde seine Wäsche in den Hotels waschen lassen. Er ließ durch einen *travel agent* in Sils Maria anfragen, ob das Hotel Waldhaus im Sommer geöffnet habe, und erhielt zu seiner Freude positiven Bescheid. Er würde zwei Wochen vor Drehbeginn in die Schweiz fliegen und eine Woche im Engadin verbringen. Er würde weder Berlin noch Wien besuchen. Indem er in die Schweiz und nach Italien reiste, wo gedreht wurde, würde er Länder wiedersehen, mit denen ihn in der Vergangenheit nur weniges verband.

Frau Drechsler war ihm beim Packen behilflich. Als fürchtete sie insgeheim, er würde nicht zurückkehren, war sie noch fürsorglicher als sonst. Ihre Familie war wie vom Erdboden verschluckt. Hinter ihrem steinernen Lächeln gab es nichts zu verbergen, keine Adressen, die sie ihm hätte mitgeben können, damit er sich erkundigte, keine Namen, nach denen er fragen sollte, keinen Auftrag. Sie schwieg.

Ein Journalist, der von seiner Reise nach Europa und dem Film, in dem er mitspielen würde, gehörte hatte, rief mitten in der Nacht an und bat ihn um ein Interview. Er nannte den Namen einer Zeitschrift oder Zeitung, von der er nie zuvor gehört hatte, der *Spiegel*. Es dauerte eine Weile, bis der Mann aus Deutschland begriff, dass er den Schauspieler aus dem Schlaf gerissen hatte, und er entschuldigte sich umständlich für die Störung. Er hatte sich bei der Zeitverschiebung verrechnet, er sprach erst Englisch, dann Deutsch. Ihm fehlten die Worte, die Übung, der tägliche Gebrauch der fremden Sprache, im Übrigen war die Verbindung schlecht. Er hatte seit Tagen immer wieder versucht, Kupfer zu erreichen. Seine Planung sei durcheinandergeraten. Nachts sei es leichter, eine Verbindung herzustellen als tagsüber. In diesem Augenblick stellte Lionel fest, dass er außer mit Frau Drechsler und dem Berliner Taxifahrer, der ihn nach Brooklyn gefahren hatte, seit Monaten kein Gespräch mehr auf Deutsch geführt hatte. Inzwischen war er hellwach. Die Rückkehr eines Stars, wie er einer sei – der Reporter sprach näselnd im Präsens – sei ein Ereignis, über das er unbedingt berichten wollte. Wenige kämen zurück. In Deutschland fehlten die Großen. Während er auf ihn einredete, schien sich seine Stimme immer weiter zu entfernen. Lionel hatte Mühe, ihm zu folgen, die Verbindung wurde von Sekunde zu Sekunde schlechter. Er verstand nur jedes zweite Wort. Er versuchte sich den Mann am anderen Ende der Leitung vorzustellen und all die Menschen, die nötig waren, damit sie über diese Entfernung miteinander sprechen konnten. Man erinnerte sich an ihn, auch wenn es zu spät war. Er empfand weder Stolz noch Freude, nur Trauer.

Lionel ließ sich schließlich entlocken, dass er sich zur Vorbereitung auf seine Rolle einige Tage in Sils Maria aufhalten würde. Sie verabredeten sich dort, der Journalist würde sich Ende Juli im Waldhaus melden.

Frau Drechsler prüfte seine Leibwäsche auf Mottenlöcher (sie entdeckte in seiner Wohnung immer wieder Ungeziefer, das er, seiner schlechten Augen wegen, nicht sah), sie begutachtete die Strümpfe und stopfte jene, die fadenscheinig waren. Sie ließ bei einer Freundin, die ein Nähatelier unterhielt, drei neue weiße Krägen anfertigen. Manchmal fragte er sich, ob er die Welt dort drüben wiedererkennen würde. Die Schweiz war verschont worden. Dort jedenfalls erwarteten ihn keine Ruinen. Er wollte sich die Menschen in Deutschland und Österreich nicht vorstellen. Er wollte nichts sehen, er wollte nichts hören.

Er würde ein paar ruhige Tage im Engadin verbringen, bevor er sich auf die Reise nach Rom in die Vergangenheit des entschwundenen Ruhms machte.

Er erledigte Dinge, die zu erledigen ihm nun plötzlich geboten schien. Er wollte mit allem rechnen. Er sah seine Papiere durch und setzte sein Testament auf, auch wenn er wusste, dass die Gefahr eines Flugzeugabsturzes geringer war als die, auf der Straße von einem Auto überfahren zu werden; er überbrachte es seinem Anwalt, einem Mann, dem kurz vor Kriegsausbruch die Flucht aus Rumänien gelungen war und der ohne Eltern, Geschwister und Verwandte in New York angekommen war und von vorne begonnen hatte. Sein Amerikanisch war fehlerlos und akzentfrei. Nichts verriet seine Herkunft, er hatte sogar seinen Namen amerikanisieren lassen. Dass der Name Kupfer ihm etwas bedeutete, hatte nichts mit Kupfers Vergangenheit als Schauspieler zu tun, sondern mit der Tatsache, dass er sein Klient war, ein Klient, dem man mit Respekt, aber nicht zuvorkommender als einem Angestellten begegnete. Kupfer ging davon aus, dass der junge Rechtsanwalt keinen seiner Filme gesehen hatte.

Er erledigte Dinge, die längst fällig waren. Er warf vieles weg, was ihm überflüssig erschien. Unter den Sachen, die einen Tag vor seiner Abreise im Müllschlucker landeten, war auch jene schwarze Schellackscheibe, die Gina ihm aus Wien geschickt hatte. Sie war ihr zufällig als Bestandteil von Eduards Schallplattensammlung in die Hände gefallen, wie sie schrieb. Darüber, ob sie die Aufnahme gehört hatte oder nicht, äußerte sie sich nicht. Lionel hatte die Platte hin und her gewendet. Kein Etikett wies darauf hin, wer darauf sang oder spielte, es war nicht einmal zu erkennen, von welcher Firma sie hergestellt worden war.

Gelegenheiten, Platten zu hören, gab es genug, aber

er nutzte sie nie. Diesmal allerdings zog er die schwarze Scheibe aus der Hülle und setzte die Nadel auf die rotierende Platte. Noch bevor er sich hinsetzen konnte, ertönte Eduards Stimme im Zimmer. Eduards kaum veränderte, etwas nachhallende Stimme.

Er stand vor dem Grammophon und stützte sich auf die Rückenlehne des nächststehenden Sessels.

Eduard hatte seine Stimme gesenkt, beinahe geflüstert waren ihm die Worte zunächst nur langsam und stockend, dann aber immer flüssiger und hörbar ungehemmter über die Lippen gekommen:

Ich stehe hier allein vor einem Mikrofon in einem Wiener Studio und gebe ein Lebenszeichen, niemand kann mich hören außer dir, Lion, niemand, ich habe den Tontechniker gebeten, sich die Ohren zuzuhalten, so lange ich spreche, ich sehe ihn durch die Glasscheibe, die uns trennt, ich glaube, ihn interessiert nicht, was ich sage – eine undurchdringliche durchsichtige Wand, die wohl auch uns trennt, Lion, mich von dir, mich von der Welt, und wo du bist, weiß ich nicht. Und dich, wovon trennt sie dich? Ich hoffe, du bist dort drüben glücklich, obwohl ich vermute, dass das Glück, sofern es eines ist, eine unerwünschte Kehrseite hat, das Ende deiner Karriere, ich hoffe, das Gegenteil ist der Fall, obwohl ich, ehrlich gesagt, bislang von keinem neuen Film gehört habe, in dem du mitspielst, doch andererseits, welche amerikanischen Filme gelangen schon zu uns? Goebbels hat hier alles in der Hand, du weißt es ebenso gut wie ich. Ich weiß nichts, nicht einmal, ob ich dir diese Nachricht wirklich eines Tages zukommen lassen werde. Vielleicht werde ich die gepresste Platte nie abholen. Vielleicht werde ich sie abholen und warten. Vielleicht werde ich das Ende des Kriegs abwarten und sie dir schicken, oder ich werde dir schreiben. Aber denke nicht, ich würde nur für mich sprechen, nein, ich rede mit dir, ich versuche, dir das Unmögliche zu erklären, und ich hoffe, dass ich die Worte finde, ich weiß nicht einmal, welche es sind. Ich werde wohl gar nichts erklären können. Die Zukunft ist noch unsicherer als die Gegenwart. So muss es meinen Eltern ergangen sein, bevor der Weltkrieg ausbrach. Ich wollte dir sagen – dir sagen – ich wollte, dass du meine Stimme hörst, ich weiß nicht, ob du sie noch hören willst, ich weiß, dass du sie früher liebtest, mehr als sie dir gerecht wurde, mehr vielleicht als dir recht war. Ich habe es mir nicht anmerken lassen. Ich war jung, du warst nicht alt, nein, alt warst du nie. Aber was ist unsere Stimme? Nicht mehr als ein Teil, der unabhängig von uns für, aber oft genug auch gegen uns arbeitet. Sie drückt unsere Liebe aus und dient dazu, den Lügen Leben einzuhauchen. Sie ist vielfältig, selbst wenn derjenige, der sie nutzt, einfältig ist. Was soll ich sagen? Mich entschuldigen. Ich habe viele Fehler gemacht, ich habe dich betrogen, aber das wusstest du. Ich versuche das Unmögliche. Unmöglich, rückgängig zu machen, was geschehen ist, denn ich weiß nicht wirklich, was geschehen ist. Während der Tontechniker bloß sieht, wie meine Lippen sich bewegen, kannst du hören, was ich sage. Hörst du auch das, was hinter den artikulierten Worten geschieht? Könnte ich wirklich in Worten ausdrücken, was ich dir sagen möchte, würde ich dir schreiben, aber ich weiß, dass meine Stimme dir mehr bedeutete als mir, dass sie in deinen Ohren mehr ausdrückte als das, was ich dir sagen oder schreiben könnte – nun denn, nimm sie als ein Lebens- und ein Liebeszeichen aus einer fernen Welt, die du verlassen hast, die du verlassen musstest. Hier geschehen Dinge, die auf nichts Gutes deuten …

Als er dieses Stück seiner Vergangenheit beseitigte, empfand er nichts weiter als die Härte des schwarzen Materials. Er war keinen Augenblick versucht, sich Eduards Worte noch einmal zu Gemüte zu führen. Es genügte ihm, sich daran zu erinnern, wie schmerzhaft es damals gewesen war, sie zu hören. Im Übrigen war ihm die Stimme gleichgültig geworden. Sie hatte ihre Reize verloren.

Sils Maria und das Hotel Waldhaus hatten sich – jedenfalls in Lionels Augen – kaum verändert, nur die Gäste und das Personal waren nicht mehr dieselben. Es seien Sommergäste, erklärte man ihm, aber trotz der Jahreszeit war die Luft nachts kühl, weshalb man sich abends lieber im Inneren aufhielt. Die Spazierwege, die nun nicht mehr von Schnee bedeckt waren, wie er sie kannte, führten Lionel in alle möglichen Richtungen, ins Fextal, an die beiden Seen. In New York hatte er sich das ziellose Spazierengehen angewöhnt. Gehen lenkte ihn von allen möglichen Gedanken ab. Weniger oft als früher gestattete er sich einen Pommery. Hermann Hesse durchquerte den Salon, seine dunkle Haut glänzte. Man grüßte sich. Er war so berühmt, dass er der Nobelpreisverleihung hatte fernbleiben können.

Er kam auch am Postgebäude vorbei und betrat es. Doch anders als er sich insgeheim erhofft hatte, wartete hinter dem Schalter nicht Walter, sondern ein älterer Mann mit schwarzen Ärmelschonern, der keinerlei Ähnlichkeit mit ihm hatte. Das war nicht der gealterte Liebhaber von früher. Kurz erwog er, ihn nach dem Beamten zu fragen, der 1933 hier gearbeitet hatte, ließ dann aber die Frage im Sand verlaufen. Gewiss hatte das Postamt seither viele neue Gesichter gesehen und vergessen. Lionel kaufte zwei Briefmarken, er würde Frau Drechsler eine Karte schreiben, die zweite Marke würde er wohl nicht brauchen.

In der Tür kreuzte er ein Ehepaar, das ihm bereits im Hotel aufgefallen war. Ein starker Mann mit wuchtigen Schultern, der eine Zigarre in der Hand hielt und einen Strohhut trug, und die kaum weniger imposante Gattin, die den Griff eines Sonnenschirms umklammerte. Nichts hätte zu diesem entschlossenen Ehepaar besser gepasst als die Zigarre und der Schirm, dessen Besitzerin den Kampf mit dem drohenden Unheil herauszufordern schien. Später erfuhr Kupfer, dass der Mann mit der Ausstrahlung Citizan Kanes vor wenigen Monaten die ersten Selbstbedienungsläden in der Schweiz eröffnet hatte.

Die Menschen hier wirkten auf Kupfer wie bewegliche Ausstellungsobjekte in naturkundlichen Schaukästen. Sie nickten, er nickte zurück. Sie gingen zielstrebig vorwärts, er trat höflich beiseite. Niemand erkannte ihn. Er wiederum kannte weder den berühmten Cellisten, mit dem er sich über seinen alten Freund Fritz Kreisler hätte unterhalten können, noch seine Exzellenz Shomsy Pacha, den Präsidenten der ägyptischen Nationalbank, die zu den zahlreich anwesenden Sommergästen gehörten, die am 1. August den schweizer Nationalfeiertag begingen, indem sie beim Galadiner zu Kerzenlicht rotweiße Cassata mit dem Schweizerkreuz als Muster genossen und die volkstümlichen Lieder über sich ergehen ließen, die das Haustrio anstimmte. Auf den Tischen standen Vasen mit weißen und roten Nelken. Während Kupfer sich auf sein Zimmer zurückzog, das sich diesmal nicht in der Beletage befand und kleiner war als die Suite, die er bei seinen früheren Besuchen bewohnt hatte, zog es einen Teil der Gäste auf den Dorfplatz, wo man das Läuten der Kirchenglocken abwartete, dem das Absingen der Nationalhymne und eine kurze Ansprache des Gemeindepräsidenten folgte. Man fühlte sich sichtlich wohl in der fremden

Volkstümlichkeit, wartete auf ein abschließendes Feuer-
werk, das nicht erfolgte, und begab sich schließlich zum
Eisfeld, wo die Dorfkinder mit bunten Lampions um das
großes Feuer herumstanden.

Lionel zog den Vorhang zu. Er wollte nichts hören. Er
sah nichts. Es war finster. Er wollte es so, nicht anders, ein
paar Rufe aus der Ferne drangen an sein Ohr. Er bewegte
sich in der Dunkelheit auf sein Bett zu und war weder zufrieden noch unzufrieden. Gefühle zu haben, war ein Pri-
vileg, das ihm nichts mehr bedeutete. Nichts hielt ihn hier,
nichts zog ihn fort. Er legte sich auf die Seite und presste
sein Ohr ins Kissen. Gewiss war es Einbildung, wenn er
aus der Ferne den warmen Klang eines Violoncellos zu
hören glaubte, Dvořák, Rachmaninow, Schumann. Er
schlief ein. Er wachte vom Schrei einer Eule auf. Es klang
wie der Schrei seines Bruders, den er damals nicht hatte
hören können.

Er hatte von jenem Tag an nur noch gezeichnet, wenn
es nicht zu vermeiden war, im Unterricht, wo den Leh-
rern seine außergewöhnliche Begabung ebenso wenig
verborgen blieb wie seine Weigerung, sie zu nutzen, zu
verfeinern, vielleicht sogar zu seinem Beruf zu machen.
Die wenigen Male, in denen er als Erwachsener die unerwartete Regung verspürt hatte, etwas zu skizzieren, hatte
er sie sofort unterdrückt. Schließlich war er überzeugt
gewesen, das Talent habe sich mit der Zeit verflüchtigt.
Doch er täuschte sich.

Am zweiten Augusttag setzte er sich nach dem Frühstück mit einem Notizblock auf eine Bank ins Freie. Es
war wie damals am Neusiedler See, nur dass er diesmal
nicht im Burgenland, sondern im Engadin saß. Er begann
zu zeichnen. Er versuchte das Unmögliche. Es war möglich.

Zwar gelang es ihm, sich in jene ferne Zeit zurückzuversetzen, in der das Unglück geschehen war, aber das Gesicht seines Bruders, von dem er keine Fotografie besaß, wollte sich nicht mehr einstellen.

Er sah den toten Körper, von dem das Wasser herabfloss, er sah den Vater, der Tobias' nach hinten gekippten Kopf im Arm hielt, er sah die Mutter, die im Sand zusammenbrach, er sah das kleine Tier in der Hand des Bruders, er sah sein triefendes Haar, aber das Gesicht sah er nicht.

Der Versuch, das Unsichtbare mit dem Bleistift festzuhalten, beruhigte ihn. Anders als damals nahm er sich jetzt viel Zeit beim Entwerfen. Der Stift flog nicht mehr mit der selbstverständlichen Leichtigkeit übers Papier, wie es früher der Fall gewesen war, auch waren die Striche kürzer und kräftiger, als zöge er nach, was kaum sichtbar bereits auf das Papier gebannt war. Er betrachtete das Ergebnis wie ein Ereignis, das erst noch geschehen würde.

Wie verabredet tauchte drei Tage vor seiner Abreise der Journalist aus Hamburg im Hotel Waldhaus auf. Herr Nissen – ein jugendlich wirkender Mann mit abrupten Bewegungen – traf pünktlich ein, doch Kupfer wartete bereits im Salon. Nissen begrüßte ihn mit einem kurzen Händedruck. Er trug einen ärmellosen bordeauxroten Pullover, viel zu warm für die Jahreszeit, aber er schwitzte nicht. Lionel musterte ihn kurz. Am Ringfinger der linken Hand trug er einen silbernen Verlobungsring, um den sich feine Härchen kringelten.

»Dr. Nissen. Ich bin der Mann aus Hamburg. Es tut mir leid. Bin ich zu spät?«

Er zupfte kurz am eng anliegenden Ärmelbund seines Pullunders. Er trug kein Jackett.

Lionel schüttelte den Kopf.

»Weder zu früh noch zu spät. Es wäre mir auch völlig egal, wenn Sie sich verspätet hätten, glauben Sie mir. Setzen Sie sich.«

Nissen war irritiert. Dass Kupfer zur Begrüßung nicht aufgestanden war, interpretierte er vermutlich als Akt vorsätzlicher Herablassung. Doch Nissen erregte bei Kupfer nicht mehr Interesse als ein Fisch, dessen Körper sekundenlang im Wasser aufblitzte und wieder verschwand. Er bereute, für das Interview zugesagt zu haben. Nun war es zu spät. Was sollte er ihm erzählen? Was würde er ihn fragen? Er hatte weder der Öffentlichkeit noch dem Journalisten etwas zu sagen. Zeit war eine Illusion, verlorene Zeit ein Luxus. Er ließ sie vergehen, eine andere Wahl hatte er nicht.

Lionel saß mit dem Rücken zum geschlossenen Fenster. Wie durch ein Brennglas erhitzte die Sonne seine Schultern. Sie begannen zu glühen, die Sonne stand hoch, er genoss es. Die Sonne verjüngte seine hungrige Haut.

Auf einem Foto hätte man anstelle seines im Schatten liegenden Gesichts bloß einen dunklen Fleck erkannt. Doch Nissen war allein gekommen, ohne Fotograf, es würde also kein Bild von ihm geben, man würde zur Illustration wohl alte Fotografien verwenden. Kupfer als der und als jener, so wie ihn viele noch kannten. Er lebt noch? Was wollte er von denen, die dageblieben waren und den Krieg unbeschadet überlebt hatten?

Nissen erwähnte Hemingway und Thornton Wilder, sie waren seine Vorbilder, aber das *Th* fiel ihm schwer. Kupfer gab nicht zu erkennen, ob er überhaupt wusste, wer sie waren. Er war müde, als hätte er die ganze Nacht nicht geschlafen. Die Hitze tat wohl.

Kupfer trank Tee mit Zitrone, der Journalist bestellte Wasser.

»Ich lade Sie gern zu einem Bier oder einem Glas Wein ein«, sagte Kupfer.

Nissen lehnte dankend ab. Er trinke nie tagsüber.

»Es ist Sommer! Sie sind jung. Aber bitte.«

Nissen trank Wasser.

Er benahm sich so, wie man es von ihm erwarten durfte, zückte Notizblock und Bleistift, zog ein dunkelblau eingeschlagenes Heft aus der Westentasche, in dem er offenbar all die Fragen notiert hatte, die er Kupfer stellen wollte, legte dies alles vor sich auf den Tisch und richtete es nach einem unsichtbaren Winkel aus. Er zupfte an seinen gestärkten Manschetten und entblößte mehr hell behaarte Haut. Ungefragt zählte er auf, wen er in letzter Zeit interviewt hatte, und schob seine Brille in regelmäßigen Abständen nach oben, obwohl sie niemals verrutschte. Er nannte Gottfried Benn, Hildegard Knef und Erich Kästner. Kupfer schwieg, was Nissen noch stärker verunsicherte, aber das war er von anderen Persönlichkeiten vermutlich gewöhnt. Fremde befragen war schließlich sein Job.

Nissen erkundigte sich nach seinem Befinden, nach Anreise und Aufenthalt, um dann von sich zu erzählen, dass er noch nie geflogen sei, was er aber in absehbarer Zeit zu tun gedenke. Er sei jetzt vierunddreißig, höchste Zeit für eine Atlantiküberquerung. Was sollte er ihm vom Fliegen erzählen, was ihm nicht jeder andere besser erklären konnte? Je mehr ihn Nissens Fragen langweilten, desto lustloser und unverbindlicher beantwortete er sie. Fragen, die man jedem stellen konnte, zogen austauschbare Antworten nach sich. Je länger sie sich gegenübersaßen, desto deutlicher war das Gefühl, dass er der Falsche war, dem man Fragen stellte.

Er wollte wissen, ob Kupfer Sils von früher kannte. So kam er also auf die Vergangenheit zu sprechen. 1933. Doch er hakte nicht nach. Er erwähnte nicht einmal die Jahreszahl, auch nicht seinen letzten Film, schon gar nicht jenen, den er hätte drehen sollen und von dem er nie mehr gehört hatte.

Kupfer begann die Zahl mit dem Zeigefinger auf den Tisch zu schreiben. Was ihm die Schweiz bedeutete. Was es ihm bedeute, zum ersten Mal seit dem Krieg in einem europäischen Film aufzutreten. Visconti. Was er von ihm halte, was von ihm zu halten sei. »Erklären Sie das doch bitte dem deutschen Leser. In Deutschland kennt man Visconti nicht.« Ob er sich auf Rom freue, auf Zürich, von wo aus er nach Rom fliegen werde. Ob er dort Freunde habe. Wie gut sein Englisch sei. Gewiss spreche er es inzwischen mühelos wie seine Muttersprache. Wie schwer es gewesen sei, drüben Fuß zu fassen, sich als Ausländer zu behaupten und sich in der fremden Sprache zurechtzufinden. Die Amerikaner. Ob er in den Staaten mit anderen deutschen Emigranten Umgang pflege. Wie es denn sei, dort zu leben. Ob Marlene Dietrich eines Tages nach Deutschland zurückkehren werde. Ob sie so eng befreundet seien, wie man immer wieder lesen könne. Welche Unterschiede zwischen dem Leben hier und dem Leben drüben bestünden. Kupfer gab kurze, immer kürzere Antworten. Er war müde. Der junge Mann langweilte ihn maßlos. Manchmal nickte Lionel bloß oder schüttelte den Kopf. Sein Blick schweifte ab. Was für Fragen. Die Kluft zwischen ihm und dem Journalisten schien sich mit jeder Frage zu vergrößern. Nissen machte immer seltener Notizen. Auch er schien sein Interesse an Kupfer verloren zu haben.

Der Journalist erkundigte sich nicht nach seinem Alter, das war rücksichtsvoll. Er fragte nicht, wie es ihm in den Jahren der Emigration in der Fremde ergangen war, das war diskret. Er fragte nicht, was Deutschland ihm bedeutete und weshalb er nicht nach Berlin oder München reisen oder ob er Deutschland absichtlich meiden würde. Er fragte nicht nach Angehörigen oder Freunden, denen die Flucht nicht gelungen war. Nicht, wie es um seine Karriere stand. Wie es für ihn gewesen war, plötzlich vor dem Nichts zu stehen, damals, als man 1933 aus heiterem Himmel nichts mehr von ihm hatte wissen wollen. Nicht, ob er inzwischen verheiratet sei. Wusste man von seinen verborgenen Neigungen, waren sie nach seiner Flucht Gegenstand von Veröffentlichungen gewesen, die begründen sollten, warum er untragbar geworden war? Er erkundigte sich nicht nach früheren Freunden, nach Kollegen, die ihre Karrieren unter Hitler weiterverfolgt hatten. Auch nicht, ob er an eine Rückkehr denke, an neue Aufgaben im deutschen Kino. Was er vom zeitgenössischen Kino halte. Namen?

Kupfer schloss die Augen und stellte sich vor, wie er dem jungen Mann unhöfliche Fragen stellte: *Woran erinnern Sie sich? Wie alt sind Sie? Wie alt waren Sie 1933? Wie alt waren Sie 1939? Wie alt waren Sie 1942? Eines Tages werden Ihre Kinder oder Enkel wissen wollen, wo Sie damals waren? Ihre Kinder werden Fragen stellen, und wenn nicht die Kinder, dann eines fernen Tages Ihre Enkel. In Russland, in Polen, in Holland, in Frankreich? Erinnern Sie sich? Sie haben so viele Fragen an mich. Wie viele Fragen stellen Sie sich selbst? Sind Sie bereit? Sie waren doch Soldat? Lassen Sie mich raten. Ende 1939 waren Sie in Warschau. Korrespondent für ein deutsches Blatt? Oder Soldat? Haben Sie über Hitler geschrieben oder über Goethe? Über Musik oder Fallschirmjäger? Was wollen Sie wirklich von mir wissen?*

Auf Lionels Augen lagen schwere Gewichte. Schwer, aber nicht unerträglich. Erträglich und dennoch schwer. Immer wieder versuchte er die Augen aufzuschlagen. Als es ihm endlich gelang, war er allein. Die Welt war halbiert, seine Augen bewegten sich, als halte jemand die Bänder zurück, mit denen sie festgebunden waren. Sie waren schwer, er war schwer, die Welt war schwer. Als sie sich zu drehen begann, drehte er sich mit.

Etwas Ungeheuerliches war geschehen. Etwas, was sich seinem Willen nicht beugte. Etwas, was sich ihm entzog. Er erinnerte sich an einen jungen Mann mit schneebedecktem Körper an einem heißen Sommertag. Er blickte sich um, er sah verschwommene Gestalten. Er saß im Feuer. Doch statt zu züngeln, standen die Flammen kerzengerade und regungslos. Die Sonne versengte seine Schultern, seinen Rücken, sein Jackett, er selbst stand kurz davor, in Flammen zu stehen, zu schmelzen und zu verbrennen. Er musste nur warten. Ein Kellner sprach ihn an, aber er verstand nicht, was er von ihm wollte. Der besonnene Kellner beugte sich zu ihm herunter und bewegte den Mund wie ein schwerfälliger Fisch. Der Mund öffnete und schloss sich, bewegte sich, sprach nicht. Ihm fehlte ein Auge, ein Ohr, der linke Arm. In seinem Rücken – Lionels Rücken – summten Insekten in den berstenden Sonnen. Er wollte etwas sagen. Er bemerkte das besorgte Gesicht des besonnten Kellners. Auf dem Tisch lag ein Notizbuch. Ein Bleistift. Erst jetzt fiel ihm auf, dass die Welt farblos war. Er wollte den Kellner fragen, wo er sei. Er verlangte Buntstifte, um der Welt die verlorenen Farben zurückzugeben. Der Kellner beugte sich weit zu ihm hinunter und bewegte die Lippen, aber Lionel verstand nicht, was er sagte. Verstand der Kellner auch ihn nicht? Die Sicht trübte sich. Die Augen fielen ihm wieder zu, doch als er erwachte, wusste er endlich, wo er war. Wie spät war es? Er erinnerte sich an den Mann aus Hamburg, seinen Namen hatte er vergessen.

Vielleicht hatte er Hermann Hesse entdeckt und sich mit seinen Fragen an ihn gewandt. Gewiss war der Nobelpreisträger weitaus ergiebiger als Kupfer, mit den Wassern der Sprache fast so gewaschen wie Julius Klinger. Lionel sehnte sich nach seiner New Yorker Wohnung, nach seinem Bett, dem trüben Neonlicht, das in der fensterlosen Küchennische brannte, nach den Insekten, die es umschwirrten, und nach Frau Drechsler, der ein paar Worte genügten, er sehnte sich nach seiner Wohnung, wo er ein anderer war, und nach Frau Drechsler, die eine andere war, er wollte sich auf die Armlehne stützen, aber er spürte sie nicht, er fühlte weder das Holz noch das Polster unter seinen Fingern, auch seine Hand fühlte er nicht, klüger also, er schloss die Augen wieder und wartete, bis er endlich klar sah.

Als er die Augen aufschlug, beugte sich ein Mann über ihn, der eine gewisse Ähnlichkeit mit Klinger hatte. Natürlich war es nicht Klinger. Von weither hörte er ihn bitten, seinem Finger zu folgen, der sich nun dicht vor seinen Augen hin und her und auf und ab bewegte. Es fiel ihm nicht schwer. Er hörte, dass der Mann, hinter dem er nun den Hoteldirektor entdeckte, von weither zu ihm sagte, er sei Arzt. Arzt? Arzt? Wozu ein Arzt? Ob er aufstehen könne? Aber selbstverständlich. Ob er den linken Arm bewegen könne? Aber selbstverständlich. Ob er den rechten Arm bewegen könne? Aber selbstverständlich.

Doch der rechte Arm blieb unbeweglich. Er wollte aufstehen, es blieb zunächst beim Versuch. Er hörte den Arzt zum Direktor sagen: »Offenbar nur eine leichte

Streifung.« Am Rand des eingeschränkten Gesichtsfelds tauchte ein bekanntes Gesicht auf.

Die Nachuntersuchungen in Zürich hatten ergeben, dass es sich bei dem Vorfall – wie der zufällig anwesende Arzt richtig vermutet hatte – um eine vorübergehende, weder besonders gefährliche noch völlig zu ignorierende Durchblutungsstörung des Hirns gehandelt hatte, um eine leichte Streifung, wie der Arzt im Waldhaus es genannt hatte. Die Folgen waren nicht von Belang, und außer einem gelegentlichen Ziehen im Unterarm und selten auftretenden leichten Schwindelanfällen erinnerte nichts an die unangenehme Begebenheit, die ihn dazu veranlasst hatte, sich für die Dauer seines verbleibenden Aufenthalts in Sils Maria zurückzuziehen. Er hatte sich danach weder beim Frühstück noch abends gezeigt, sondern sämtliche Mahlzeiten im Zimmer zu sich genommen, das er nur zu kurzen Spaziergängen verließ. Er saß oder stand am Fenster und blickte hinunter zum See. Auf Anraten des Arztes trank er keinen Alkohol. Darauf zu verzichten fiel ihm nicht schwer. Alkohol gehörte nicht zu den Dingen, die lebensnotwendig waren. Der Arzt im Waldhaus hatte ihm die Adresse eines Kardiologen in Zürich gegeben, den er vor seiner Abreise nach Rom unbedingt aufsuchen sollte, was er umgehend tat, kaum war er in Zürich. Nach wenigen Tagen erinnerte er sich nur noch undeutlich an den Zustand der Abwesenheit, der ihn im Nachhinein sehr viel mehr beunruhigt hatte als im Augenblick, da er davon überrascht wurde.

Auch an das Gespräch mit dem Journalisten erinnerte er sich nur noch bruchstückhaft. Später stellte sich heraus, dass er es gewesen war, der Hilfe geholt hatte. Lionel war nicht einmal dazu gekommen, sich bei ihm zu bedanken. Nachdem er sich etwas erholt hatte und wieder gehen konnte, hatten ihn der Arzt und der Direktor gemeinsam auf sein Zimmer begleitet. An jenem Abend und am folgenden Tag hatte er viel Wasser getrunken. Sein Durst ließ sich kaum löschen.

Als er die Praxis des Kardiologen verließ, überraschte ihn ein heftiger Regen, der ihn dazu zwang, sich unter das Vordach eines Restaurants zu flüchten. Er bestellte Tee und betrachtete die Passanten, und er stellte nach einem Blick auf die Speisekarte fest, dass es in diesem Restaurant weder Fisch noch Fleisch zu essen gab. Er bestellte Reis und Spinat und aß mit ebensolchem Heißhunger wie er vor einigen Tagen Wasser getrunken hatte. Seine Rolle konnte er auswendig, sie zu memorieren war leicht, alles in allem handelte es sich bestenfalls um zwei Seiten Text; seine Szene spielte sich in einem Besetzungsbüro eines Produzenten ab, wo er auf die Hauptdarstellerin und deren Filmtochter traf. Wie die ehrgeizige Mutter erhoffte auch er sich, für den nächsten Film engagiert zu werden. Der Produzent – so das Drehbuch –, den er zunächst für den Regisseur halten sollte, würde sich in Wahrheit als einer von mehreren Regieassistenten herausstellen, deren Aufgabe es war, passende Komparsen auszuwählen. Eine Szene, deren Melodramatik davon abhing, ob die Zuschauer Kupfer erkannten. Die Musik würde ein Übriges tun. Im Gegensatz zu ihm, der danach nicht mehr auftreten würde, war das nur eine von vielen Szenen Anna Magnanis und des jungen Mädchens, das ihre Tochter spielte.

XIII

Er stand am Fuß der Gangway, wie abgemessen knapp einen Meter davon entfernt auf der linken Seite, nicht völlig reglos und doch standfest, wie angewurzelt, mit abgezirkelten Bewegungen, wenn er sich überhaupt regte, nicht nur heute an diesem gleißend hellen, weißen Sommertag, sondern bei jedem Wetter, auch wenn es regnete, selbst wenn es schneite, dann jeweils mit aufgespanntem Schirm, der nicht für ihn, sondern für die Passagiere bestimmt war, und begrüßte die Herbeieilenden – die sich bei seinem Anblick sofort zu beruhigen schienen und etwas langsamer gingen –, mit der für ihn charakteristischen Nonchalance, die er sich im Lauf der Jahre angeeignet hatte wie andere eine gute Kinderstube. Nichts ließ erkennen, wie einfach die Verhältnisse waren, in denen er aufgewachsen war. Selbst seinen Akzent hatte er sich fast vollständig abtrainiert, er war nur noch zu erahnen. Das R rollte er nur, wenn er übermüdet war. Man konnte ihn für einen Österreicher halten. Man führte ihn gerne als leuchtendes Beispiel an. Ein Vorbild vor allem für die jüngeren Angestellten der Fluggesellschaft. Ein Botschafter für die Schweiz. Das konnte auch ein Diplomat nicht besser. Ein Aushängeschild. Nichts anderes war ja auch die nationale Fluggesellschaft, die jeder Weltreisende kannte, ein Exempel an Verlässlichkeit und Solidität. An diesem

Mann, der gelegentlich lächelte – und wie charmant und bezwingend! –, wenn er mit drei Fingern der rechten Hand an den Schirm seiner Mütze tippte, war offenbar alles unangestrengt. So sollte auch die Reise, der Flug in die Fremde, sein.

Das fast graue Haar, von dem man nur einige Strähnen sah, es wurde stets kurz gehalten, begann sich etwas zu lichten, er mochte um die fünfundvierzig sein, im besten Alter, wie man ihm sagte, vielleicht, um ihm diskret zu verstehen zu geben, dass es Zeit sei zu heiraten, bevor es zu spät wäre. Aber vielleicht sagte man es auch ohne Absicht. Das Namensschild am Revers wies ihn als W. Staufer aus, vermutlich für den noch nie dagewesenen Fall, dass jemand an höherer Stelle eine Beschwerde einlegen wollte, vor allem aber, weil man gern wusste, mit wem man es zu tun hatte, wenn man sich an den noch recht jugendlich wirkenden, nicht eigentlich attraktiven, aber vertrauenswürdigen Mann wandte, der einen am Fuß der Treppe empfing, beiläufig, aber unmissverständlich auf die gerippten Eisenstufen und auf die Gefahren aufmerksam machte, wenn sie nass oder gar gefroren waren. Er hatte für jeden ein freundliches Wort. Das richtige Wort im rechten Moment. Warum sollte man ihn also nicht mit Namen ansprechen statt mit Herr Steward, was so steif und förmlich klang; er war schließlich kein Kellner.

Sein Kinn wirkte noch jetzt, am Nachmittag, frisch rasiert, vermutlich nach Lavendel duftend, die Uniform saß einwandfrei, die Hemdbrust war faltenlos, der Kragen strahlend weiß, wahrscheinlich war er tatsächlich frisch rasiert. Obwohl ihm sein Beruf nur wenig Bewegung erlaubte, war er noch immer schlank, die Passagiere hielten ihn auf Trab dazu, das viele Gehen in der engen Kabine, in der die Luft oft stickig war. Den leichten Bauchansatz drückte die Weste weg, besonders groß war er nicht. Er hatte die Erfahrung gemacht, dass groß gewachsene Stewards auf kleine Passagiere einschüchternd wirkten. Besonders gerne wendeten sie sich vielleicht deshalb an ihn. Er selbst zog groß gewachsene Stewards bei Weitem kleineren vor, aber das blieb sein Geheimnis. Es kam aber nicht selten vor, dass Kollegen nicht nur seine Neigung teilten, sondern – zumindest für ein paar Stunden – auch Zuneigung empfanden. Es kam immer wieder, allmählich leider etwas seltener, zu überraschenden Begegnungen an den unterschiedlichsten Destinationen. Er dachte besonders gerne an Paris und Shannon in kleinen Zimmern, engen Betten, warm umschlungen, wo die Kleidungsstücke neben den zerwühlten Betten lagen, Jacken auf Jacken, Hemden auf Hosen, Hosen auf Hosen, Hosenbeine nach innen umgeschlagen, Gürtel auf Hemden, Schuhe auf Mützen, Mützen auf Unterhemden, Hemden auf Unterhosen, Arm in Arm, Körper an Körper.

Er begrüßte jeden einzelnen Passagier persönlich, bat höflichst um die Bordkarte (»Dürfte ich Sie bitte …«), die die allermeisten ohnehin schon bereithielten, warf einen flüchtigen Blick darauf – jawohl, das Ziel war heute Rom –, um dann mit einem bestätigenden Nicken und einer kaum merklichen Verbeugung nach oben zu deuten, wo der Kollege in der Kabinentür stand, den Fluggast ins Auge fasste und ihn, wenn er oben angekommen und auch von ihm begrüßt worden war, an den nächsten Kollegen verwies, der ihn an seinen Platz begleiten würde; dies, nachdem er sich die Bordkarte etwas genauer angesehen hatte als Walter. Denn nun ging es darum, eine Verwechslung der Sitzplätze zu vermeiden, was die Platzierung der achtundfünfzig Passagiere, die heute geflogen werden wollten, unnötig in die Länge gezogen hätte.

Es war sehr heiß, und der Asphalt, das Blech des Flugzeugs und der dröhnende Motor verstärkten die Sonnenglut ins fast nicht mehr Erträgliche, doch der Steward am Fuß der Gangway ließ sich nichts anmerken. Er schwitzte nicht. Vielleicht trug er kein Unterhemd unter dem Hemd. Weste und Krawatte aber waren unerlässlich. An diesen Instruktionen führte kein Weg vorbei. Inzwischen war er es, der sie weitergab. Auch wenn es ein Leichtes war, sich als Ausbilder, der klare Worte liebte, zunächst einmal unbeliebt zu machen, war ihm am Ende der Ausbildung und am Beginn einer Karriere in interkontinentaler Luft noch jeder – jeder! – für seine ruhige, aber insistente Art, auf äußere Formen und Manieren zu bestehen, dankbar gewesen. Wer mehr als dreimal durch intensiven Schweißgeruch auffiel, musste mit der sofortigen Entlassung rechnen. Und so rochen die Stewards der Swissair-Maschine nach Rom mindestens nach Seife und Zahnpasta.

Sie waren ein eingespieltes Team. Drei Besatzungsmitglieder und vier Stewards.

Er begrüßte eine Frau, die weiße Handschuhe trug und einen kleinen Hund an der Leine hinter sich herzog. Es folgte in geraumem Abstand der kleine Ehemann. Sie trug Nylonstrümpfe und weiße Pumps mit dünnen roten Absätzen, auf denen sie so sicher balancierte wie eine Seiltänzerin über dem Abgrund.

Er begrüßte ein japanisches Ehepaar. In der Schalterhalle hatte man sich noch nach ihnen umgedreht, hier aber tat man so, als sei nichts Ungewöhnliches an ihnen. Sie hielt einen Sonnenschirm in ihren kleinen Händen, er trug ihr rosafarbenes Beautycase. Beide hatten dichtes, schwarzes Haar. Er trug eine kleine Hornbrille und rauchte.

Er begrüßte ein Ehepaar mit zwei halbwüchsigen Buben in kurzen Hosen (einer mit einem halb abgelösten, schmutzigen Heftpflaster am linken Bein, das die Mutter offenbar übersehen hatte). Unvergessliche Stunden waren ihnen versprochen worden, es war ihr erster Flug. Die Mutter war aschfahl, und auch der Ehemann war offenbar vor Flugangst nicht gefeit. Die Jungen hingegen wirkten gelassen, ja desinteressiert, müde von der langen Anreise. Er begrüßte drei Frauen in unterschiedlich leichter, fast unanständig luftiger Kleidung, die eine dunkel, die beiden anderen blond und braun, die Dunkle im geblümten Sommerkleid, die anderen einmal zitronenfaltergelb, einmal tiefrot, tief ausgeschnitten. Sie sprachen Italienisch und bemühten sich gar nicht darum, nicht aufzufallen. Sie lachten mit offenen Mündern und zeigten makellose Zähne. Sie kamen im Gleichtakt wie Drillinge, bis sie vor der Gangway stehen blieben. Sie schenkten den Stewards und der ganzen Welt strahlende, glückliche Mienen.

Das Zählgerät, das Walter unauffällig in der Linken hielt und das nicht größer war als eine Handgranate, sagte ihm, dass nur noch drei Passagiere fehlten. Neunundfünfzig Personen hatten nach Rom gebucht. Wie vor jedem Abflug konnte er auch jetzt beobachten, wie sich die letzten Fluggäste mehr Zeit ließen als die ersten, sie kamen nicht nur verspätet, sie ließen auch keine Hektik aufkommen, und sei es nur, um die unerschrockene Gewandtheit zur Schau zu stellen, die sie sich zu eigen gemacht hatten und jenen, die schon auf ihren Plätzen saßen, sagen sollte, dass ihnen die Welt des Reisens so vertraut war wie den anderen ein Kirchgang oder die tägliche Mahlzeit.

Doch es gab auch heute keinen Grund zu Ungeduld. Alles ging seinen gewohnten Gang. Der Flug war für 15.40 Uhr geplant. Vor 16.00 Uhr würde man kaum losrollen, eine Viertelstunde später starten, die endgültige

Flughöhe würde man gegen 16.40 Uhr erreichen. Es gab keine Meldungen über ausbleibende oder verspätete Passagiere. Was hier vor sich ging, war für Walter um vieles alltäglicher als für jene, die so taten, als ob es dies sei.

Es dauerte etwa dreißig Sekunden, bis er aus den Augenwinkeln den nächsten Passagier bemerkte, der ins Freie trat und sich geradewegs auf die Swissair-Maschine nach Rom zubewegte. Ein Mann im dunklen Anzug, der einen leichten Mantel über dem Arm trug. Er kannte ihn. Es gab keinen Zweifel.

Er erkannte Lionel Kupfer sofort. Er war deutlich gealtert, doch blieb er unverwechselbar. Walter hatte seit Monaten nicht an Lionel gedacht, und doch war ihm in diesem Augenblick, als sei er erst vor wenigen Sekunden durch jene Tür verschwunden, über deren Schwelle er gerade getreten war. Täuschte er sich? War es nicht Kupfer?

Es war Kupfer. Aber es war nicht jene Schwelle, es war ein anderer Ort und eine andere Jahreszeit. Frühling und Sommer waren über die Erinnerung hinweggefegt.

Was seine Aufgabe war, tat er kaltblütig und routiniert wie ein Automat, obwohl er im höchsten Maß aufgewühlt und alles andere als ruhig war. Unter der eisernen Hülle, die er zur Schau trug, zitterte sein Inneres. Wie viele Jahre war es her?

Etwa hundertfünfzig Meter trennten ihn noch von Lionel. Gleich würden sie einander gegenüberstehen. Aber das war nur ein Bruchteil der Entfernung, die tatsächlich zwischen ihnen lag. Walter hatte ihn sofort erkannt. Nähe und Ferne verschmolzen zu einem einzigen Punkt, den zu erreichen Walter niemals gelingen würde. Der Punkt war zu klein, um sichtbar zu sein, aber er spürte ihn unter seiner Haut.

Er hatte nur ein paar Sekunden Zeit, um das, was er

sah, mit seinen Erinnerungen zu vergleichen, die ihn darin bestärkten, dass er sich nicht täuschte. Gang und Haltung waren unverändert, nichts Gebücktes oder Gebeugtes, nichts Niedergedrücktes, Unbeherrschtes oder offenkundig Gebrochenes war zu erkennen, an der Kraft seiner Ausstrahlung hatte sich nichts verändert. Nichts war in diesem Augenblick gewisser, als dass der Mann, der sich ihm näherte, Lionel Kupfer war, geliebt und unnahbar, von ihm berührt, nur während ein paar Tagen, vor nunmehr wie vielen Jahren?

Walter war genauso aufgeregt wie an jenem Tag, an dem sie sich zum allerersten Mal im Hotel Waldhaus gegenüberstanden, dann saßen, dann plauderten und dann geschehen ließen, was seinen Gang nehmen musste.

Kupfers Name war schon lange von den Plakatsäulen, Leuchtreklamen und aus den Schlagzeilen verschwunden. Daran würde sich wohl nichts mehr ändern. Daran war der Krieg schuld. War Lionel heimgekehrt, um sein altes Publikum zurückzufordern oder ein neues zu erobern? Oder war er einfach nur zu Besuch gekommen? Es genügte, ihn zu fragen.

Doch Lionel erkannte ihn nicht. Was hatte Walter erwartet? Er brach in Schweiß aus.

Nein, Lionel erkannte ihn nicht. Walter hätte ihn berühren können. Er sprach ihn nicht einmal an. Er gab sich nicht zu erkennen. Er blieb ein unbekannter Angestellter, der ihm behilflich war. Er warf einen Blick auf Lionels Bordkarte. Der amerikanische Pass in seiner anderen Hand entging ihm nicht. Er war nicht der erste amerikanische Passagier, der besser Deutsch als Englisch sprach. Aber er sprach gar nicht. Er sah durch ihn hindurch nach oben.

Später, kurz vor dem Start, als er geschäftig an Lionel

vorübereilte und kurz zu ihm hinübersah, glaubte Walter so etwas wie Einsicht in seinem Gesicht zu lesen, das sonst undurchdringlich war, aber er musste sich wohl getäuscht haben; als er wieder hinsah, entdeckte er bloß den Ausdruck gezügelter Ungeduld, wie er für viele Passagiere vor dem Start charakteristisch war. Er ertappte sich dabei, Kupfer im Auge zu behalten, als Niels, der jüngste Steward, mit einem Tablett voller Gläser und Flaschen den Gang entlang an Kupfer vorbeiging, nur eine Handbreit von ihm entfernt. Doch er konnte nicht erkennen, ob Kupfer auf den Jungen, den zu beneiden Walter bislang keinen Grund gehabt hatte, aufmerksam geworden war. Er hatte offenbar auch jetzt keine Veranlassung, eifersüchtig zu sein, denn Kupfer ließen die Reize des jungen Mannes anscheinend gleichgültig. Er schien ihn gar nicht zu bemerken.

Doch wer wusste besser als Walter, dass das wirkungsvollste Mittel, sich zu tarnen, vorgetäuschte Indolenz war; gegen Schädigungen, die einen nachhaltig beeinträchtigen konnten, gab es keinen besseren Schutz vor neugierigen Nachbarn und wohlwollenden Kollegen. Walter ließ die Frage offen, ob er Kupfer im Verlauf des Flugs nach Rom noch ansprechen und sich zu erkennen geben sollte. Dass er in Kupfers Leben nichts verloren hatte, war ihm klarer denn je. Er wusste es seit dem Tag, an dem sein Freund Eduard in Sils Maria eingetroffen war.

Kupfer hatte ihn vergessen. Wer wollte ihm das verübeln? Ihm waren Dinge widerfahren, die die wenigen Tage, die Walter mit ihm in Sils verbracht hatte, ausgelöscht hatten. Es wären dazu vermutlich weder Krieg noch Emigration nötig gewesen, Walters Bedeutungslosigkeit hätte genügt.

Walter bemühte sich, Kupfers Anblick für den Rest des

Flugs zu meiden. Er machte sich im Heck der Maschine nützlich, wo er Kupfer nicht sehen konnte und sich von diesem unbeobachtet wusste, und war nach der Landung ausschließlich den rückwärtigen Passagieren bei der Zuteilung des Handgepäcks, der Taschen, Hüte, Sonnenschirme und sonstigen Habseligkeiten behilflich. Er legte eine ungewohnte Betriebsamkeit an den Tag, die allerdings niemandem auffiel, da in dieser letzten Etappe der Reise auch die anderen Besatzungsmitglieder stark beansprucht waren. Die Hektik erfüllte ihren Zweck, und Walter kam kein weiteres Mal in die Verlegenheit, Kupfer in die Augen sehen zu wollen.

Als der letzte Passagier die Maschine verlassen hatte, wurde ihm schwarz vor Augen, und er musste sich kurz setzen. Er öffnete die Augen wieder, als er die Hand eines Kollegen auf seiner Schulter spürte.

»Alles in Ordnung?«

Es musste der durchdringende Kerosingeruch sein, den die römische Hitze in die Kabine drückte, die ihm kurz den Atem raubte. Er nickte. Natürlich war alles in Ordnung.

»Andiamo.«

Er stemmte sich aus dem Sitz hoch. In vier Stunden würde die Maschine erneut starten und nach Zürich zurückfliegen.

Als er kurz nach Mitternacht die Tür zu seiner Zürcher Wohnung öffnete, konnte er nichts anderes feststellen, als dass sich nichts verändert hatte. Er machte Durchzug, indem er sämtliche Fenster öffnete, zog sich aus und setzte sich, nur halb bekleidet, mit einem Gin im Schlafanzug auf den kleinen Balkon. Er hatte Zeit. Er zündete sich eine Zigarette an und sah dem Rauch nach, der sich in der Dunkelheit auflöste. Im Stockwerk über ihm bellte ein Hund, es folgte ein kurzer Befehl, dann Stille. Er saß da und dachte an Kupfer, der ihm so nah und fern gewesen war.

Auf seinen von der sommerlichen Schwüle träge gewordenen Gedankengängen begleitete er Lionel durch seine Wohnung, als wollte er ihn dazu einladen, hier zu bleiben, für den Rest des Lebens. Er zeigte und erklärte ihm all jene unwichtigen Dinge, deren Wert nur ihm bekannt war, und deren Bedeutungslosigkeit ihm nun, da er sie Lionel vorführte, noch deutlicher wurde. Aber es war ihm egal. Dass sich darunter – außer dem signierten Foto – kein persönliches Erinnerungsstück an Lionel befand, bedauerte er; Lionels Schallplatten, die damals in die Brüche gegangen waren, hatte er nicht ersetzt, sie waren längst nicht mehr erhältlich. Inzwischen gab es Langspielplatten.

In der Zeit, die noch vor ihm lag und in der er jedes Jahr bis zu seiner Pensionierung weitere Tausende von Kilometern in der Luft zurücklegen würde, gab es in der Ferne einen winzigen flackernden Punkt, an dem ein Brief mit schwarzem Rand in seinen Briefkasten fallen und diesen von innen erleuchten würde. In dem amerikanischen Schreiben würde ihm kommentarlos mitgeteilt, dass Lionel Kupfer gestorben war. Kein Wort über die Todesursache oder den Tag der Bestattung, lediglich ein Hinweis auf einen Friedhof auf Long Island. Dass die Hinterbliebenen, die die Anzeige verschickt hatten, unmöglich Kenntnis von Walters Adresse haben konnten, spielte jetzt keine Rolle. Wahrscheinlichkeit und Logik waren zu dieser späten Stunde in dieser warmen Sommernacht ausgeschaltet.

Also würde er eines Tages, wenn es so weit war, ein wenig länger in New York bleiben und Lionels Grab aufsuchen. Da er sich in New York nicht besonders gut auskannte, würde er sich mit dem Taxi hinfahren lassen und so lange zwischen den Gräbern umherirren, bis er das richtige schließlich gefunden haben würde.

Die Blumen niederlegen. Ein Gebet sprechen. Sich erinnern und verwundert bemerken, dass auf dem Grabstein zwei Namen eingraviert waren. Lionel Kupfers Name, Geburts- und Todesjahr. Der zweite Name war unleserlich. So sehr er sich auch bemühte, er vermochte ihn nicht zu entziffern. Es war nicht seiner, aber es war auch kein anderer.

Er nahm einen letzten Schluck Gin. Er war betrunken.

Bellissima kam ein halbes Jahr nach der römischen Premiere in die amerikanischen Kinos, wo der Film des unbekannten europäischen Regisseurs, in dem kein einziger amerikanischer Schauspieler mitspielte, nur in wenigen großen Städten wie Los Angeles, Chicago und New York gezeigt wurde. Dass man ihn in den USA überhaupt zu sehen bekam, war erstaunlich genug, da Anhänger des italienischen Kinos zu diesem Zeitpunkt eher selten waren.

Kupfer war schon einige Wochen vor der römischen Premiere darüber informiert worden, dass sein Auftritt herausgeschnitten worden war. Es gab ihn nicht mehr.

Man ließ keinen Zweifel daran, dass keine einzige Einstellung, nicht die winzigste Replik, nicht einmal eine Totale oder Rückenansicht von ihm erhalten geblieben war. Seine Figur – die des einst berühmten, zur Emigration gezwungenen Schauspielers Lionel Kupfer, der im Besetzungsbüro eines Produzenten mit der ehrgeizigen, von Anna Magnani gespielten Mutter einer unbegabten Tochter zusammentrifft – war vollständig und unwiderruflich eliminiert worden. Sie existierte nicht mehr, als hätte er selbst nie existiert oder als wäre er auf Wunsch eines anonymen Auftraggebers aus dem Weg geräumt worden. So jedenfalls empfand er diese Auslöschung des Schauspielers Lionel Kupfer, den darzustellen man ihn auf Knien gebeten hatte, um ihn dann ins Nichts zurückzustoßen. Natürlich war er sich darüber im Klaren, dass sein Zorn übertrieben war, und er wusste auch, dass er weniger heftig gewesen wäre, wenn es um die Rolle eines hebräischen Stammvaters in den *Zehn Geboten* oder die eines Pharisäers in *König der Könige* gegangen wäre. Was auch immer er sich von seiner italienischen Gastrolle versprochen hatte, sie war ausradiert worden, als sei er nie in Rom gewesen, ja, als hätte er New York seit dem Krieg nicht verlassen und als wären sein Besuch in Sils Maria und die zwei Drehtage in Rom lediglich Teil eines schönen Traums gewesen.

Dass man den Film zu seinem größten Bedauern um Lionels einzige Szene habe kürzen müssen, hatte Visconti ihn persönlich wissen lassen. Er hatte in seinem mit der Schreibmaschine getippten, mit seiner selbstbewusst aufwärts strebenden Signatur versehenen Brief nicht genug betonen können, wie traurig er darüber sei. Doch die inhaltlich-dramaturgischen Gründe, die er für diese für alle Beteiligten äußerst schmerzlichen Entscheidung ins Feld führte, trug er mit eben so viel Überzeugung vor, wie er Kupfer damals für das Projekt geködert und gewonnen hatte. Doch je vehementer er sein Bedauern beteuerte, desto unglaubwürdiger und heuchlerischer wirkte es auf Lionel.

Die Kränkung hatte ihn so tief getroffen, als hätte er in Wahrheit nichts anderes erwartet, als hätte er gegen das Vorhersehbare gewettet und verloren. Obwohl er sich nie eingebildet hatte, eine Nebenrolle im Film eines in den USA völlig unbekannten italienischen Regisseurs würde auch nur das Geringste an seiner Reputation in den Vereinigten Staaten oder gar bei den Studiobossen in Hollywood ändern, hatte er sich insgeheim wohl doch so etwas wie ein Wunder erhofft. Dass es nicht eingetreten war, hatte lange, viel zu lange an ihm genagt. Er hatte sich genauso gedemütigt gefühlt wie damals, als er Deutschland hatte verlassen müssen. Er glaubte zu fallen. Er fiel. Er hatte Viscontis Brief zerrissen und sich in seiner Wohnung verkrochen. Es war ihm schwergefallen, sie zu verlassen und zumindest das Notwendigste einzukaufen. Er hatte Frau Drechsler gekündigt, dem einzigen Menschen, dem er vertraute, ohne ihm anvertrauen zu können, woran er litt. Er hatte mehrere wütende und beleidigende Briefe aufgesetzt, die er nicht abgeschickt, sondern zerrissen hatte. So weit immerhin hatte er sich im Griff gehabt.

Nach außen hin verlor er die Beherrschung nicht, auch wenn ihn die Außenwelt nur selten zu Gesicht bekam. Er trank Wasser. Es schmeckte nach Chlor. Er schaffte es, einmal die Woche einzukaufen. Er aß Fertiggerichte und Süßigkeiten, nahm aber nicht zu, im Gegenteil. Sein Haar war inzwischen fast weiß und zu lang.

Nach etwa drei Monaten, in denen er durch einen zähen, schwarzen Fluss getrieben war, hatte er Frau Drechsler angerufen. Er brauche ihre Hilfe, sagte er. So deutlich war er ihr gegenüber nie geworden.

Sie war noch am selben Tag bei ihm erschienen. Sie war noch im Besitz des Schlüssels. Sie hatte in der Zwischenzeit ihr Haar blond gefärbt und ondulieren lassen, was ihr einen bizarr verwegenen Anstrich gab. Sie wirkte nicht jünger, aber irgendwie hatte die neue Farbe den alten Kontinent verwischt. In Worte konnte er es nicht fassen. Hatte sie neuerdings einen Mann? Nein, das war unwahrscheinlich.

Sie hatte von elf Uhr morgens bis drei Uhr nachmittags die Wohnung aufgeräumt, ohne sich über deren Zustand zu äußern. Sie hatte stumm und ohne Pause gearbeitet. Gegenstand für Gegenstand wurde in Augenschein genommen, entstaubt, gereinigt und wieder an den richtigen Platz zurückgestellt; niemand war aufmerksamer und ordentlicher als sie. Was waren für sie schon drei Monate?

Währenddessen war Lionel im Central Park spazieren gegangen und hatte Eichhörnchen gefüttert wie andere alte Männer auch. Nie zuvor war ihm aufgefallen, dass es in New York so viele Kinder und Soldaten gab. Er hatte sie ungeniert beobachtet, niemanden hatte es gestört. Er hatte sich frei und ungezwungen gefühlt. Es war ihm gelungen, sich auf einzelne Passanten zu konzentrieren, auf ein bestimmtes Kind, auf diesen Soldaten, auf jenen smarten Geschäftsmann im grauen Flanell. Darüber war er kurz auf der Parkbank eingenickt.

Er fühlte sich zu Hause. Als er aufwachte, saß ein junger Mann neben ihm, der ihn ungeniert betrachtete. Er fühlte sich weniger alt. Er hatte sich vorgestellt.

Später hatte er Frau Drechsler zu ihrer neuen Haarfarbe und Frisur gratuliert. Unscheinbar, wie sie war, blieb sie rätselhaft, und er sah keine Veranlassung, ihr Geheimnis zu lüften, das irgendwo – so nahm er an – als Asche in Polen verstreut worden war.

Postskriptum 1963

Die letzten zehn Jahre waren wie im Flug vergangen. Er hatte den Agenten gewechselt, etliche Filme (auch fürs Fernsehen) gedreht und am Broadway erfolgreich Theater gespielt. Es waren selten Haupt-, aber oft anspruchsvolle Nebenrollen gewesen. Unerwartet hatte seine Karriere neuen Aufschwung genommen. Man erinnerte sich heute weniger an seinen früheren Ruhm – die alten Filme wurden in den Vereinigten Staaten auch im Fernsehen nicht gezeigt – als an seine gegenwärtigen Achtungserfolge. Er spielte Bischöfe, Richter, Großväter, einen Sheriff, einen Barbesitzer, einen alten Indianer, Pfandleiher, Nazis, Rabbiner, Blumenhändler, einen Pharisäer, einen Stammvater und einen Chinesen. Er ließ sich verunstalten und zum Mexikaner schminken. Er trug Perücken und Glatzen, wurde mit Narben beklebt und mit Wunden übersät, er wechselte fast täglich die Gewänder, nur sein Akzent blieb gleich und machte ihn als Fremden kenntlich. Er spielte so viele Rollen, dass er sie bald nicht mehr aufzählen konnte. Frau Drechsler, die ihn regelmäßig zu den Filmpremieren in New York begleitete, war stolz auf ihn und ließ es ihn spüren. Man hielt sie wohl für seine Geliebte, wenn sie untergehakt über die roten Teppiche der diversen Erstaufführungskinos rund um den Times Square schritten. Sie befleißigte sich eines ebenso undurchdringlichen Blickes wie er selbst, und er merkte, wie gut die verschlossene Miene, die auch ihm ein Geheimnis blieb, zu ihm passte.

Eines Tages wurde er für die beste Nebenrolle in Jefferson Nemeths Film *All about something* für den Oscar nominiert, was ihn mit unerhörtem Stolz erfüllte, auch wenn schließlich nicht ihm, sondern Ed Begley der begehrte Preis zuerkannt wurde. Er fragte sich, ob er je zufriedener gewesen war. War er so glücklich gewesen, als er zum ersten Mal auf einer Bühne stand oder seinen ersten Filmvertrag mit der Ufa abgeschlossen hatte? Man beglückwünschte ihn von allen Seiten, und er war überzeugt, dass man diese Ehrung, die ihm im Alter widerfahren war, nicht vergessen würde. Er erhielt auch Post aus Europa. Kurt Hirschfeld aus Zürich bot ihm eine Rolle in einem neuen Stück von Friedrich Dürrenmatt an (er lehnte ab, nein, er würde nicht nach Europa zurückkehren), Franz Jonas, der Bürgermeister von Wien, gratulierte und lud ihn in seine Heimatstadt ein (er bedankte sich umgehend, ohne näher auf die Einladung einzugehen), Marlene rief ihn an, und er erhielt ein Angebot aus Deutschland, die Hauptrolle in einer Curt-Goetz-Verfilmung mitzuspielen. (Er führte Termine an und konnte nicht zusagen.)

Eines Tages erhielt er Post von Walter Staufer aus Zürich, der in seinem zweiseitigen Schreiben umständlich zum Ausdruck brachte, wie sehr er sich gefreut habe, als er von seinem Oscar erfahren hatte; dass es sich lediglich um eine Nominierung handelte, war ihm offenbar entgangen. Er habe seit Jahren keinen Film mehr mit ihm gesehen, aber oft an ihn und an die gemeinsame Zeit ins Sils Maria gedacht. Doch diesen Film habe er gesehen, er sei dafür extra nach Zürich gefahren.

Sein Deutsch war unbeholfen und seine Orthographie

etwas bedürftig, seine Handschrift aber war sicher und klar. Er schilderte ihm in kurzen Hauptsätzen, dass er kurz vor Kriegsausbruch eine Anstellung bei der Swissair gefunden hatte und seit über zwanzig Jahren als Steward um die Welt reiste. Das gefalle ihm gut. Er sei glücklich. Das sei doch etwas anderes, als sich hinter einem Schalter zu langweilen. Es komme seinem *Naturel* sehr entgegen. »Andere Menschen, andere Länder, andere Sitten. Auch ich ändere mich dadurch.« Er erwähnte nicht, ob er verheiratet sei, weshalb Lionel annahm, er habe sich für eine Familie entschieden, wie andere das auch taten, um den Schein zu wahren und in Ruhe gelassen zu werden, was gelegentliche heimliche Verstöße gegen die öffentliche Moral nicht ausschloss.

Auch schrieb er ihm, dass sie sich vor rund zehn Jahren auf einem Flug von Zürich nach Rom begegnet seien, und dass er es damals nicht gewagt habe, ihn anzusprechen, da Lionel ihn nicht erkannt hatte. Wie auch, nach all den Jahren?

Er täuschte sich. Lionel hatte ihn sehr wohl erkannt, zwar nicht sofort, nicht gleich beim Einsteigen, aber später, als sie bereits in der Luft waren.

Lionel nahm sich vor, ihm zu schreiben. Er legte den Brief so auf den Schreibtisch, dass er täglich daran erinnert wurde. Andere Haushaltshilfen als Frau Drechsler hätte eine Schweizer Briefmarke wahrscheinlich beeindruckt, doch sie verlor kein Wort darüber, auch wenn der Umschlag mehrere Wochen gut sichtbar auf seinem Schreibtisch lag.

Lionel zu duzen hatte Walter sich nicht getraut. Wenn es um ihre gemeinsame Zeit ging, schlug er sich mit einem *Wir* durch, das er wie einen Schlüssel zum Paradies benutzte. *Als wir uns begegneten. In meiner Wohnung über der Post.* Er sprach von einer *herrlichen Zeit.*

Manchmal frage er sich, schrieb Walter, ob er sich jene Tage im Engadin, *unsere Tage,* nicht bloß eingebildet habe, nachdem er zu viele Lionel-Kupfer-Filme gesehen hatte, *meine Verehrung war doch so grenzenlos,* ein verwirrend unwirkliches Trugbild, das er aus dem Kinosaal des Palace Maloja mitgenommen hatte, den langen Weg dem See entlang bei Nacht und Nebel, ganz allein.

Am 7. September 1963 besuchte Kupfer das Cinema Plaza in der 59th Street zwischen Madison und Park Avenue, um sich jenen Film anzuschauen, den er Jahre zuvor nicht hatte sehen wollen. Seitdem *Il Gattopardo* in Cannes die Goldene Palme erhalten hatte, sprach man nicht mehr nur in Fachkreisen bewundernd von Visconti, dem bedeutenden Regisseur. Ihm war es gelungen, Burt Lancaster davon zu überzeugen, in einem europäischen Film mitzuspielen dem der Ruf vorausging, ein Meisterwerk zu sein, das möglicherweise für den nächsten Oscar nominiert werden würde.

Das Plaza war eines der ersten Kinos in New York, in denen *Il Gattopardo* vorgeführt wurde. Während der Nachmittagsvorstellungen wurden auch die vorangegangenen Filme des Regisseurs gezeigt, denen man früher kaum Beachtung geschenkt hatte, darunter natürlich auch *Bellissima.*

Das Plaza zeigte also den Film, aus dem man Lionel Kupfer vor zehn Jahren herausgeschnitten hatte. Wenngleich er wusste, wie absurd das war, spielte er insgeheim mit dem Gedanken, dass sich die herausgeschnittene Szene durch eine unsichtbare Hintertür, an der das Zeitschloss ausgewechselt worden war, wieder hineingeschmuggelt haben könnte, und so saß er während anderthalb Stunden im halb leeren Kino und wartete auf seinen Gastauftritt. Natürlich wartete er vergeblich, der Auftritt erfolgte nicht, die Szene war unwiderruflich im Papierkorb gelandet. Das Licht blendete langsam auf, der rote Vorhang schloss sich schnell und schwang noch etwas nach. Er war nicht wiederauferstanden.

Als er sich aus dem Sessel erhob und im Theater umblickte, entdeckte er in der hintersten Reihe des Saals Greta Garbo. Sie hatte am Anfang ihrer Karriere, als sie noch in Schweden und Deutschland drehte, in einem Film, dessen Titel und Handlung Lionel längst vergessen hatte, eine kleine Nebenrolle an seiner Seite gespielt, die kaum größer gewesen war als jene, die er in *Bellissima* übernommen hatte. Mit hochgeschlagenem Mantelkragen war sie eben dabei, die dunkle Brille aufzusetzen, die sie während der Vorführung abgenommen hatte und in der Öffentlichkeit immer trug. Ob sie sich darüber im Klaren war, dass sie damit die Aufmerksamkeit erst recht auf sich zog, schien ihm wahrscheinlicher als anzunehmen, sie sei naiv.

Durch ein kurzes Nicken gab sie zu verstehen, dass sie ihn erkannt hatte. Er winkte unauffällig zurück. Reizvoll wie immer erstarb ihr schüchternes Lächeln in den zuckend heruntergezogenen Mundwinkeln. Ertappt wie ein mürrisches Kind, das sich schuldig fühlte, ein Gefühl der Zuneigung gezeigt zu haben, wendete sie sich abrupt ab.

Keinem der Zuschauer fielen die beiden Stars auf, die einst die größten Kinos gefüllt hatten, und nun den Saal verließen, Lionel Kupfer allein, die Garbo in Begleitung einer etwas unförmigen Freundin mit Hut. Wäre sie allein gewesen, hätte er sie vielleicht angesprochen. Natürlich hatte sie keine Ahnung, dass Lionel in diesem Film eigentlich mitgespielt hatte, er hätte es ihr wohl nicht erzählt. Die Begegnung erinnerte ihn daran, dass seit ihrem letzten Zusammentreffen mehrere Jahrzehnte vergangen waren.

Vor dem Hauptfilm und nach den Trailern für *Irma la douce* und *Cleopatra* berichteten die Fox Movietone News von einem Flugzeugabsturz, der sich wenige Tage zuvor in der Schweiz ereignet hatte. Sämtliche Insassen waren dabei umgekommen. Den Namen des Unglücksorts, an dem die Maschine abgestürzt war und einen sechs Meter tiefen Krater in die Erde gebohrt hatte, in der sie regelrecht verschwunden war, hatte sich Lionel nicht gemerkt. Doch diese Nachricht bewog ihn, sich noch am selben Abend an seinen Schreibtisch zu setzen und Walter endlich zu antworten.

Der Brief geriet ungeordnet und viel zu persönlich. Dennoch hatte er nicht vor, ihn nachträglich verbessernd zu ändern. Er würde ihn zerreißen. Er schrieb an einen Fremden, der ihm nur für wenige Tage nahgewesen war, und es nun für die Dauer dieses Briefs noch einmal wurde. Der Empfänger hätte gewiss auch ein anderer einer ganzen Reihe von Männern sein können, deren Gesichter schattenhaften Umrissen gewichen waren. Wären sie einander gegenübergesessen, hätte sich dieselbe Nähe aufgrund ausgetauschter Worte wohl kaum eingestellt.

Eher ein Monolog im nächtlichen Zwielicht als ein Gespräch war dieses Schreiben. Auf dem Tisch brannte die Tiffanylampe, die er sich erst kürzlich geleistet hatte, in einiger Entfernung die abgedunkelte Stehlampe, in der Küche brummte der Eisschrank, hin und wieder pfiff der Wind durch die offene Lüftung, ohne bis zu ihm zu gelangen.

Von unten drangen die Geräusche der Stadt herauf, die

ihm so sehr ans Herz gewachsen waren, dass er sie inzwischen vermisste, wenn er in den Hamptons oder Venice war. Dass er beim Schreiben die Lippen bewegte, bemerkte er nicht. Doch als er nach mehreren Sätzen laut zu sprechen begann, biss er die Lippen aufeinander, um sich zum Schweigen zu bringen. Doch dann lösten sie sich wieder, und er murmelte vor sich hin, und es war ihm gleichgültig. Hören konnte ihn niemand. Niemand beobachtete ihn. An sich selbst Anstoß zu nehmen, war nicht seine Art. Er war es gewohnt, Situationen, die er nicht im Griff hatte, nicht auszuweichen, weder auf der Bühne noch im täglichen Leben.

Zunächst klärte er Walter darüber auf, dass er ihn damals im Flugzeug erkannt habe. Dass er sich nichts habe anmerken lassen, bereue er heute, und er könne es sich eigentlich auch nicht erklären. Es habe keinen triftigen Grund gegeben, also könne er sich lediglich dafür entschuldigen. Er würde sich heute anders verhalten. Er habe sich in einer schwierigen Lage befunden, Beruf, Privates. Er könnte nicht näher darauf eingehen und müsse es auch nicht, denn seither habe sich sein Leben verändert. Manchmal suchte er nach dem richtigen Wort, das er im Deutschen nicht mehr auf Anhieb fand. Er schrieb selten Briefe, und er sprach kaum je Deutsch. Selbst mit anderen Emigranten sprach er meist Englisch. Schauspieler waren darauf angewiesen, die Sprache, in der sie sich abends auf der Bühne oder tagsüber am Set bewegten, ohne Unterbrechung zu praktizieren. Er sei mit seinem Leben versöhnt und verspüre nicht das geringste Bedürfnis nach Europa mehr, er sei glücklich in New York, was nicht zuletzt dem Wohlwollen zu verdanken sei, das die Menschen ihm hier – nach vielen Schwierigkeiten, deren Quelle nicht selten er selbst und nicht die anderen gewesen sei – entgegenbringen würden. Er habe sich über Walters unerwarteten Brief gefreut. Auch er denke oft an die Zeit in Sils Maria zurück. Es gebe für ihn viele Sils Marias, ein Sils Maria vor seiner abrupten Abreise, ein Sils Maria während seines letzten Aufenthalts vor der Emigration, und sogar ein Sils Maria nach dem Krieg. Und eines gemeinsam mit ihm. Jedes habe einen anderen Geschmack auf seiner Zunge hinterlassen. Himbeere war es bei ihm.

Während er das Postskriptum schrieb, das länger als der eigentliche Brief geriet, gelangte er zu der Überzeugung, dass es besser wäre, den Brief nicht abzuschicken – oder das Postskriptum abzutrennen. Aber als er ihn beendet hatte, vernichtete er ihn nicht und schnitt nichts weg, er klebte ihn zu, wie er war, ohne ihn noch einmal gelesen zu haben. Am nächsten Tag würde er ihn an Walters Adresse schicken. Er sagte sich, dass die Luftpost ihren Ursprung in der Flaschenpost hatte. Walter würde vielleicht antworten, vielleicht auch nicht. Nichts zwang ihn dazu. Er selbst erwartete keine Antwort.

Im Postskriptum wies er Walter auf jene Schallplatte hin, die er für Odeon aufgenommen hatte, auf der er den *Erlkönig* rezitiert hatte, und die Teil von Walters kleiner Schallplattensammlung in der Wohnung über dem Postamt von Sils gewesen war. *Erinnerst du dich an den Erlkönig, ein Gedicht, das hier außer uns alten Emigranten kaum einer kennt? Nicht einmal Goethe kennen sie, aber was, bitte, macht das schon, sie sind auch ohne ihn glücklich, glücklicher als wir, alles in allem, wer weiß, woher das Unglück rührt, ich will nicht daran denken.* Er schrieb schnell, als ginge es darum, etwas hinter sich zu bringen. Atemlos stürzte er sich auf den Zwischenfall, den er bislang für sich behalten hatte. Lange genug hatte er ihn vor sich selbst verborgen.

Er war zwölf Jahre alt, allein in seinem Zimmer in der Wiener Wohnung, *hatte ich dir erzählt, dass ich in Wien aufgewachsen bin*? Er habe es geschätzt, dass niemand ihn störte; allein, vermisste er weder Mutter noch Vater, sie ließen ihn meistens in Ruhe.

Zwölf Jahre alt war er, als ihm die Balladensammlung des Vaters in die Hände fiel, die in einem der unteren Regale des Bücherschranks vor sich hin dämmerte; der Vater behauptete, sie alle im Kopf zu haben, er habe also keinen Grund, sie wiederzulesen.

Aber lies Du sie, hatte er ihm geraten, und mit diesen Worten hatte er ihm das Buch, es war in Leder gebunden, in die Hand gedrückt.

Er war ziemlich bald auf den *Erlkönig* gestoßen. Die Ballade hatte ihn gefangen genommen und das unausweichliche Ende hatte ihn schockiert. Das war etwas anderes als die Kinderverse, die man ihm bislang beigebracht hatte. Das Gedicht hatte eine Erinnerung in ihm wachgerufen, die er so bildhaft und bewegt seit dem letzten Urlaubstag am Neusiedler See nicht mehr vor Augen gehabt hatte. Tobias, seine Mutter, der See, sein Vater, der den toten Sohn als leblose Puppe hochhob und im Arm hielt. Erlkönig und seine Töchter wurden Wellen und Wind über dem Neusiedler See, und kaum hatte er das Gedicht zu Ende gelesen, kaum hatte er verstanden, welches grausame Schicksal darin verhandelt wurde, las er es von Neuem, und wieder und wieder, so oft, bis auch er, wie der Vater, es auswendig konnte. Das erste Gedicht, das er wie im Schlaf beherrschte.

Ob es an diesem oder am nächsten Nachmittag gewesen war, dass er sich bis auf die Hose in seinem Zimmer ausgezogen hatte, konnte er nicht mit Gewissheit sagen, jene Tage waren längst zu einer einzigen, zeitungebundenen Erinnerung zusammengeschmolzen. Er hatte sich vorgestellt, was er nachspielen musste, es war wie ein Auftrag. Was geschehen war, hatte er nicht vergessen. Er hatte es ja mit eigenen Augen gesehen. So verwandelte er sich mit Leichtigkeit in Tobias. Er schlüpfte in dessen Haut, tauchte vergnügt, atmete schwer und kämpfte, während sich seine Lungen mit Wasser füllten, um sein Leben, vergeblich. Er war die Mutter, die angesichts ihres reglosen Kindes zusammenbrach. Er war der Schrei aus der Ferne. Er war die Möwen, die ihn umkreisten. Er war der Vater, der versuchte, seine Finger von dem Tier zu lösen, das Tobias umklammerte. Er war er selbst, der kleine Lion von einst, der die Szene stumm und gelähmt verfolgte. Es gelang ihm, in einem Atemzug von einer Person zur anderen zu wechseln. Er war Tobias, der tot im Arm des Vaters lag, der nun nicht von ihm selbst, sondern von einem Stuhl dargestellt wurde, über den er seinen Körper rücklings legte, Tobias rücklings auf dem Stuhl, den er für seinen Vater hielt, und dabei murmelte er die letzten Zeilen, die letzte Zeile, das letzte Wort, egal, von wem es stammte, Tobias, Vater, Mutter, Goethe, er hatte es erlebt, er hatte es gerade eben von allen Seiten beleuchtet, und trotz des Ernstes der Situation hatte es ihm Vergnügen bereitet. Es war ein Spiel. Es war ein ernstes Spiel.

Dass er schon seit einiger Zeit bei seinem einsamen Treiben beobachtet wurde, begriff er erst, als es zu spät war. Als er aufblickte und Tobias verließ, um zu den Lebenden – in sein Zimmer – zurückzukehren, fiel sein Blick auf seine Mutter, die mit weit aufgerissenen Augen und offenem Mund in der Tür stand. Sie hatte genau verstanden, was er hier spielte. Sie behauptete, er habe es getan, um ihr den alten Schmerz von Neuem auf die grausamste Weise zuzufügen, indem er sich wie ein Hanswurst aufführte. Sie behauptete, er habe sich einen grausamen Scherz erlaubt und aus Tobias' Tod ein Spiel gemacht. Erst jetzt, schrieb er an Walter, wisse er, dass sie recht gehabt habe, auch wenn sie nicht begriffen hatte, dass dieses Spiel die Rettung war. Er wollte ihr nichts erklären, er konnte sich nicht rechtfertigen, dazu fehlten ihm die Worte, also schwieg er beharrlich.

Sie stürzte sich auf ihn. Sie packte ihn an beiden Handgelenken. Dann ließ sie ein Handgelenk los, um eine Hand frei zu haben, und schlug ihn ins Gesicht. Sie war außer sich. Er spürte ihren Ring, den spitzen Diamanten, auf seiner aufplatzenden Haut. Nie zuvor und nie danach – sie schwiegen später über diesen entsetzlichen Moment – hatte sie ihn geschlagen, aber während sie wie von Sinnen auf ihn einschlug und an den Haaren riss, fasste er den Entschluss, diese Szene, die eine solche Wirkung erzeugt hatte, noch öfter zu spielen. In Zukunft schloss er sich ein, wenn er den Erlkönig spielte. Eines Tages war es nicht mehr nötig, die verschiedenen Personen darzustellen, es genügte, sie in seinem Inneren, wo sie Wohnsitz genommen hatten, vor sich zu sehen, wenn er den Text rezitierte, wie er es eines Abends mit viel Erfolg nach einem Hauskonzert bei Kreislers tat. Alle außer der Mutter hatten begeistert applaudiert.

Er würde Schauspieler werden und seinen traurigen Vater und seine untröstliche Mutter spielen und zugleich sich selbst, der das Treiben der anderen beobachtete und nicht zuletzt Tobias, den er in jenem Augenblick, den seine Mutter, als sie ihn überraschte, fälschlich für eine lästerliche Komödie gehalten hatte, so lebhaft, so lebendig wiedersah, als sei er von den Toten auferstanden, und unter Tränen war er so glücklich gewesen wie noch nie. Fassungslos hatte ihn seine Mutter angesehen, als sie ihn endlich losließ. Er hielt ihrem verständnislosen Blick stand. Wortlos hatte sie das Zimmer verlassen.

Es klingelte. Der *doorman* meldete einen Besucher.
    »Is it George?«
    »Yes Sir, his name's George.«
    Er hätte den jungen Schauspielschüler, der sich schon vor Tagen angemeldet hatte, beinahe vergessen.

Mein Dank gilt im Besonderen Urs Kienberger und Felix Dietrich, den Herren über die Geschicke und die Geschichte des Hotels Waldhaus in Sils Maria, die meine Arbeit an diesem Roman von Anfang an mit ihrem unerschöpflichen Wissen und stets mit der größten Bereitwilligkeit unterstützt und beflügelt haben. Teile des Romans wurden im Zimmer 224 geschrieben.

Im Übrigen danke ich Kurt Neumann von der Alten Schmiede (Kunstverein Wien), der mir einen mehrwöchigen Aufenthalt in Wien ermöglichte.

A. C. S.

Anmerkungen

1. Aus einem am 28. November 1933 in der *Neuen Zürcher Zeitung* erschienenen Artikel.
2. In Wirklichkeit sang Frances Greer die Rolle der Marzelline; anders als Gina wurde sie von der NYT mit dem Adjektiv »competent« bedacht.
3. Thomas Mann über Bayreuth.

Mehr von Alain Claude Sulzer
bei Galiani Berlin

240 S., Euro 18,99

Ein grandioser polyphoner Roman über die
bizarren Wendungen des Schicksals, über den Zufall
und die unvermutete Eingebung, etwas zu ändern.

»Es ist diese Mischung aus schwärmerischer Melancholie
und raffiniert konstruierender Kühle, die Sulzers
Kleinod ausmacht.« *Süddeutsche Zeitung*

»Der Roman ist so spannend, dass wohl kein Leser
den Buchdeckel vorzeitig zuklappen wird.« *BR Klassik*